魅丽文化 飞言情工作室

# 与玫瑰重逢

礼也 著

江苏凤凰文艺出版社
JIANGSU PHOENIX LITERATURE AND ART PUBLISHING

图书在版编目（CIP）数据

与玫瑰重逢 / 礼也著 . -- 南京 : 江苏凤凰文艺出版社 , 2023.4
ISBN 978-7-5594-6717-1

Ⅰ . ①与… Ⅱ . ①礼… Ⅲ . ①长篇小说 - 中国 - 当代 Ⅳ . ① I247.5

中国版本图书馆 CIP 数据核字 (2022) 第 050471 号

# 与玫瑰重逢

礼也 著

责任编辑 张 倩
出版统筹 曾英姿
特约编辑 何 进
封面设计 殷 舍
出版发行 江苏凤凰文艺出版社
南京市中央路 165 号，邮编：210009
网 址 http://www.jswenyi.com
印 刷 长沙金鹰印务有限公司
开 本 880mm×1230mm 1/32
印 张 9
字 数 212 千字
版 次 2023 年 4 月第 1 版
印 次 2023 年 4 月第 1 次印刷
书 号 ISBN 978-7-5594-6717-1
定 价 46.80 元

# 目录

C O N T E N T S

# 目录

# 第一章
## 见外了，裴太太

晚上七点，夜幕之下的几颗星星与庄园上方的灯火交相辉映。

大堂内，罗马柱上凹凸有致的雕塑线条流畅柔美，铜鎏金的一对比翼鸟恢宏不失格调，冰绸布所绕之处皆有绢花作为点缀，这一切看起来都繁华、梦幻，一场耗费达七位数的婚宴即将在这里举行。

依次站着上百位戴着白手套、穿着燕尾服的侍应生。

简皎月踩着七厘米的小高跟从宴会厅中匆匆走过，她漂亮的眉心蹙起，贴在耳边的手机听筒里正传来发小道歉的声音。

发小叫骆天哲，是江城最高星级酒庄的少当家。

简皎月半个月前回国，才刚下飞机，连这片土地的温度都没好好感受，就被骆天哲喊来接下这笔大单。

婚宴原本是为一位七旬意大利富翁和他的忘年恋女友准备的，但骆天哲刚接到电话，说那位女友逃婚了。

这对他来说倒也没什么损失，毕竟包下场地的费用已经结清，现在不仅不用办婚礼，还能提前恢复营业。挂断电话前，他还虚伪地安慰道："年轻女孩心性不定，指不定过两天又想通了。"

若只是如此也就罢了，骆天哲正开心地翘起尾巴，就被从邻市考察回来的经理泼了一桶冷水："我早就提醒过您，今晚有场市级慈善会要在咱们庄园办，您怎么就把场地租出去了？"

这些天酒庄都在认认真真地布置会场，常人都以为他们在为即将到来的慈善晚会做准备，谁知道酒庄被骆天哲擅自租出去做了婚宴场地，两者的风格完全不一样，经理急得要命。

市级慈善晚会，不仅有记者拍摄，据说还有B城几位德高望重的人物要过来。这涉及酒庄名誉，更关乎本市形象。

骆天哲心想，都怪那位意大利的客户太大方，让他见钱就忘了正事。

这是他第一次独立接这么大的单，骆父还在海外旅游，要是知道儿子快把酒庄的名声毁了，非得马上坐飞机飘回来揍他一顿。

简皎月瘫倒在一把黄梨木椅上，道："骆天哲，这婚礼布置我可是全程跟着的。你现在浪费我的心血，婚礼取消也就算了，还想让我给你收拾烂摊子？"

"小姑奶奶，我是真没辙了。反正都是晚宴，估计这种场合也没多少人来，你改改就行了啊！"

改改？说得轻松。

术业有专攻，她就是一个搞私人婚宴策划的，现在居然得临场发挥把婚宴现场变成慈善拍卖晚会，哪有那么容易？但架不住骆天哲在那边把她吹得无所不能，就差哭天喊地求她救命。

简皎月揉了揉眉心，道："别号了，贵宾们的车什么时候到？"

骆天哲立马接话："一个半小时左右，拍卖品已经送到院子里了。酒庄里所有人都原地待命，供你调遣。"

见她收了线，边上的大东小心翼翼地问："老板，怎么办啊？"

刚刚经理已经来过，现在大家都知道婚宴办不成了。

简皎月拿过大东手上的话筒，清了清嗓子，吩咐道："别愣着，待会儿有大人物要来，大家都动起来。”

“都当心点，别踩乱红毯，连理枝和并蒂红的装饰品都拆掉。阿鹤，赶紧把门口这几座琉璃灯柱的投影关了。换什么？换成灰白调、翡翠暖玉色。”

“桌上的雪山白玫瑰撤下来，换成早上从国外空运过来的洋槐花瓣。宾客名单板弄好了就赶紧换上……”

宴会厅里的百来号人在简皎月的指挥下瞬时忙碌起来，兹事体大，每个人都用了心思去做。

那位意大利客户喜爱华而不实的布置，慈善晚会则要求简约大气。花了一个多小时处理这一系列变动后，宴会厅少了几分喜庆热闹，多了几分恬静舒适。

这场公办的慈善拍卖晚会云集了不少商业巨头，上面旨在鼓励各位企业家为公益募捐事业献出一分力。

片刻后，庄园里车流如梭。各位举足轻重的成功人士衣着正装，在侍从的带领下纷纷入席，随行记者也紧跟其后。

主持人在台上说着开场词，大东慌慌张张地迈着碎步过来，凑到简皎月耳边说：“老板，拍卖师他……他拉肚子，这会儿还在厕所蹲着！”

屋漏偏逢连夜雨，莫过于此。

简皎月起身对着全身玻璃镜照了照，镜中人明眸皓齿，乌发红唇。高定丝绒抹胸裙勾勒出盈盈一握的腰肢，杏色印花低调，不喧宾夺主，又流露出人间富贵花的美感。

富贵花，简皎月想到这儿一哂。她难得在客户的婚礼上打扮一次，没想到用到这上面了。

“把拍卖品的介绍稿给我。”简皎月没磨蹭，默念了几遍台词，提起裙边就往台边走去。

台下人头攒动，主持人下台后，简皎月走了上去，她露出一抹标准微笑，介绍道："今晚的首件拍卖品是钻戒一枚，由设计师苏柔女士捐赠，起拍价为三十万元。"

身后的大屏幕上正放映着那枚小众戒指的视频，精美的罗马图案镶嵌在钻石中，扇形弧线优美，扇面的衔接点灵活生动。

下面的竞价声一声比一声高，最后由她一槌敲定。

拍卖品渐渐变少，半个小时后，蹲厕所的那位拍卖师终于回来接手他的工作。

靠近门的一张圆桌那儿，坐着一群中年男人，其中不知是谁说了一句："刚才那小姑娘不是简家的吗？"

"简家的小女儿今年回国了？"

有人的话接得意味深长："家里都那个样子了，也该回来了。"

"在谈论什么？"

那人闻声下意识抬眼，看见眼前人吓得差点磕巴："徐老，我们在说刚刚那个女拍卖师不是很专业，应该是临时上来救场的。"

徐维政站在桌边笑得儒雅，他虽已退休四五年，但话语间依旧滴水不漏："这不是表现得挺好？纡余为妍，赏心悦目。"

能从老爷子嘴里得这么一句夸赞实属不易，座位上的人连连点头说是，止住了说是非的嘴。

骆天哲赶来时，简皎月正收拾完东西准备离开，他问道："要回去了？你工作室的人今晚都在这儿睡呢。都这个点了，你也明天再走呗。"

"瞧见那位领头走出去的大佬没？"

她神秘兮兮地一指，骆天哲顺着她手指的方向往大厅门外望过去。老人信步从容，风度翩翩地正和身边几个一把手说着话。

他俩都是年轻后辈，对今晚来的政商要客没几个眼熟的，自然也不认识这位。

骆天哲疑惑地说：“看见了，怎么了？”

简皎月手指勾着小香包的链条，边往门口走边说：“我观察了一下，场内‘咖位’最大的就是他。人家都打算走了，记者也不在，你自己收收尾，我也该回家了。”

看了一眼厅内宾客，骆天哲没再强留：“行，等我忙完这阵子就请你吃饭，叫上安纯一起。”

简皎月在国内也就剩下这两个好友了，她懒声应道：“再说吧，看我时间。”

拍卖会接近尾声，来捧场的徐维政一走，记者也跟着离开了。剩余一部分宾客被骆天哲安排好，移步偏厅，继续用晚餐。

简皎月本想直接出去的，但碍于大门口那位被簇拥的老爷子还站在那儿讲话，她只得乖乖地倚在石柱边等着。

须臾，一辆低调的黑色轿车开了进来。

路灯昏黄的光线下，依稀可辨车前挂着的是B城的车牌号。车牌尾数连着几个嚣张的数字“4”，罕见地有人敢这么不忌讳。

那人是自己开车，下车后也没步入人群，只是在亭阁下安静地站着。

他站在暗处，叫人看不清长相。只知道身形修长，宽肩窄腰，应该是个年轻后生。穿着西服，平白多了几分禁欲清贵感。

门口阶梯正中间一小撮人聚在一起，简皎月站在一角，一身礼服裙仍显得有些突兀。察觉到一道目光停留在自己身上，她朝那儿回视过去。

男人鼻骨高挺，只是逆着光始终看不清脸。

这种被人在暗处窥视的感觉虽然让简皎月心里不太畅快，但她对成为陌生人眼中的焦点早就习以为常，便没有过多在意。她索性移开视线，把一张面无表情的脸板得更严肃冷淡。

她不在意的那一边，男人并未收回气定神闲的眼神。他偏了偏头，目光越过稍显喧闹的记者时，神情冷冽得仿佛沾染了夜风。

时隔五年，再在这座城市相遇，站在阶梯上的美人依旧肤如凝脂，明艳清透。

庄园的院子中央有一方水潭，这亭阁就建在中间。檐角的檀木花灯随风晃动，连带着男人的倒影也在水中起了波澜。

聚在一起的人群慢慢散去，老爷子往亭阁这儿看了一眼，做了个招手的动作，把男人喊过去一同坐上了另一辆车。

过了一会儿，男人来时的车辆缓缓驶出。简皎月走在最后面，拿出手机准备喊车来接她。走了没几步路，那辆车牌号全是“4”的轿车就停在了她边上。

驾驶位上的人显然不是之前那位，司机下了车，恭恭敬敬地问道：“简小姐，回观江园吗？我送送您。”

既是受邀来晚宴的人，又能准确地说出她的姓氏和家庭住址，这足以让简皎月放松警惕。但她大学时未曾回国，毕业后又在国外多待了一年，对现在圈里的长辈都不熟悉。想着可能是简父生意上的朋友，她就问了一句：“这车是谁家的？”

“B 城裴家。”

果然不认识，但她也不好拂了面子，便上了车，说道：“麻烦代我谢谢裴叔叔。”

酒庄偏厅内的饭桌上酒兴正酣，在座的都是些生意人，说话也随意了点。有人聊起最近几年的金融外贸，又提到刚刚那位徐老的接班人。

圈里都知道徐老只有一个女儿，女婿裴继也没跟着他从业，反而靠自己在商界闯出了一片天地，创立了裴润地产。他们说的徐老的接班人是徐老在外交学院读研二的外孙，听说他本科时期就成绩斐然，毕业后又考进了外交部，现在在国际问题研究院实习，年纪轻轻，后生可畏。

酒过三巡，菜过五味。有人提到同行："说到老简，他这次可算是栽了个大跟头！倔驴不听好人言，我早就劝过他不要竞标港城那块地。"

简氏是老牌物流企业，对电器、珠宝、物联网也都有涉足。但上半年领导层做了个失误决策，掉进了港城那圈人做的一个局里，股市被做空，闹得股民人心惶惶。

虽然平日里都是一起喝茶的茶友，但在这种情况下，大家都是在商言商，免得把自己也拖下水。

"不是说席家那位公子和老简的小女儿早有姻亲？席关柏这个准儿媳妇怕是有点烫手啊。"

"我看席关柏没有这么蠢，这半个月听见风声没有？闹着在退婚了。"

"搞得这么难看，真退了？"

有人笑笑，摇着头："等消息吧，也就这两天的事儿。"

简皎月坐上的这车其实很普通，总价说不定还没那块车牌贵。不知道是不是车载香水特别好闻，让她感觉一身的疲惫都减轻不少。给家里阿姨发了一条回去的信息后，她就靠在车窗上闭目养神。

自从回国后她就住在骆天哲的酒庄，小半个月了，说是帮他的忙，其实也算逃避。

她好几年没回国了，更别说回家。

一想到回家要见到阔别许久的父母和姐姐，高考后看见的某一场景就在简皎月脑子里挥之不去。

简母站在客厅，面色发沉地质问简父："你这么早就想让皎月跟席家扯上关系，不为我们的女儿考虑考虑吗？皑雪还比她大！"

"我们的女儿"，一句话就暴露了隐藏十八年的秘密。

简皎月从小只知道自己的姐姐有先天性哮喘，身体不好，所以常年和母亲一起住在郊区的外婆家，却不知道简皑雪出生的第二年就被迫常住在医院。当时医生下病危通知说她可能活不了几天了。

简父怕简母受不了丧女之痛，就提前去福利院领养了一个跟简皑雪差不多大的女孩，那个女孩就是简皎月。但戏剧性的是，简皑雪挺了过来，直到现在还活得好好的。

乍听到他们这番话时，简皎月缓了许久。她没想过自己竟然是多余的，简母一直以来偏爱姐姐的原因也终于清楚了。

事实上，简家从来没有亏待过她，甚至算得上从小就溺爱她。

皑皑白雪，皎皎明月，连养女的名字也和亲女儿的对应。

江城的富二代圈里，哪个不知道她简皎月是出了名的骄纵大小姐，仗着有父母宠着就无法无天。可到底是宠着还是懒得管教，这一刻已经说不清楚了。

简父和她谈了一晚上，无非是安慰她，说他和简母一直把她当亲生女儿看待。但简皎月依然在暑假没过几天的时候就申请学校出了国。

好歹简家也算正儿八经的富商大贾，她本以为自己拿的是爽文女主角剧本，没料到是个女配。

也许是这层窗户纸被捅破，即使她年年都找理由不回家、不主动联系父母，连银行卡流水都变少，他们也没再多言。

"叮"的一声脆响打断了她的思绪，是钱入账的信息通知。

该给她的酬劳，骆天哲一分都不会少。只不过简皎月即将开一家婚礼策划工作室，作为启动经费，在卡里也待不了几天。

司机把车稳稳地停在观江园大门门口："简小姐，到了。"

简皎月再次道了声谢，随后开门下了车。

桑姨收到信息后就给她收拾好了房间，之后一道站在玄关那儿候着。见简皎月过来，她主动问好："小姐，欢迎回家。"

简皎月边换鞋边问："他们都在？"

桑姨道："大小姐已经睡了，夫人和先生都在客厅里等您。"

进了前厅，父亲简邵正坐在沙发上看报纸。

母亲金蓉看见她，迎上来道："回来了，吃过饭没？"

"吃过了。"

简皎月回来之前就听说了家里公司出事的事，回家时也不知道自己将要面临的是公司破产还是寻找新的未婚夫来换取商业资源。现在一看母亲对她这殷勤的态度，那八成是要换未婚夫了。

他们这种家庭的小孩见多了子女为家族利益最大化牺牲婚姻自由的例子，对结婚一事都看得比较淡然。简皎月除外。

之前父母为她定下的未婚夫叫席翰，去M国时还跟她进了同一所大学。但两人互不干涉，各自的朋友也不同，一年到头都见不到几次。

她答应订婚时没想那么多，只觉得简父好说歹说了许久，又适逢两家公司合作，走个形式亲上加亲。反正距离真正结婚还有个六七年，其中变数太多了。到时候她要真的不想嫁，爸妈也不可能拿刀架在她脖子上逼她，再说，她上面还有个长姐。

当然，有这个想法也是在她不知道自己不是亲生的之前。知道之后，她缓了好几年才逼迫自己认清事实，告诫自己简家不欠她半分，相反，简家对她恩重如山。

现在公司和简家都处于水深火热之中，要真是一桩婚约就能挽救，简皎月愿意接受。反正结婚之后也是各过各的。

她在单人沙发那儿坐下，问道：“席翰那边一直没回我消息，是婚事有变动吗？”

“明天席家会对外界公布解除婚约。公司的事你也知道了，现在缺一大笔资金周转，银行看见简氏江河日下，也拒绝给简氏融资借贷。”金蓉絮絮叨叨地说着，无非是希望她能在之后几天的相亲中全力以赴。

简皎月神情淡然，认真应承道：“妈，您放心，我不会任性的。就当是报答你们这么多年的养育之恩也好，我听你们安排。”

简父异常沉默，也许是因为公司的重担，又或者是对女儿感到惭愧。

在简皎月准备上楼休息时，他才出声问：“听说今晚有个慈善晚宴在骆家酒庄办，应当不好叫车，你怎么没让司机去接你？”

“中途碰见了您的朋友，捎带了我一程。”

“哪个朋友？”这时候不落井下石就是好的，哪个会特意挨上来伸出援手？

简皎月在电梯门合上前停下，她皱了皱眉头，顺着那司机的话回道：“他说是B城裴家。”

想起一个钟头前，站在亭台边的那个修长身影，简皎月总觉得有哪里不对劲。

听见这个回答，简父简母皆是一怔，不解地对视了一眼。

裴家那位老丈人虽在位已久，但从不笼络人心，那位白手起家的裴润地产董事长，他极少往江城这边走动，更看不上这些觥筹交错的应酬。

电梯门关上，客厅余大摆钟的钟摆声。

简邵想了会儿，有了些思绪，开口说：“我记得裴家那位小少爷中学时候在江城陪他家老爷子住过几年，高中时候，是不是和皎月在同一个班？”

金蓉听着觉得巧，笑道：“我刚还说既然他们年纪相仿，可以接触接触。”

能为简氏补全这庞大资金缺口的世家大族没多少，之前金蓉也考虑过裴家，只是缺少媒介。现在是人家主动伸出了橄榄枝，他们自然没有不接的道理。

“别说，你白养个女儿还真有用。她虽空有一张脸，整日吃喝玩乐，但也能有段好姻缘。”

金蓉说这话也只是客套客套，说简皎月有用，指的是不需要让简皑雪去联姻。

毕竟男方条件再好，建立在帮扶意义上的婚姻注定女方在婆家低人一等。

简邵觉得这话十分刺耳，心烦道：“她是我们的女儿，别这么说话。”

“姓简的！你对我发脾气又没用，好吗！”

说到底也是养了二十多年的人，金蓉对简皎月并不是没有感情。但现在公司危在旦夕，只能现实敞亮点。

“别愁眉苦脸的，这事要是成了，皎月也不委屈。”金蓉软下语气，捏了捏丈夫的肩膀，轻声细语道，“你要是觉得行，赶明儿我就去找人走一趟？”

沉默良久，简邵终究是点了头。

裴继这几天正好在江城分公司视察，听说岳父大人和儿子都南下住进了家里的酒店，他忙完就去了他们所在的顶楼套房。

他敲门进去时，两人正在下象棋。

老爷子一副心不在焉的样子。远远看着，裴书临的棋子还剩一大半，颇有要把对面吃光的意思。

都说隔代亲，这话不假。老爷子格外钟爱这个外孙，而裴书临性子沉稳，颇有老爷子当年的风范。

裴继拿着份资料进来，上头还贴着一个女孩的一寸照："岳父，您让我关注这女孩干什么？"

"你觉得如何？"

"生得是挺好看，但个人履历普普通通。"裴继翻了翻家世背景那一页，毫不留情地说道，"简邵家的女儿……他那个公司都要被自己作没了，想一口吃成个大胖子，怕是年底得宣告破产。"

裴书临向父亲问完好，就没再分心听他们闲聊。直到听见熟悉的名字，他才抬起头："外公为什么查她？"

老爷子抿了口茶，坦荡地说："当着我的面就敢明目张胆地让老钟送人小姑娘回家，我不得关心关心？"

裴继听着不对劲，忙问道："书临不会是对这姑娘有想法吧？"

虽然他这话说得直白，但裴书临没法反驳。

裴书临对上父亲试探的眼神，老老实实地回答："是。"

裴继无疑被惊讶到了，自己儿子的品性他再清楚不过，克己复礼，寡欲冷情。别人家的孩子闹着要买机器人的时候，他家孩子在背《古文观止》。二十多年来，他还是头一次听见他这么明确地表达喜好。

老爷子见多识广，对外孙很放心，问："就她了？"

裴书临没说话，手中的棋子往后移了一格。原本是稳赢的局面，这一步倒像是投降，让了老爷子一次。

棋场失意，想换一个情场得意。

老爷子看懂了，笑着挥挥手示意他去睡，说："行了，这事我做主。”

过了片刻，裴书临去而复返，拿走了桌上的那份资料：“两位晚安。”

裴继无言以对，转头看向淡定的老爷子。

“看我做什么？”老爷子呵呵一笑，拍着他肩膀，提醒道，“你儿子表了态，看来你这彩礼钱得多花点了。”

清晨，绿树繁茂的别墅园林区里的空气带着初夏的微凉。

窗外天空一片雾色，画室里弥漫着清淡的茉莉香和药味，工人修剪灌木丛的身影跃然于纸上。

简皑雪腿上盖着一块波斯毡子，身上穿着一件宽大的睡裙衬得常年吃药的身子骨更为羸弱。她素着一张脸，手指缝里全是干涩的颜料。画完最后一笔，她才缓缓开口道：“皎月，怎么站那儿看这么久？”

倚着门框的简皎月丝毫没有被抓包的尴尬，她打了个哈欠，趿拉着拖鞋走进来，关了窗户。外面的工人在喷保育有机肥料，寻常人闻着可能没问题，但她这位姐姐不行。

简皑雪看着紧闭的窗，叹了口气道：“听说妈妈今天下午让你去见新的相亲对象了？”

“嗯？”简皎月看着那幅画出了神，半晌后才肯定地“嗯”了一声。

“你要是不想去……”

“就可以不去吗？”简皎月截断她的话，看似轻松地耸耸肩，“哪有‘端碗吃饭，丢碗骂娘’的道理。就算对方身高不足七尺或是貌丑不能见人，反正只要人家家里有钱，能供我继续大手大脚地消费就行。”

该糊涂的时候，就不要聪明得让自己陷入难堪的境地。这个道理，简皎月在十八岁那年就懂了。

远处传来管风琴的低音，哀婉的调子让人想到已是强弩之末的简氏。

简皑雪前天着了凉，这会儿咳嗽起来，脸又苍白不少：“你觉得好就好吧。毕业快两年才回来，在M国都忙些什么？”

简皎月坐到窗沿上，还真做出一副认真回忆的模样。她撑着尖细的下巴，一双灵动的眼珠转了转，开口道：“让我想想，平时的活动就是和小姐妹们在商场买买买，去华人街吃吃吃，办派对、玩赛车。留学嘛，就是我这种玩物丧志的人的天堂。”

听出她开玩笑的语气，简皑雪恼得把画笔往她腿边砸过去，说话却依旧是温温柔柔的：“又骗人，你读大学这几年都不怎么用家里的钱了，哪来的钱挥霍？”

简皎月无所谓地挑挑眉：“不是还有席翰吗？”

“你会花他的钱？”简皑雪瞪眼，“这话骗骗爸妈也就算了，我是你姐姐，你是什么人，我能不清楚？”

听上去真感人，只是简皑雪不知道简皎月不是她的亲妹妹。

全家人都默契地瞒着她，简皎月也不例外。她捡起脚边的画笔，轻声呢喃：“是啊，你是我姐姐。”

也许不纠结亲生和领养，不纠结利益和利用，只把今天下午的相亲当作普普通通的见面，会让自己更自在些。

简皎月和裴家小少爷的会面定在了M国驻华大使馆旁的高树秋巷会所。

这家私人会所因为会员制度严格，所以相比于其他地方，客流量较少，也更安静。

车上除了司机还有一同陪她过来的母亲金蓉，金蓉从上车那刻起就一直叮嘱她该怎么说话，如何行事。其实两边的父亲因为公事已经见过面，甚至达成了协议。这次见面说是相亲，不如说是给即将领证的两个孩子一次交流的机会。

简皎月从金蓉对裴家的各种介绍中难得喘口气，她疑惑道："裴家这样的家庭，为什么会答应和我们家联姻？"

金蓉挑了个最无关紧要的解释，安抚她道："独木不成林，他父亲要来江城接手新开发的地皮，和简氏是有买有卖的关系。妈妈总不会把你随随便便给嫁了。"

简皎月从小没心没肺惯了，金蓉却不糊涂。

无缘无故专程送人回家，她猜裴家那位小少爷可能对简皎月这个曾经的同窗有点缱绻的心思。

年轻人嘛，都能理解。

简皎月在江城千金里，样貌确实生得最美艳。再者，他们简家是老牌企业，裴氏要想来江城发展，和简家联姻虽占益不大，但能打响名声，也不吃亏。

下车时，金蓉喊住简皎月，拿出手帕擦拭她的嘴唇："你这个口红太浓了，听说裴家小少爷从小笃学好思，性子也受了他外公的影响，十分沉稳。在他面前尽量淑女点，别把和那群狐朋狗友在一块儿混的德行带到他面前。"

一路上，简皎月对金蓉的长篇大论左耳进右耳出，没有给任何反馈。这会儿她表情依旧淡淡，终于愿意扯扯唇，道了一声"知道了"，说完用手指狠狠地蹭过下唇。

在前台报了名字，就有人专程领着她上楼。

里厢偏暗，吊灯下的汤池冒着热气。途经几面绛红色屏风，隐隐透出服务员的身影。外头是初夏的艳阳天，这内里却仿佛春季，和风煦煦。

简皎月虽是江城本地人，却也没来过这里。且不说进不进得来，就说这暗夜银光的装潢氛围，更像是那种过了而立之年的已婚公子哥为躲开家里那位，消遣作乐的地儿。

台阶是木质的，也幸好简皎月没穿高跟鞋，不会发出大的声响。

她本就长相明艳，五官夺目，又在江南水乡的宝地长了个近一米七的身高。金蓉担心那位小少爷生得不够高大，恐生压迫感，特意给她搭了双平底鞋。

“裴先生，简小姐到了。”

随着侍应生的介绍，简皎月正好拐过转角，抬头往临窗的座位看过去。

因为一路上金蓉把裴家涉及的生意、家里人的背景全部讲过一遍，反倒忽略了介绍这裴家小少爷到底是什么样的人，所以简皎月对他的印象很模糊，只觉得对方是一个家教严格、和她完全相反的书呆子。

包厢里有方绿篱围着的石潭，流水潺潺，十分惬意。

入目的男人西装革履，轮廓利落。边上立了一只半米高的白瓷瓶，釉白的瓷器和他的肤色相得益彰。他的动作慢悠悠的，清瘦的手腕稍稍倾斜，热茶便从那套石瓢茶壶的壶口慢慢浇淋到紫砂品茗杯上。桌上另一套茶器上罩着水雾，看上去他似乎等了有一会儿了。

简皎月不是没见过松花酿酒、春水煮茶这类细致手艺，可那大多是年纪稍长的人的爱好。这位联姻对象似乎和她同龄吧？她只觉得这人越发古板。即使是知道她来了，那人也没有要起身的意思。只见他清瘦修长的手指漫不经心地敲着杯盘边缘，待简皎月坐下后，才缓缓抬眼望过来。

男人的长相出乎她的意料，剑眉星目，鼻骨直挺，明明周身泛着生人勿近的清寒冷感，却生了双狭长多情的眼。他眼皮褶子很浅，瞳孔颜色漆黑，盯着她看时，让人有种暧昧深情的错觉。

简皎月和他对上目光，缓了十几秒才不可思议地眨了眨眼睛，心想：这人怎么长得这么眼熟？像极了她的一个同学。她的指甲不自觉地硌着手心，带着一丝怀疑的语气问：“裴书临？”

听简皎月喊出他的名字，男人似乎有些意外，微微挑眉。随即他温润的眼神落在被她蹭花的红唇上，如鸦羽般密长的黑睫渐渐上抬，目光与她视线齐平，只问道：“喝什么？”

他声音低冷，无波无澜，甚至没有回答她的话。

简皎月有些后悔来之前没看看这位小少爷的资料了，亏她还大言不惭地对简皑雪说大话。他居然是裴书临！是那个她随意说完分手后，跟在她身后默默走了几站路还不愿意放手的前男友！

在雨夜被淋湿黑发，沉寂清澈的少年，如今长相依旧清俊，手腕上一块铂金钻表却更显矜贵。

见她不说话，裴书临自顾自地倒了一杯茶放在她面前。

简皎月学生时代极少注意同学家世，毕竟能进他们学校的人也不会差到哪儿去，但她没想到那时候内敛清隽的书呆子居然是这种家世背景。

考虑到她这趟来的目的，又想起自己的荒唐过往，简皎月不自觉地用上了敬称，手扶着杯壁道：“裴先生，你……您好。”

听见这话，裴书临倒茶的手微顿，把一旁早已准备好的婚戒推过去，唇边的笑意颇凉：“见外了，裴太太。”

简皎月看向那枚婚戒，疑惑道：“裴太太？”

他轻笑，在简皎月听来更像嘲讽：“你来这儿不是为了这句话吗？提前习惯习惯。”

“你说得对。”

简皎月很快想起自己来这儿的目的，拿起那枚戒指。也许是上面的钻石太耀眼太沉重，她手一抖，直接把戒指掉到了地上。

“啊。”戒指在地上滚了小半圈，停在男人脚边，简皎月蹲身去捡。再起身时，她头皮一紧，疼得她不得不把头凑过去，“什……什么东西？”

裴书临原先只感觉柔软的发丝蹭过自己放在膝盖上的手背，听见她痛呼才垂眼：“别动，头发缠表盘上了。”

他这块腕表是梵克雅宝周年最新款，没有玻璃表盘，这才把简皎月的头发缠在上面。

而简皎月出门前被金蓉拉去做了一个盘发发型，此刻头发缠了一缕进去。

简皎月伸手去弄，恰好碰到他微凉的手指，她随即尴尬地缩回手，道：“我自己来！”

她声音不自觉地扬高，裴书临的手一顿，他抿抿唇，索性把腕表从手上取下来给她一个安全距离。但简皎月高估了自己，她今天出门前做过美甲，手上的长甲片让她的动作十分不便，越弄头发丝缠得越紧。

裴书临蹙眉望着眼前的女孩，她耐心还是不好，脾气也依旧倔。这么复杂的发型也不知道花了她多长时间，及脚踝的长裙因她此刻绷直上身倒是更衬身材。

守在外面的服务人员进来换茶，看见桌边简皎月的诡异姿势和裴书临的表情，迟疑道：“两位有什么需要我帮忙的吗？”

“有剪刀吗？”

“麻烦取把金属锤。”

两人同时说出口，简皎月捂着挂在头发上的腕表往后退了一步，美眸难以置信地瞪大，惊恐道：“裴书临，你居然恨我恨到为了一块表就想敲死我？”

屏风外拉着海顿曲子的大提琴手显然被简皎月这声惊呼惊吓到，以至于拉错了一个音。好在服务员的脑子还算清醒，立刻把两人要的东西一起放在托盘里送了进来。

门关上，包厢里只剩他们两个人。

裴书临静静地看着简皎月，就这么愣神的工夫，他似乎又看见了十七岁的简皎月：迷糊高傲、没心没肺，时常语出惊人，也爱肆意地笑。可五年的时间足以改变一个人，从她进门的那一刻起，她脸上就写满了戒备。

恨她恨到想敲死她？

虽然不知道她脑子怎么长的，但裴书临还是拿着那把金属锤，半蹲在她面前配合地问：“说说看，我为什么要恨你？”

男人清澈如点漆的黑眸渐渐和年少时的模样重合，像以前的很多时刻一样，裴书临总是不自知地为了她屈膝。

恨她才正常吧？总之他们不是好聚好散的那种前任。

简皎月知道自己以前的臭脾气和德行，追他时掏心掏肺，在一起了又爱作又爱闹，分手那天更是没半点留恋和耐心。

顾不得和头发较劲，简皎月谨慎地看着他，闭口不提从前，反而道：“恨我把你几百万的表缠头发上了？你放心，我就一剪刀的事儿。”

裴书临拈过她那一撮被拨乱的头发，十几根发丝缠着两颗钻石凹进指针里，上面显然还有残留的定型喷雾和亮片。这充分说明了美好的事物不能近看，否则全是破绽。

简皎月就着这姿势也没动，小声问：“你拿锤子干什么？”

他语气平平地答道：“砸开这两颗钻，省得你剪头发。”

要是在以前，简皎月自然觉得她几根头发都比这小破钻金贵。

但她现在非常清楚自己的处境："钻石那么贵，砸坏了怎么办？还不如直接剪断头发。"

"八面体解理知道吗？"

简皎月感觉在这位前男友的智商碾压下，她又成了文盲："什么解理？你又讲些我听不懂的话，我只知道如果你锤子锤偏了，我的脑袋可能会现场解体。"

她不自觉地唠叨起来，裴书临嘴角微扬，耐心解释道："钻石硬度不高，如果施力方向正确的话，不大的力就可以让其沿解理面裂开。"

这是一种很传统的钻石切割方式，常玩玉石的人都懂这门道。恰好徐老爷子退休搬去B城之后就好这个，常让他陪着去古玩市场敲石头。

话音刚落，裴书临一锤下去，两颗小钻石碎成块状，平铺在他掌心，而那块价值不菲的腕表也顺势掉在地毯上。

简皎月顿时觉得头上轻了不少，用手摸了摸，原来是珍珠夹子也一并掉在他手上了。

夹子还了她，但那块表显然要被他丢弃，简皎月暗暗记着改天一定要买一块新的还回去。

戒指历经这一遭终于安安稳稳地戴进她的无名指，仔细一看，钻石两边居然还刻了他们名字的字母缩写，简皎月在心里感叹裴家的办事效率。

透过临街的窗户能看见简家的车停在路边，金蓉自然还在等她。

简皎月回归正题："那我们这算相亲成功了吗？"

"你指婚约？"

"是啊。"也许是因为和裴书临有着一层旧恋人的关系，简皎月随意了起来，"你知道规矩吧？"

裴书临看着她眨了好几下的眼睛，淡声道：“什么规矩？”

“联姻呀，我问过有经验的朋友。我们约法三章，互不干涉对方的私生活。但是在长辈面前，该配合的时候一定要配合。”

听出她拉开距离的意思，裴书临不太意外。既然选择了错误的方式，必定会有很多歧路要走。他已经做好了心理准备。

简皎月手指抵着唇，“嗯”了一声：“婚礼就不办了吧，我们这种情况领个证就行。我爸爸公司那边的问题……”

裴书临冷声打断：“公司的事不归我管。”

哦，和她一样都是为了生意被家族牺牲的子女吗？可能他也只是随波逐流，简皎月了然地点头：“好，明白了。”

简皎月本以为这一趟是来了解彼此，但裴书临和她也算是知根知底。而简皎月虽带着一丝丝窘迫，但心底里也松了一口气。尽管是关系尴尬的前男友，也好过随随便便的陌生人。

喝过半杯茶，她起身：“那我先回去了。”

门外的服务员立马打开门，恭敬地候在门口。裴书临站起来，走到她边上：“等等。”

他是不是长个子了？好像比五年前还高了好几厘米，她的额头堪堪到他胸口。瘦削白皙的少年长成了英俊沉稳的男人，他们真的很久没见了。

裴书临一靠近，简皎月就犯迷糊，她仰起头，眼神从他衬衫第二颗纽扣那儿滑过去：“还有什么要求没说吗？”

裴书临抬手，拇指蹭过她下唇唇瓣溢出来的一抹艳色，细细地摩挲着。

女孩这次没再躲开，只微微张开唇。他喉结一滚，低头在她耳边提醒：“出门前不照照镜子？口红花了。”

他声音很轻，似恋人间缱绻的呢喃。有那么一瞬间，简皎月似乎在一旁服务员的眼里看见了“恩爱情人”四个字。只是想到这种词代入到她和裴书临身上，还怪惊悚的。

简皎月被退婚的事很快在圈子里传开，和裴家联姻的新闻却没多少人知道。

骆天哲趁着她还没嫁出去，特地把人约到酒吧里玩，恰好安纯也在。

“徐维政，世界知名的外交家和经济学家。”安纯看着百科念叨，感叹道，“大小姐，你这个前男友的外公也太厉害了！你说会不会是他对你余情未了，所以才伸出援手？”

骆天哲“扑哧”一笑，指着简皎月：“你要是知道这货在高中时有多烂，肯定不会说出裴书临对她余情未了这句话。”

简皎月喝着小酒，闻言抬腿踹过去：“滚！我怎么啦？多好看一大美女要被你形容成烂人？”

安纯是骆天哲的大学同学，去 M 国做交换生那一年才偶然结识了简皎月。她自然不认识裴书临，更不知道他们之间的情史，于是问道：“皎月高中时候啥样啊？”

骆天哲毫不留情地揭好友的短：“她读书那会儿简直就是无恶不作！裴书临可是我们学校的第一名，居然栽在了她手里。毕业之后两个人就在一起了，没多久她就腻了，又把人甩开，你说她渣不渣？”

“你到底哪边的啊？”简皎月恼羞成怒，嘟囔道，“什么第一名，第一名怎么没去清华、北大？”

骆天哲高中时候没少见简皎月折腾人，此刻听她这样说，愤愤不平地拿开她手上的酒：“姐姐，有点常识好吗？你老公是我们那届高考的省状元，B 城那所外交学院很出名的，曾经的录取分数线比清北还高！而且人家明显是跟着外公的脚步，难怪读书时那么低调，都看不出是个富二代。”

“没常识”的简皎月听得别扭，挠挠脸：“怎么就成我老公了……”

骆天哲认真寻思：“难道是我老公？”

安纯在一边听着他俩斗嘴乐开花，一颗花生米丢过去砸中他脑门：“你有什么毛病吧，哈哈哈！”

好友茶话会被楼下司机的一通电话打断了，说是金蓉让她回去签字。

简皎月活了二十三年，数这几天签的名字最多。什么婚前协议合同、股权转授、房产迁入……就这一堆要签署的财产文件都要花大半天时间才能看完。

起初，简皎月还想着仔细看看合同内容，毕竟这会儿就算有对她不利的条款，她家律师估计也不会说。到最后签名签得麻木，手关节一捏都咯吱作响，她索性自暴自弃，心想要是裴书临想卖了她就卖吧。法治社会，她不信有人敢知法犯法！

但是一想到这些条条框框的规矩，她就总觉得结个婚像是把自己卖了。

和世家公子订婚几年的安纯曾安慰她说：数数这份婚姻给你家带来多大的经济效益，当他不存在就行了。

说是互惠互利，但简家明显占了裴家好处。

简皎月还真掰着手指头数了数，而后挫败地趴在榻榻米上想：她还真是值钱呢。

丢在一边的手机来了电话，她懒得拿过来，直接伸长手开了免提，来气道：“你好，我是简皎月，请问有什么事？”

那边没有回声。

简皎月坐起来，看着这个陌生的号码，试探着道：“喂？谁啊？

再不出声我就挂了。”

真烦人，大晚上的居然还有恶作剧电话。

那头在她挂断之前总算出了声，只是说话人冷淡的嗓音中带着一丝不悦：“你没存我的号码？”

嗯？是她的“未婚夫”。

简皎月听出那边低沉的情绪，一个激灵：“存了的，刚才没看清来电显示。”

裴书临顿了两秒才问：“在做什么？”

“签合同呀，好多合同。”简皎月萌生出同是天涯沦落人的想法，同情地问，“裴书临，如果，我是说如果啊，你有个哥哥的话，会不会就不是你娶我了？”

话筒对面的男人轻轻皱眉，戴着戒指的手指在窗台上划过，发出刺耳的一声：“你想说什么？”

简皎月平躺着，视线上方是银光灯散射的天花板：“就是觉得你会不会后悔啊，我们……”

她话没说完，那端居然直接把电话挂了。

简皎月被人撂电话的次数屈指可数，她深呼一口气，觉得可能是因为骆天哲上次说的话让她有了一点点愧疚，所以才没对裴书临发脾气。她继续看合同，喝了口水的时间，微信“叮咚”一声，多了一个好友添加申请。

是裴书临，头像是个挺眼熟的建筑照片。那照片看似是随手拍的，但简皎月总觉得眼熟，一时之间又想不起来在哪儿见过。高中时候大家都用 QQ，而她那个 QQ 账号从她出国后就没再登录过。

刚同意好友申请，裴书临就发来一条消息，是对她刚才那个问题的回答：“我不会后悔，你没有嫁给别人的机会了。”

## 第二章

### 我们结婚了

也许是因为裴家的资金汇了过来，前段时间简氏岌岌可危的消息，这几天再不见相关报道。

简氏的股价也慢慢呈现涨势，一场经济危机化解于无形之中。

也因此，简皎月在家无所事事的几天，金蓉对她有求必应，甚至殷勤地给她打包去裴家的行李。看见金蓉这副样子，简皎月觉得有点受宠若惊。

一个闲暇的早上，她起了个大早去市车管所换驾照。

简皎月的驾照是在 M 国考的，换成国内的驾照倒也简单，弄完翻译原件后只需要再考一门科目一。她考完之后又在驾考点练了会儿车，因为太久没开车，手生得很。

裴书临是在她撞倒第三个路障的时候出现的，彼时正是大下午，太阳刺眼。他穿着白衬衫、黑色长裤，手上拎着一件西装外套，身形挺拔清瘦，在一群学员、教练里极为招眼。

教练递过来一支烟，裴书临接过，却只是夹在指间没点，而后将目光投向简皎月开的那辆车上。

简皎月远远地发觉裴书临的视线投在自己这边，显然是在看她。

她心不在焉，一条直线硬是被她走得歪七扭八，停在终点线上时，她还直接撞飞了最后一个路障。

边上的教练和学员都不敢打趣这位脾气大的简家大小姐，纷纷憋笑看向别处。

简皎月挫败地下车，倍感丢脸。她把气撒在车门上，狠狠一摔，夹羞带恼地朝裴书临走过去。

教练识相地走开。

裴书临懒散地站着，看着她淡定地笑了笑。和煦的阳光打在他眉眼间，衬得他气质温和，一双笑意很浅却眉目含情的黑眸，恰好中和了他强势英气的长相。

简皎月对他这种笑容特别熟悉，以前帮她补习功课时，他就爱看她为了一道数学题抓耳挠腮。等她把一道大题解到最后，他才微微一笑，轻飘飘开口告知“从第二步的步骤开始就错了”。

什么清风霁月的高冷学霸，简皎月深知他清俊的外表下藏着一颗腹黑的心——每次都等人撞得头破血流才伸出援手，还要美其名曰是为了让她长记性。

但他们此刻显然不是能算账的关系，简皎月鼻尖都被热得沁出汗，好在今天只擦了防晒没化妆。她来时是让司机送的，她对他知道她的行踪半点也不意外。简皎月用手掌挡在额前，抬眼只看见他的下巴，问道：“你怎么过来了？”

裴书临把放在西装下的两本户口本亮出来：“去领证。”

简皎月这才想起他们确实还没走完法律程序。她扯了扯今天随便穿的运动衫衣角：“你怎么不提前跟我说啊，我没换衣服。”

提前说岂不是给了她思考的时间，裴书临不以为然，指指后排座位上的那个袋子：“我帮你拿了。”

“你还去了我家？”

她问完又觉得是句废话，没去她家怎么可能拿到她的户口本。

简皎月依旧是一脸为难的样子，让裴书临产生一种自己在逼迫她的不齿感。他还未开口，就见她把手提包扔进车里，自己也飞快地钻了进去，手肘撑着窗口："我在车里换衣服，你想在外面等还是里面等？"

炙热的阳光恰好被裴书临高大的身影挡住，她仰着头，却能睁开眼了。

简皎月说这话只是怕外头的日头太晒，完全没考虑其他。何况以他们的关系，再怎么样也不过分。

裴书临顺着她的话，没客气地坐进驾驶座。

他把车开出练车场，稳稳地停在树木繁茂的街边。车窗玻璃是单向透光，他把门窗锁好，从后视镜里瞧了她一眼："你换。"

袋子里是件藕粉色连衣裙，似乎是几年前堆在衣柜里的旧款了。简皎月略微嫌弃地问："谁给你找的这衣服，我妈吧？"

裴书临调低了空调温度，"嗯"了一声。

身后传出衣料的摩擦声，简皎月今天穿了条紧身牛仔裤，褪裤子时脚不小心直接蹬在了前面的椅背上，挺大的动静。

她下意识地往裴书临那儿看了一眼，他没回头，手指依旧把弄着那支烟。阳光穿透树叶的罅隙，恰好照在他的手背上，瓷润的冷白皮此刻泛着耀眼的碎金。

裴书临会抽烟了，也会和那些人一样一身烟酒气沉浸在声色犬马里。

简皎月有种难以言喻的感觉，她看过他穿一尘不染的校服，曾是个清俊的优等生，再见到时却是游刃有余，从容得让她有点陌生。

"裴书临，帮我拉一下拉链。"简皎月把头发拨到颈侧，转身留给他一个光洁的后背。

裴书临把指间的烟丢到一边，黑眸微沉。拉过拉链前，他的指骨不经意地蹭过她敏感的蝴蝶骨。等她脊背僵直一颤，他又伸手拈开她后颈处余留的几根发丝，好似一切都顺理成章。

这衣服乍看很符合长辈的审美，矜持温婉的人妻打扮。但简皎月怎么会买这么清汤寡水的款式，裙子后腰侧悄悄开了一道鲨鱼齿状的口子，正好把她的细腰曲线展露出来。

简皎月舔舔下唇，抻平裙子下摆，拿过包从后座下来进了副驾驶，打开镜子："你开慢点，我化个妆。"

语气轻松随意得仿佛这辆车不是去往民政局，而是某家餐厅。

她皮肤好，简单地拿气垫打个底，面上就有了气色。唇上涂了层雾面唇釉，弯长黑亮的鬈发随意地垂落在胸前，风情万种又不失俏皮温柔。

车在红灯路口停下，简皎月把镜子推上去。察觉到身边人的视线，她侧首，傲娇地抬高下巴："很好看是吗？"

裴书临自然不会回答她这问题，沉默地把脸转回去。

简皎月也不在意，不慌不忙地从包里拿出一个礼盒，推推他手肘："喏，送你的。"

车恰好停在民政局附近的停车场上，他拿过打开，是块手表。

裴书临挑眉："怎么突然送我这个？"

她边低头解开安全带，边说："上次弄坏你一块，正好昨天去了趟商场。"

本来她都快忘了，奈何骆天哲昨天过生日，死皮赖脸让她送礼物。到商场看见新推出的这款男士手表，她就顺便多买了一块。

简皎月解释完，瞥见裴书临还盯着那块腕表打量，修长的手指托着礼盒，手背上突出的骨骼异常赏心悦目。

简皎月不确定地问："不喜欢？"

“没有。”裴书临把手腕上的表摘下放在一旁，当着她的面戴上新表，“走吧。”

怕是没有哪一对新婚夫妻像他们一样，进了民政局后两人之间的距离还能塞下一个人。

简皎月一直以为有一天她真的随随便便结婚的话，可能拍照时都笑不出来，没想到一直木着脸的反而是裴书临。

简皎月撑着下巴靠在扶手上，两边都是卿卿我我的情侣。她斟酌着跟裴书临搭话。

裴书临以为她要讲故事，实际上她说的是网上流传的一个段子，结果还没讲完就把自己逗笑了。

裴书临不语，看着她自娱自乐。

简皎月自顾自地笑够了，看着他叹了口气：“你怎么比以前还难哄？”

裴书临听着稀奇：“你在哄我什么？”

她摊手，肩膀塌下去：“哄你笑啊，结婚证是要发朋友圈给大家看的，你这副不乐意的样子会让我很没面子。”

原来是为了面子。

裴书临坐在大厅通风口，手心竟握出汗意。

听到工作人员在喊他们的号，他站起来，和简皎月一起过去填表格，几分钟前一直在想的问题此刻被他卑劣地抛在脑后。

他不会后悔，却害怕她后悔。

简家渡过这个难关之后，他们这段婚姻又该如何延续？

“裴书临，你发呆呀？”女孩软绵绵的提醒语气反倒让他陷入回忆。

她从前就爱趴在他的课桌上对他说：“裴书临，你发呆呀，在想哪个女生吗？可是全校最漂亮的女生已经在你面前了。”

工作人员给他们压下钢印，开着玩笑：“先生有点不专心啊。”

简皎月存心帮着别人揶揄他，附和道：“是挺不专心的，真不知道娶了个这么貌美的太太，心里还在想着哪个女孩？”

她对自己的长相倒是一如既往地自负，裴书临轻笑一声，思绪回笼。他快速签完字，一只手绕过她的腰搭在她的椅背上，唇贴近她耳郭：“没想其他人，只是在想新婚夜和太太要怎么过。”

他声音刻意不放低，像是特意说给别人听的一样。

面前的工作人员抽空瞥了一眼他们的姿势，一脸笑意。

男人的姿势过于亲密，身上那股独有的香水味萦绕在鼻间。

简皎月没料到会被反将一军，睫毛乱颤，心里拼命告诉自己镇定点。可混沌的脑子不受控制地一直循环他那句话，她索性转移注意力。她暗暗思索着裴书临身上是哪家高奢的男香，她身边接触过的男士都没用过这款香水。没想到他这么无趣的人，品位还不错。

宣誓完，两个红本本到手。

简皎月让裴书临帮忙举着结婚证，“咔嚓”一声，用手机拍了一张照片发进家族群。她除了炫耀显摆，不常晒私生活，朋友圈也设定了只熟人可见。

“拍完了？”他沉静的脸上看不出情绪。

简皎月刚点头，就见他把两本证件全收走，她立马急了：“哎，你不给我留一本吗？”

裴书临把结婚证放进车的储物格里，面不改色地说：“你容易弄丢，而且也没有拿出来的必要。”

“万一以后用得到呢，离婚的时候不就……”她突然消音，生硬地转了话题，“这天好热啊，快放暑假了吧，你想不想喝咖啡？冰美式，行吗？我去买！”说完也没等他回答，她立马拉开车门往十米远的咖啡店跑过去。

提着两杯打包的饮品从咖啡店出来，简皎月想起几分钟前她说到离婚时，裴书临阴沉的表情简直能吓死人。大意了，把过河拆桥的心思摆明得太显眼。

简皎月自我安慰地想，其实她也没说错，假使以后两家公司的合作终止，他们这种婚姻关系或许也该自然地结束，互不耽误。

她正想得出神，突然感觉腿上痒痒的，低头一看，一条边牧犬朝她的腿上蹭了几下，亲昵地围着她转圈，她本能地举高手上的咖啡。简皎月在M国时，房东阿姨养的也是边牧，所以她并没有太害怕，只是有点好奇它怎么跟只泰迪似的围着她。

狗主人从后面姗姗来迟，牵住狗绳："真是抱歉，这狗一看见美女小姐姐就走不动道。"

简皎月笑笑："没事，它长得也挺漂亮的。"

男生看上去蛮年轻的，像是附近大学的学生。

听她这么说，男生立刻拿出手机："那介不介意加个微信？我朋友圈还有挺多它的照片。"

简皎月一愣，现在要联系方式都这么大胆了吗？

"咖啡冰块都要化了，你还要聊多久？"不知道什么时候走过来的裴书临插入他们之间，接过她手上的咖啡杯，问道，"认识？"

简皎月摇头："陌生人。"

男生小心翼翼地问："这位是？"

"他是……"简皎月有些别扭，咬咬牙笑着回答，"我先生。"

搭讪到已婚女士，男生悻悻地离开了。

裴书临微微颔首，牵着简皎月往车的方向一边走一边道："妈让我们明天回家。"

简皎月垂眼看着被他包裹着的手，呆呆地道："妈？哦，回B

城啊。”

上了车，紧牵的手分开。

裴书临低头，问道：“你的戒指呢？”

简皎月抿了口咖啡：“收起来了，你知道吗，我不习惯手上长期戴着首饰。”

这倒是真的，简皎月从小到大性格都极为简单、好相处，我行我素、不喜束缚，喜新厌旧还爱面子。

不喜欢她的人只会觉得她嚣张幼稚，言表溢于形色。但喜欢她的人就好她这贪玩的俗劲，坦荡又可爱。

“我们结婚了。”他打破安静的氛围，说道，“不要有你是孤身的错觉，也不要让别人有我是单身的错觉。”

简皎月听着觉得绕口，但还是顺着答了一句：“好的好的。”

车停在简家门口。

简皎月看了看外面的园子：“怎么开我家来了？”

裴书临抬腕看了一眼表，闻言转头：“你想去哪儿？”

什么叫她想去哪儿，哪里有刚领完结婚证就把人送回家里来的！难道联姻就真的只是靠证件维系感情和利益的吗？

简皎月皱着眉道：“你这些天在江城都住哪儿啊？”

他随手解开衬衫最上面的两颗纽扣，扯松领口，露出一小片肌肤：“裴润旗下的酒店，要去吗？”

“谁要去啦！”简皎月拒绝得太斩钉截铁，以至于两人都愣了一下。

她不自在地盯着男人精致的锁骨，平时穿得正经不露半点肉的人，此刻衣衫稍乱，竟给人一种散漫慵懒的魅惑感。

简皎月咕哝一声，眼睛却没移开：“说话就说话，衣服能不能穿好。”

裴书临瞧着她耳尖红红的样子只觉得想笑，外强中干用来形容她再合适不过。他解开安全带，一只手撑在她椅背上，另一只手往她腰上探过去，不经意地带起她的裙角。

简皎月穿的本就是及膝裙，坐下来时裙摆缩到大腿处，被他一蹭，又往上移了两厘米。腿缝紧贴着，微凉的肌肤和他的手臂挨在一起。

男人上半身和她快贴在一起，简皎月只觉得属于他身上的那股特有的冷木香气更甚，渐渐侵占她的感官。

要命，寡淡如裴书临居然也学会了调情这一套吗？

她咽了咽口水，还没说话，就听到耳边响起一声“吧嗒”开锁的声音。车门被推开，裴书临把手移回来解开她的安全带，垂眼凝视着她尖细小巧的下巴，低声提醒：“家里人在等你。”

简皎月回过神，侧头向门口看过去，简皑雪肩上披着条披风，站在那儿一脸笑意地看着他们。

“那我先回去了。明天不用来接我，我们机场见！”

她红着脸风风火火地下了车，连那杯还未喝完的生椰拿铁也忘记带走。

裴书临拿过来，就着那根吸管喝了一口，随即不悦地“啧”了一声：“什么味道。”

幸亏拉着姐姐回屋的简皎月没听见他这评价，否则一定会和他掰扯一道。

简皎月此刻莫名心虚：“姐，你怎么出来了啊，傍晚风大。”

“我打扰你们了？”简皑雪笑着说，“听爸妈提了几次裴家，他们长辈见过一次面，我还没见过裴家人。今天下午见到你这个丈夫来拿户口本，才知道是老熟人啊。”

简皎月诧异地问道：“你这话是什么意思？”

简皑雪轻轻拍了一下她的手："还装？这不是你出国前站在家门口的那个同学吗……"

"行行行，别说了，怪我年轻时不懂事，现在都成了黑历史……"简皎月较真，纠正道，"最好还是别提往事，我记得当时可尴尬了。"

简皑雪看她这个样子，不禁感慨命运无常。她因为身体不好一直在家自学，偶尔也会羡慕妹妹有这么多伙伴。

起初她会记住裴书临，是因为他的笔记本总是被皎月丢在房间的各个角落。少年字迹工整，笔势豪纵。这个年纪，笔力沉稳，着实让人过目难忘。

有段时间，她常听见简皎月和他打电话，缠着他讲东讲西，也不见他厌烦。也常听见女孩对他无缘由地发脾气，让他次次提着早餐守在家门外，看着她房间的灯。

后来，简皎月准备出国那几天，她再次见到了裴书临。男生高高瘦瘦，穿着一双干净的白色板鞋，嘴唇轻抿着，肩膀单薄，校服穿得板正规矩，少年气大抵就是如此。

他在门外不远处站了几个小时，只为等她出来说上几句话，也不知道之后又是怎么被打发走的。不过看简皎月这个表情，两人当初应该不是和平分手。再后来，她没再刻意关注这个男生，却没想到他们会以这种方式重逢。

简皑雪缓声说："既然结了婚，也是一段缘分。"

简皎月鼓鼓腮帮，不以为然道："希望不是孽缘，我现在就怕他跟我算旧账。"

那时，顽劣的少女恣意如风，从来不把辜负别人的真心这种事放在心上。

简皑雪摆出长姐的姿态语重心长地说："嫁了人可不能和以前一样了，江城和B城隔了几千公里，你只能自己照顾好自己。"

“别担心了。”简皎月缺心眼地撇撇嘴，“你不知道我公公家很厉害的吗？在家我是大小姐，在裴家说不定能当个养尊处优的少夫人呢。”

简皑雪被她逗笑：“是是是，少夫人。”

她们都听简父说过裴家，不仅财力雄厚，而且底蕴深长。

门阶户席，皆王亲也，不外如是。

这算是简皎月上大学之后再一次长久地离开家。大清早，为了赶航班，司机很快把两个大行李箱放好，给她开了车门。

和门口的几位家人告别，看着简皑雪不舍的神情，简皎月连忙把车窗关上，也不回头看。她唯恐姐姐感情泛滥，把眼睛哭红。讽刺的是，他们都不知道简皎月这几年孤身一人在国外早就学会独当一面，她已经习惯没有家人当后盾的生活。

小时候姐妹俩躺在床上也曾讨论过，以后会有什么样的婚姻和另一半。

简皎月从小贪玩懒惰，只想着读完书就做只家里的小米虫。闲暇时去巴黎看秀，去米兰看展，去夏威夷度假，去波士顿品酒……谈很多场恋爱，给自己最大限度的自由。她总觉得结婚这件事遥不可及，反正还有个长姐顶着。没想到现在她却走在了前头，和大部分圈子里的千金一样，发挥了该有的作用。

惆怅了大半路，上了飞机后，她索性戴着眼罩睡到落地才醒。

她对裴书临实在不太上心，坐上回裴家的车时才正眼瞧他，惊奇地发现他今天居然没穿西装。只见他一身卫衣搭配牛仔裤，看着总算像是和她同龄了。老实说，她一直觉得和裴书临谈恋爱不吃亏，他是那种很耐看的长相，颜值没得挑，越看越有味道。

裴书临见简皎月盯着自己走神，侧首：“昨晚没睡好？”

他身上的香味真的好闻，简皎月享受地眯了眯眼睛，朝他凑近点，答非所问："我熬夜查你喷的香水，是潘海利根对不对？"

前调柠檬，成分包含了鸢尾根和沉木香。给人的感觉就是沉稳守礼，和他很衬。

裴书临捏了捏眉心，道："我不用香水，是衣物护理剂。你喜欢的话我让人给你备上。"

"我不用，这么淡的味道在你身上才好闻。"她想到他们此行的目的地，"叔叔阿姨他们喜欢什么样的儿媳妇？"

"叔叔阿姨？"

她吐吐舌头："忘改口了，我是说爸妈。"

裴书临把脸转回去："不知道。"

简皎月瞪眼："你开玩笑呢，你爸妈喜欢什么样的儿媳妇，你不知道？"

他反问："你父母喜欢什么样的女婿？"

"你这样的。"

裴书临语塞。

简皎月捂住嘴打了个哈欠，居然还真有点困："算了，我乖点应该能讨他们喜欢。我先打个盹，到了叫我。"

她总喜欢抱着膝盖蜷在位子上，高跟鞋悬在脚尖，带着不自知的诱惑。她今天挑的这身旗袍展现出江南水乡姑娘的娇软，没化妆，五官的凌厉美感也稍稍柔和了些，有种恹恹的乖顺。

今天天气晴朗，阳光从车窗外照进来，女孩脸上的茸毛清晰可见，像只诱人的水蜜桃。没等她蹙眉，裴书临已经下意识张开手掌替她挡住双眼。

简皎月在中学时代来B城旅游过。她原以为会被带去四合院，但裴书临听罢，只是说了句那地方除了他外公那一辈的老人，其他人都不爱住。

裴父裴母没住在几环外的别墅区，而是在南锣鼓巷附近的居民楼就住。老居民楼外表残旧，但内里都是现代化的装修风格。这就是B城的魅力，多少人宁愿花费数千万买一套小居室，也不想远离这座城市。

他们刚进门，就有一个十几岁的女孩冲上前来，张开双臂，喊道：“嗨！欢迎回家！”

裴父裴母从厨房齐齐探出头，笑容温和地向简皎月打了声招呼。

简皎月把准备好的礼品递过去，乖巧地喊了一声“爸、妈”。她从小就是人精，虽然性子张扬不羁，但是很懂得看眼色，在和长辈相处上非常有一套。

裴书临给她拿了双鞋，介绍说：“这是堂妹，裴知。”

“堂嫂好漂亮，难怪我哥急着把你娶回家！”裴知刚高考完，在裴家暂住两天，等她父母出差回来就带她一起去瑞士过暑假。

堂妹是个脸上带点婴儿肥的小姑娘，自他们进来后就黏着简皎月，还殷勤地拿出手机跟她玩了两把游戏。

简皎月见过联姻家庭的女孩和公婆相处，相敬如宾，刻薄疏离。她清楚地知道裴家的背景比她原先待的圈子更上层，没想到家里的气氛出乎意料地温馨。

裴母吩咐阿姨给她端来水果之后也没打扰她们玩游戏，而裴书临被裴父喊去阳台那儿捯饬移植不久的洪山菜薹。

寸土寸金的地段，偏偏他们家还能在楼上辟出一大块菜地来。

上千块一斤的紫菜薹栽种不易，对种植土壤和温度的要求都非常严苛。裴父当个兴趣养着，才好好养了没几天，到做晚饭时裴母毫不客气地薅了一大盆丢进锅里煮。

到了餐桌上，裴父心里五味杂陈，筷子都不往这盆菜边上伸。

裴母不惯着他那闷脾气，舀了一大勺到简皎月的碗里，乐呵呵地说：“皎月多吃点，你太瘦了。比知知还瘦，要有点肉才健康。”

简皎月笑着点头道谢，连忙分了一勺子给边上的裴书临。她眼睛弯成月牙，人畜无害得像个乖巧小媳妇，对他说：“书临也多吃点哟。”

裴书临看出她想祸水东引的心思，低头勾唇，“嗯”了一声。

吃过饭后甜点，裴父裴母在客厅看电视，裴书临带她回楼上的房间。虽然只在楼下待了几个小时，但简皎月真心觉得累。她坐在椅子上，打量了一圈卧室：“你房间的东西好少啊。”

裴书临脱了外衣，进浴室前回了她一句：“前几天妈都帮我搬进婚房了。”

简皎月瞥了一眼房间唯一的一张床，欲盖弥彰地咳了两声。她躺上床去玩了会儿手机，等裴书临出来就迅速拿着准备好的睡裙进了浴室。

裴书临把床头灯打开，瞥见简皎月没锁屏的手机，界面停留在她和裴知的聊天记录上。两人似乎在聊最近追的明星。

简皎月出来时就见裴书临一只手撑着额头鼓捣手机，不知道在分析什么大事。她拿起手机打开微信，恰好又见裴知发了一张男明星的海报给她。

裴知：“有一说一，是不是比我哥还帅？”

简皎月把照片放大，诚实地回消息：“哈哈哈！那倒没有！”

裴知：“哼，情人眼里出西施！”

裴知：“来楼下和二伯母他们一起玩牌吗？如果你们今晚要做一些不可描述的事的话就当我没说。”

现在的十八岁少女可比当年的她狂野多了。简皎月看了一眼旁边的裴书临，他们身上是一样的沐浴乳味道，却各自靠在床边，低头干着自己的事情。

她义正词严地回复裴知：好好读书，禁止乱想。

裴书临突然靠过来，手伸向了她这边的灯座，调节灯光亮度。

简皎月感觉到腰侧的软垫下陷，在他压过来时吃惊地深吸了口气，她的唇离他的侧脸只差两厘米。

她异于平常的表情太明显，裴书临下意识地以为裴知在手机上跟她说了些不着调的东西。他低头一看，裴知的信息正好蹦出来。

裴知："好的，对不起，我改成今晚你们要做点夫妻之间该做的事，行吗？"

简皎月默默关了手机屏幕，掀起眼皮，面无表情地问他："你应该看不懂吧？"

裴书临淡定地回答："我恰好有正常人的学习能力。"

简皎月十分尴尬，给堂妹发了一个"告辞"的表情图就关上了手机。

身上的男人还保持着压着她的姿势，以一种"你和高中生聊的居然是这种私密事情"的戏谑眼神垂眸盯着她。

房间静得过分，隔音也好，听不见楼下他们玩牌的半点响声。

简皎月慌乱地扯开话题："你可能不知道，这些事不是靠学习就能记住的！你得学以致用，实践才能出真知。"

裴书临拈过她的碎发别到耳后，手指搭在她肩上那根系着蝴蝶结的肩带上。

他俯身贴近，双唇微启，暧昧的语气融化在夜色里："那我们来实践一下？"

实践什么？指的是那句"不可描述的事"，还是那句"夫妻之间该做的事"……

简皎月想想都觉得小腹一抽。她看着瘦，但该有肉的地方都有肉。吊带睡裙盖到膝盖，白皙匀称的小腿稍稍撑起，就这么被他压着也能隐约感觉到身体的触碰。

简皎月红润的唇微张，主动伸手勾住男人的脖颈，看着像是热情邀约，实际上却咬牙来了一句："裴书临，我肚子疼。"

"着凉了？"他眼底那层晦涩逐渐消散，温热的掌心自然地贴上她的小腹，"我喊医生过来。"

简皎月拉住他的手，有点迟疑地说："不是特别疼，好像是来例假了。"

裴书临给她裹上被子，准备出去给她买卫生巾。

简皎月靠在床头看他穿外套，咕哝一句："那你别弄出太大动静让爸妈听见了，我不想第一天就让他们觉得我事儿多。还有，能不能给我带点零食回来？"

"你刚才没吃饱？"

简皎月摸了摸鼻子，不好意思道："我不好意思在你家里人面前表现得太能吃。"

裴知正好从对面的游戏房拿了一盒飞行棋出来，撞见裴书临出门，问："哥，大晚上你穿着外套干什么？"

裴书临回道："出去买生理用品。"

裴知意味深长地眨眨眼："哦，懂啦懂啦！你真是的，这种东西早就应该备好呀！"

"你嫂嫂来例假。"裴书临顿了一下，瞟她一眼，"少给她发些乱七八糟的东西。"

裴知慌忙磕巴地解释："哪……哪有乱发！对啦，要不要我陪你一块儿去买啊？你肯定分不清日用和夜用。"

裴书临径直往楼下走，只撂下一句："不用，我给她买过。"

简皎月躺在床上哼哼唧唧，肚子上还放着裴书临给她的暖手宝。大夏天的，空调无济于事，她头发都闷出了汗来。

其间，裴知还给她送来一杯热的果茶，她没喝。她想着要不是来例假了，刚刚裴书临不会真的想和她做点什么吧？虽然知道履行夫妻义务是应该的，但以她和裴书临现在的关系，总觉得别扭。

简皎月就这么胡思乱想的时候，裴书临回来了，还给她带了一份关东煮和一份小龙虾。

以前裴书临倒是嫌弃脏，不让她吃，不知道为什么今晚又给她买了。

简皎月从卫生间出来，捏着鼻子，一脸的矫揉造作："我要保持身材，可吃不惯这种路边小餐馆的油腻食物呢。"

裴书临头也没抬，打开小龙虾的包装盒，说："给你剥。"

"好呀！"她立马端着凳子眨巴着眼睛看着他，闲聊似的说，"裴书临，问你个事，你爸妈的婚姻也是像我们这样吗？"

他摇头，说他父母算是差点被家庭拆散的一对苦命鸳鸯。奶奶那边不喜欢裴母这种不着家还有工作的儿媳，外公当时也只想让裴母嫁给他提携的后辈。但裴父裴母和对方在一起的心非常坚定，两人最开始来 B 城生活的那几年过得很是凄凉。

之后两人好歹是出人头地了，让双方家长都无话可说。直到裴书临八岁那年，两家家长才正式见面，并给他们补了一场婚礼。

简皎月听了颇有感触，没想到让儿子联姻的裴父裴母也曾有过这么一段故事。她很同情地对裴书临说："那你也不要太委屈，我会对你好的。"

其实她还想说，像他这种天生高傲、理想主义的人，应该把爱情看得很重要。如果哪天遇见真爱就告诉她，她不会让他狼狈地和那个女人私奔，一定会慷慨地放手成全。

那晚简皎月睡得特别好，难得睡到大天亮。

在裴家住了几天后，他们回了在B城安置的新房。

婚房离裴书临的学校和实习单位都不远。

这城市虽然不大，却有几十所科研院校、上百个不同国家的大使馆。

简皎月放下行李之后却没在婚房睡过，她这几天忙着把工作室迁到B城来。她之前在大学读的是广告学，毕业之后走上了婚礼策划这条路。

工作室设在一座大厦的十七层，最近她在忙着招新。

她本就力求把“新世纪私人定制婚礼工作室”网红化，大力宣传后，接的都是网红、明星和富商的单子。

这世道就是这样，只要打响了知名度，无数人趋之若鹜。

开张没多久，工作室便接了一个急单，为数不多的几个员工加班加点做方案。

简皎月懒得很，看了一眼单子，见没达到自己的心理预期报酬，便将案子丢给手下人去做，但也不好意思准时下班。

想着B城也没什么朋友，回去也是闲着，她索性在办公室里安置了一张床。

加班加点的第二周，大东他们总算快把事情弄完。她装模作样地视察，帮去洗手间的前台艾媛值班的时候，居然接到一个外卖员的电话：“简小姐的外卖，祝您用餐愉快。”

“哇！老板你居然还给我们叫了晚餐。”大东和阿鹤他们闻香而动，自觉地过来领盒饭，“香饵胡同的炖菜、干炸丸子、酸辣汤……大伙快过来！”

几个人拥过来，三下五除二把外卖瓜分完毕。

简皎月迷茫地眨了几下眼睛，她想给的奖励明明是今晚提前下班啊。谁点的外卖？她狐疑地扯过大袋子，看着那上面的小票，心里有了猜测。

正好有电话打过来，裴书临似乎在大街上，能听见刺耳的鸣笛声："拿到晚饭了？在吃吗？"

简皎月看着手边剩下的两份餐点，问道："你点的外卖呀？多点了一份。"

"没点多，你胃口大。"

简皎月权当没听见他这话，瞥了一眼格子间："谢啦，我的员工们都吃得挺开心的。"

裴书临"嗯"了一声，沉默片刻后又问："今晚回家吗？"

"回……回不去，还得加几天班呢！"她睁眼说瞎话，"这次接的是个大单，方案还没做完。"她刚说完，就见工作室里的几个人齐齐盯着她。

电话那头囫囵地应了句，简皎月抬起头匆忙挂断，朝望着自己的一群人摆摆手："吃完赶紧走，我自己加班。"

几人闻言这才放心，嬉皮笑脸地对她说了几句好听的话，离下班时间还差几分钟时就都溜得不见人影了。

简皎月坐办公室里边看剧边把晚饭解决了，丢垃圾时蓦地眼前一黑。好在外面灯火璀璨，不至于让她连手机在哪儿都看不清。她直接拨了个电话："大东，又没交电费吗？办公楼停电了。"

"交过了啊。"大东安抚好女友的情绪，走到电影院外面说，"哦，咱们那栋楼今天检修，电梯好像也会停，您又没看我早上贴的通知吗？"

简皎月从来不在意这些细节。她透过落地窗往下看，十七层的高度让她短暂眩晕了："我怎么办？"

大东叹了口气道："您这有家也不回的，都赖在办公室多少个晚上了。要不，我现在来接您？"

刚说完，那边就传来大东女朋友耍性子的声音。

简皎月说不用，她可不想变成万恶的资本家，让员工连约会都不安生。她本来想将就着继续在办公室睡一晚，但没空调实在让人难以忍受。

她看着手机剩余不多的电量，咬咬唇打开手电筒往楼梯间走。不知道是不是心理作用，走在又黑暗又安静的狭窄通道里，她总觉得有点恐惧。偏偏这时候检修工人还没来，她穿着高跟鞋走了五六层之后，嫌踩在楼道上发出的声音太惊悚，索性把鞋子脱下来拎在手上。

手电筒因为手机电量太低自动关闭了，简皎月突然听见楼梯上传来另一个人的脚步声，一步一步和她的重合。还没等她发出惊叫声，缓步上楼的裴书临开口道："简皎月，是我。"

"裴书临？"简皎月下意识地拿起手机摁亮屏幕照过去，手机直接撞上他的下颌，只听见他一声闷哼，她才反应过来，"对不起，疼吗？"

"没事，走吧。"

他没有问她为什么一个人留在办公室，也没说其他的话。

简皎月心虚地扶着楼梯往下走，问道："你怎么来这儿了？"

裴书临打开手机手电筒给她照着脚下的路，随意道："正好在你公司附近，看见整栋楼都停电了，楼下又有一群维修工人。"

"我都忘记今天要检修了。你吃过饭了吗？"

"嗯。"

不知道为什么，简皎月觉得裴书临给她的感觉不像刚见面时那么冷冰冰了，似乎又回到了他们谈恋爱时那种温柔的状态。

简皎月舔舔唇："你帮我把行李箱整理到卧室去了吗？"

裴书临疑惑地看她一眼："我这几天住在宿舍，也没回去。"

那意味着她这几天是白躲在办公室里了吗？

像是没事找话聊一样，闲聊了几句之后，简皎月突然没了声。

裴书临侧过头看她："怎么不说话？"

沉寂漆黑的环境下，简皎月没了平时伪装的那副刀枪不入样，很颓丧地说："我走累了，早知道就不买这么高的办公室了。"

"上来。"裴书临在她面前蹲下，留给她一个宽阔的后背。

简皎月见还有五六层才到一楼，也没矫情，乖乖地爬上去。

"我刚刚吃了很多饭。"为了推卸责任，她补充了一句，"是你让我吃这么多的。"

裴书临听出她的言外之意，低笑两声："嗯。"

简皎月松了口气，小声说："其实也不重，对吧？"

"有点沉。"

"嗯？"她拎着两只高跟鞋气鼓鼓的，明知道他只是随口一说，却还是很较劲地生气。她越想越气不过，一口咬住他的肩膀，"都怪你给我点两份外卖！"

夏季衣料薄，又沾上她湿漉漉的口水，贴着肌肤的触感很明显。她魔怔也就算了，却觉得裴书临也被她传染得不正常。被人咬了一口，他不但不恼，反倒发出愉悦的笑声。

# 第三章
## 我好想你

裴书临是行动派，说想去度假，第二天一大早就订好票带着简皎月去了机场。目的地是南港的渔村，也是裴书临的奶奶家。

前一天晚上，简皎月特地找他了解了一下家族史，才知道他奶奶和子女缘分一直凉薄。老人膝下有三个孩子，两个在B城，一个去了国外。

据说那是位十分孤僻的老人，早些时候什么都看不惯，孩子做什么都要掺和。到如今，没有子女愿意常去看望她。

“难怪你爸爸宁愿闲着没事陪外公下棋，都不回港城一趟。”

下了飞机后，他们又坐上了去往小岛的轮渡，船上的人很多，吹着咸湿的海风，听着海浪的声音，简皎月有一搭没一搭地和裴书临闲聊。

半个小时前，简皎月还收到了裴母发来的信息：皎月啊，要是受不了我婆婆就赶紧让书临带你回来，别委屈自己。

简皎月越发对裴奶奶好奇起来，就连裴书临也说她是个传统古怪的老人家。

下了轮渡后，他们坐着当地的出租车直接去往榕树湾。

岛上的巷子七弯八拐，简皎月被海岛风景迷了眼，一直转头往海岸线那儿看，猜测渔夫钓上来的那些鱼到底是秋刀鱼还是胖头鱼。

“裴书临！”她喊住他，伸出手，“我觉得在奶奶面前，我们要亲密一点。”

他两只手提着行李和带过来的礼品，扬眉道：“你打算牵哪只手？”

“我可以帮你提。”她说着弯腰，准备拿过裴书临左手的行李箱。雪白的颈子凑到他面前，颈线纤细流畅，白得让人想吮住。

裴书临敛眸，不动声色地避开：“不用，太重。”

不想牵手就直说，说什么太重！

简皎月撇撇嘴，以前就是她追着他跑。没想到几年过后，一切像是又回到了原点，可在长辈面前需要扮演恩爱夫妻的人又不是只有她。

裴书临走在前面，在一座大院锁着的铁门前停下脚步。海岛上的住宅楼层都不高，用的也是抗台风材质。他把行李放在门口，转过身去，说：“她不在家。”

简皎月打量了一圈屋子的外观，疑惑道：“奶奶就住这儿啊？好简陋。”

“这个岛是她的。”

“当我没说。”她往四周看了看，“她一老人家能去哪儿？要不我们随便逛逛。”

“好。”

岛上风大，裴书临穿了件防风外套。他往前走了两步，突然回过头，自然地牵住她的手，十指相扣。

简皎月低头看着他把两只握在一起的手揣进自己口袋里，眼睫眨了眨：“现在奶奶不在呀。”

裴书临睨着她："奶奶不在就不牵手吗？"

这人怎么总问些她答不上的问题，简皎月摇头："随便你啊。"说完她忍不住低头偷偷勾了下嘴角。

走了一会儿，两人在坡下的便利店门口看见一位满头银发的老奶奶，她坐在那里，海风吹动她的发丝，她整个人像是一座望着海角的雕塑。

简皎月刚想感叹岛上的老人挺孤单，就见眼前这位奶奶朝他们跑来，扑向她边上的裴书临，喊道："哎哟，乖孙，你来了。"她一边唤着，一边硬生生地把两人挤开。

进屋近一个小时后，简皎月终于体会到裴母说的"受不了"是什么意思。这位裴奶奶，居然是传说中可怕的"儿孙控"！

她坐在这儿恍若一块背景板，看着裴奶奶对裴书临嘘寒问暖，一会儿给他倒茶，一会儿拿果脯、水果给他吃。知道的晓得是奶奶疼孙子，不知道的还以为是招待哪位救命恩人呢。

良久，裴书临终于接收到简皎月的暗示，向奶奶介绍："奶奶，这是您孙媳妇儿，简皎月。"

简皎月立刻正襟危坐，矜持地打了声招呼："初次见面，奶奶您好。"

裴奶奶敷衍地看了她一眼："来之前你父亲已经跟我提过了，是江城简家的小女儿吧？"

两人领证之后其实并未通知其余家人，也未大摆筵席。简家这边，靠嫁女儿稳住公司这种事说出去毕竟不光彩，裴家人似乎也不愿意大张旗鼓地操办婚事。

简皎月有些惊讶她知道自己家，乖巧地点头："是，奶奶认识我父亲？"

“十几年前我们在国际商贸会上打过照面，当时倒是没想到会和他有这种缘分。”裴奶奶和简皎月说话时，脸上的神情立即从喜悦变成了严肃。

简皎月看得透彻，知道并不是所有长辈都是和蔼可亲的。像裴母他们还得顾忌台面上的礼数，毕竟是联姻，两边脸面都要过得去。可这位独自住在海岛上的老人才不会做这些表面功夫，想必对这种因利益结合的婚姻也见怪不怪。

和她连客套话都没说几句，老人就转过脸又对自家爱孙嘘寒问暖去了：“书临近来学业怎么样？”

“明年就毕业了。”

裴奶奶拍着他的手说体己话：“在B城有你外公教，我倒不担心。我听说你研究生的导师是吕瑾？这几年他身体怎么样？”

“挺好的，来之前他还托我向您问好。”

“他倒是有心，多帮我照料你就可以。”裴奶奶瞥见一旁正默默进食的某只小松鼠，扶着木桌起身，“你们来得正好，我刚洗了床单，去拿到楼顶帮我晒了吧。”

这就让他们开始干活了？

简皎月急忙把最后一颗青提吞进肚子里，站起身准备跟过去。

裴奶奶突然转身往她身上扫了一眼，不赞同地说：“入乡随俗，穿衣服该保守点。”

简皎月穿得倒也不是不保守，只是不该出现在这个小渔村。她穿着吊带，外搭一件广袖毛衣，牛仔裤包裹着两条又长又直的腿，好好的衣服硬是被她穿出一股娇媚诱惑的感觉。

待裴奶奶出了门，简皎月纳闷地拽了拽外套：“衣服哪里不保守啦！难道不是因为身材太好？”

裴书临递给她一个眼神：你问我？下一秒，他顺势揽过她的腰，张开手掌量了量，真应了那句盈盈一握。他眸里闪过一抹笑意，认真评价道："嗯，刚好合适。"

简皎月语塞。这人说话就说话，怎么随时随地动上手了。

裴书临伸手，拇指擦过她脸颊上沾着的提子汁，哭笑不得道："你是小孩吗，吃个东西还吃到脸上去了。"

"我没注意。"简皎月被说得有些羞赧，摸了摸脸，又仰起脖子凑到他跟前，"没了吧？"

"再磨蹭就天黑了！"这时，裴奶奶中气十足的喊声从院外传了过来。

裴奶奶住的联排小平层虽然在简皎月看来有些朴素，但在海岛上是一处较为出名的民宿。院子里栽着几棵桂花、几棵果树，早桂已经开了花，飘出淡淡的幽香，而果树也结满了果实。

租给客人的小房间朝南透光，门窗极为讲究，檀木雕花，很适合拍照打卡。

这房子只有一层，楼顶全是竹子架起的晾衣竿。边沿处也没有围栏，只是象征性地摆上了几十盆向日葵，以防有人掉下去。

裴奶奶说让他们帮忙还真没客气，衣篓里光是提上来的床单都有十几张。

暑气氤氲，光线流泻，远处传来汽笛声和海潮的清香。和风缥缈，楼下能听见奶奶和邻居聊天的声音。她们说的是当地白话，粤语听上去总让人有一种生活在二十世纪香港电影里的感觉。

简皎月不是个乖乖干活的人，她拈花吹风，无聊地绕着楼顶转了一圈。看着男人在那儿专注地做事，她把自己的外套挂在一个衣架上，钻进去把自己晾起来，伸出脑袋叫他："裴书临，看我！"

裴书临转头看她，女孩绑着高马尾，未施粉黛的一张脸上露出许久未见的鬼马天真，笑着露出一排小巧洁白的牙齿，眼睛弯弯，像只在夏日里晒太阳的猫咪。

这种晴朗的天气经常会有，但很难得的是，此刻空气中还掺杂着洗衣液的柠檬香和皂角味，让两人都不约而同地想起了十七岁那年的盛夏。

那个试卷总是会被汗液黏在手臂上的学生时代，简皎月总会拉着一两个小姐妹，借着去小卖部买水的名义经过他的班级。

那时候裴书临坐在靠走廊窗口的位置，午觉睡到一半，睁眼就是她笑眯眯盯着他看的脸。

那时有大把的时光可颓唐，可成年之后，再相遇的两个人都很有默契地没再提过以前。

简皎月觉得这对视的时间太长了点，她从衣架里出来，突发奇想地问道："我记得你好像会讲粤语，告白的话怎么说？"

"想听？"他漆黑干净的眼眸清清冷冷，让人觉得里面藏着不可言说的秘密，只听他低声用粤语说，"我好想你，你知道不知道，现在也是。"

简皎月失神地愣了愣，抿了抿唇扯回话题："网上不是都只说'我中意你'吗？你这句好长好难学会。"

"是吗？那就记第一句。"

一旁缓步上楼的裴奶奶看着他们晒个床单都你侬我侬，冷哼一句，粗声粗气道："骗你呢，他骂你生得难看！"

简皎月小声"嘁"了一句："我不信。裴书临，那句话到底是什么意思啊？"

裴书临低眸晒东西，随意道："和奶奶说的正相反。"

所以是"你好漂亮"或者"我好欣赏你"的意思吗？

简皎月自认为自己举一反三的学习能力非常强，她抓着他的手腕晃了晃，毫不吝啬地用刚学的粤语夸奖他。

他眉眼温和，望住她的眼睛问：“真的？”

“嗯。”

裴奶奶对小年轻的打情骂俏视而不见，在一旁浇水时剪下一朵向日葵。她踮起脚，费力地把那朵花插进简皎月高马尾的发缝里，嘴上依旧不饶人：“挂来挂去，又不是衣服。”

简皎月一脸茫然，眨了眨眼睛。

老太太径自把空衣篓带下楼，头也不回地吩咐：“待会儿孙媳妇还要跟我去茶园摘茶叶。”

“我这是在参加《变形计》吗？”简皎月瞪大眼睛，见裴书临不理自己，又恼怒地拽他的衣袖，“还说度假，这哪里是度假！”

裴书临表情寡淡，但看得出他心情不错。他碰碰她马尾上的向日葵，说：“奶奶不是给你奖励了吗？”

“这算什么奖励！”

他放低声音：“那我再给你一个。”

他身体覆下来的阴影太明显，简皎月下意识闭上眼睛，密长的眼睫颤动几下，手不自觉地拽紧他的腰身。感受到他指尖蹭过她的嘴唇，撬开，往她嘴里塞了颗刚摘的李子。

这个时节的李子还冒着青涩的汁，简皎月用牙齿咬了一口果肉就酸得面容失色，羞恼地抬眼瞪着他。

没等她松口说话，裴书临低头，嘴角一扬，骨节分明的手捏着她下巴抬高了点，勾下颈从她嘴边把那颗李子咬了去。

裴母的担忧不是没有道理的，短短三天，简皎月在裴奶奶的摧残下已经被迫做了前二十多年都没做过的家务事。

住在海岛上的第三天，裴奶奶在天未亮透的大清早再一次把简皎月喊出去捡海螺，简皎月回来补觉时一觉直睡到天黑。

睁眼时已经是日落时分，院子里难得空荡荡的。

简皎月打开手机，在好友群里发了一张自拍照求安慰，一双纤纤玉手被海水泡得发白。

安纯：心疼我的月！你老公的奶奶果然不走寻常路！

骆天哲：嘿嘿，老太太精明着呢，专治恶孙媳。

简皎月看得怒从心头起，气冲冲地打字回复：你再敢说话，我就杀了你！

安纯：加我一个，今晚必定爬你屋里暗杀你！

骆天哲：惹不起你们两个已婚女人，当我死了……

暮色四合，空气中混着海浪的气息。简皎月这几天已经“体验”了各种农家田园乐，她从客厅茶几上拿了个梨就出了门。

安纯和骆天哲还在群里斗嘴，聊到安纯那个“塑料”未婚夫，这几天又和哪个女明星夜下厮混被狗仔拍进娱乐周刊里。

骆天哲安慰她：别偷偷哭啊，不开心就来周一酒吧找兄弟们一起玩，多大点儿事。

安纯犟嘴：谁哭了！商业联姻这种各过各的事，有什么好难过的。皎月现在也和我一个样！

简皎月看得咋舌，吧唧吧唧把梨吃完，也不知道该回些什么。她觉得她和裴书临的夫妻关系似乎比安纯他们要好一些，她会扮演一个好妻子，他也会体贴绅士如一个好丈夫。

简皎月发觉她并不排斥裴书临的靠近，可能因为是自己喜欢过的人吧。

她这么胡思乱想的时候，裴书临给她发了一条消息：“码头有篝火晚会，要过来吗？我和奶奶都在。”

简皎月爱热闹，本来遇到这种风俗活动肯定要过去凑个数。但她这几天对裴奶奶的“残忍手段”快产生应激反应了，生怕裴奶奶一时兴起又把她喊去学着泡他们裴家祖传的西冷茶。

她闲逛着快到码头边上时，看见离海岸线不远处的两把沙滩椅上正坐着祖孙俩。

简皎月很坦诚地回：“我在你七点钟的方向，别把奶奶带过来，行吗？”

裴书临收到她的信息时嘴角弯了弯，转头朝后下方的礁石那儿看过去，只隐约看见她的裙角。

“那丫头过来啦？”裴奶奶瞧着他脸上的表情，哼了一声，“怕我喊她学东西吧，现如今的年轻人真够懒的。”

裴书临把视线收回来：“奶奶当年也是这么训导苏女士的吗？”

“你妈那时候……也是个大小姐架子，难教！”裴奶奶目光深远，看向天际的海，“也不知道你爸是怎么想的，他那个公司已经沦落到要靠你结婚才能经营下去了？”

“您错怪我父亲了。”

裴奶奶略感惊讶，不悦道：“这么说是你自己要娶她？虽然我年纪大了，但人还没糊涂。她对你一点也不上心！不懂事，也没个妻子样。”

裴书临的神情很淡，说道：“夫妻之间过日子，有一方付出得多就够了。她对我不上心，那我对她多用心也是一样。”

“你倒是看得透彻，参悟得早。”

“您教得好。”

两人静默无言了半晌，裴奶奶的脸色缓和了些，又成了那个老顽童。她突然提高嗓门，朝简皎月那边吼了一嗓子：“孙媳，昨晚上交代你的青团饭做了吗？”

简皎月在礁石那儿捡着碎贝壳打发时间，闻声吓得一个激灵，顿时像一只被捏住命脉的小雀鸟。她惆怅地站起来，踌躇着，考虑要不要走过去。

裴奶奶见状，轻嗤了一声：“为什么会是她？”

裴书临唇线抿直，温和地应道：“答案太长了。其实您也喜欢她吧？”

老人家这几天虽然总是动不动就“奴役”简皎月，但他了解自己的奶奶。要是真的不满意简皎月，她也不会花这么多时间和简皎月待在一块儿。何况这几天，民宿就没接待过其他客人。

裴奶奶想到这几天小丫头在背后怨声连连，但一到她面前就是一副乖巧小媳妇的样子，感觉还挺好逗弄的。她原以为这种为利益嫁人的女孩都是娇气的，但简皎月出乎意料地单纯、胆大无畏，什么都写在脸上。

裴奶奶笑了一声：“年纪大了，喜欢简单的人。哪儿跟你似的，一辈子都这么老成，这个年纪就不该绷这么紧。”

裴书临点头：“我人无趣，她能让您觉得有趣就行了。”

看着一旁的孙子明显“人在曹营心在汉”，裴奶奶摆了摆手，闭目养神道：“行了行了，过去找你媳妇儿吧，让老太婆我在这儿安安静静地吹会儿风。”

裴书临颔首起来，目光朝礁石那儿踟蹰不前的人望去，走到她面前：“吃过晚饭了？”

“吃了个梨。”简皎月从他背后看过去，诚惶诚恐地说，“奶奶喊我过去吗？”

他垂下眼帘，径自捉住她细瘦的手腕往反方向走：“没喊。你不喜欢她？”

“没有！”简皎月再怎么缺心眼也不可能说这话，她摸摸鼻子，

“我就是不想被她喊去干活，你又不是不知道我有多懒。”

裴书临看着她，道：“那明天回去？”

“真的？”察觉到自己的语气太兴奋，简皎月收敛住表情，“我还想着在岛上多住几天呢，这几天赶海的日子挺难得的。”

这话半真半假，她是内陆人，确实很少见到海。

裴书临垂眸看了她片刻，若有所思道：“你既然这么舍不得，我们多住几天也行。”

简皎月屈肘推他，恼了：“裴书临，你好烦，我就是跟你客气客气！”

他没被推动，反倒牵着她的手往自己身边拉近。他将唇凑近她的耳朵，压低嗓音，说道：“我知道。”

“那你还故意这么说！奶奶对孙媳妇的要求太高了，要懂琴棋书画，还得会做饭煎茶，怎么办？我是不可能合格了。”

裴书临“嗯”了一声：“我妈也没合格，你担心什么？”

你妈妈再不合格也把你生下来了。万一奶奶一个不顺心让裴父撤了对简氏的投资，还让他们离婚怎么办。简皎月想到这儿，忍住担忧，说：“我只是担心她会不开心。”

裴书临宽慰她说不会。

裴爷爷在世时，裴张氏的性格其实并不像现在这样好强。但爱人去世得早，她一个人要打理偌大的家业，又想着把他的子女都照顾好，渐渐就变成了这种强势的古怪样。

“奶奶只是太寂寞了，爸妈和姑母他们都不回来，她这几天才会变着花样教你这些事。”裴书临摸摸她的脑袋，像是在哄人，“不用喜欢她，但我希望你也不要太讨厌她。”

“我还不至于和她计较，她是你奶奶，我是你老婆，我本来就该处理好这些事。”简皎月语气很闷，低头才注意到自己的手指被他捏来捏去，像是在摩挲一件艺术品。

她抬头看见他瓷白精瘦的下颌，唇线微抿。黑色T恤衫的衣领松垮，露出一大片锁骨，是难得放松的模样。

裴书临察觉到她的视线，低眸问她：“怎么了？”她立刻低下头说“没事”，手指微微动了动，不经意地挠过他的掌心。

这气氛太好，海鸥齐齐飞起，一轮红日即将沉没。

也许是今天就要和这位刁钻的奶奶分开，简皎月对她算是百依百顺，一大早就乖乖地起床把各种琐事做完。离开时，她还把放在高处的梅子酒坛全拿下来了，叮嘱裴奶奶以后别放那么高，腿脚不方便就让岛上的年轻游客帮帮忙。

上船回机场前，裴奶奶手搭在裴书临的胳膊上，一脸傲娇地说：“不用讨好我，把我这么帅一个乖孙骗走了，就好好对他。”

简皎月已经习惯了，总之在她眼里孙子最金贵。她敷衍地点了点头，伸手把裴书临扯到自己身边：“好好好，我会照顾好他的，您回去歇着吧。”

裴书临牵着她上轮渡，唇边带着笑意。简皎月戳了戳他，问：“你笑什么？”

他看向坐在礁石上的老人，笑着回道：“她真的很爱逗你玩。”

海边风大，裴奶奶安静地坐在那儿，一身接地气的渔人打扮，却依旧是从容雍和的，有着历经风霜的睿智。

老人家财万贯，年轻时在商海沉浮，老来没有享受到天伦之乐。她不住在豪华的大别墅里，独独守着这座归属于她的小岛，守着她逝去的爱人。她也将在百岁之后，长眠此地。

简皎月没明白裴书临的“爱逗你玩”是什么意思，只是想到前一天晚上裴奶奶似是无意地问她：“除了家里的原因，你为什么要结婚呢？”

不是问她“为什么嫁给我孙子”，而是以一个旁观者的角度问这个问题。

简皎月半真半假地说着卖乖讨巧的话，回得不算真诚，甚至说了一句很违心的话：爱他呀。

实则是她没还考虑过结婚。

为什么要结婚？人生得意须尽欢。

没有家里的原因，她或许不会安定下来成为一个家庭的女主人。

# 第四章
## 男研究生行吗

回程的这架飞机的商务舱里只有五个人，坐在最前排的一对夫妻带着一个两岁的孩子，那孩子一直哭个没完。

裴书临在边上看报纸，完全不受影响。

简皎月学不来，撇了撇嘴，只好戴好耳塞。刚连上机舱的无线网络，正好看见手机上安纯发来一条消息："你老公说得对，钻石真的易碎！我现在相信世界上靠谱的只有男高中生了，呜呜呜！"

简皎月看得一头雾水，她不懂"钻石"和"男高中生"有什么联系，立刻上网搜索了一下关键词。

页面一刷新，就出现了许多相关回答。简皎月看着手机屏幕，十分无语，想着安纯该不会是有新动向了吧？

裴书临侧身伸手绕过她的腰拿眼罩，视线触及网页上的字时低笑一声，把她的耳塞取下一只，说："你怎么总能让我发现这些？"

简皎月回神，条件反射似的关掉手机。她耳朵冒着热气，烫得脸红，想起了上次和堂妹的聊天记录。她越羞耻越能拿乔，虚张声势地反驳："人不能有好奇心吗？我就查查，又没真的有想法！"

裴书临眸光如深潭，脸色算得上温柔，很有耐心地问了一遍：

"只是好奇？"

简皎月还以为他要吻过来，有点扛不住这眼神，嘴里咕哝着道："难道我还能试试……嗯！"下一刻他真的吻了过来，把她脱口而出的话堵了个严严实实。

简皎月完全被他出格的举动弄得一脸茫然，心跳仿佛漏跳一拍，手也被他的动作带着搂上去，被动地承受着他炙热的呼吸。从浅尝辄止到逐渐深入，她脑子里一片空白，只感觉到他柔软微凉的唇瓣。

身后的过道上传来乘务员踩着高跟鞋走近的声音，虽然椅背的高度足够遮住他们的身影，但简皎月还是一脸惊慌失措。

她回过神后，发现那小孩已经不哭了，抱住裴书临脖子的手挠了挠他的后颈，总算把他推开了。

乘务员从他们这儿经过时，露出一抹甜美的笑容，问道："这位女士需要什么帮助吗？"

差点被人撞见亲密一幕的简皎月耳尖通红，她摇摇头，将头埋进裴书临的胸膛。羞赧的同时，她狠狠掐了一把男人精瘦的腰泄愤。

她听见裴书临语气平常地对乘务员说："我太太有些头疼，麻烦给她一杯温水。"

乘务员笑着离去。

裴书临见她依旧抱着他不肯起身，便用手指拨弄她通红的耳垂，显得意犹未尽。他俯下身凑近，跟她以商量的语气说道："男高中生你是没希望了，要求高点，男研究生行吗？"

之后，"男研究生"四个字仿佛变成了魔咒，在简皎月的耳朵里徘徊了许久。

领证这么多天以来，虽然两人之间偶尔也会过界，但实质性的接吻是第一次。现在不过是一报还一报，她却在他的亲吻下险些丢盔弃甲，显出一副笨拙又羞涩的样子。

这样一想，裴书临接吻的技术真熟练啊！他读大学这几年到底谈了多少个女朋友？

不过他的唇好软啊，很好亲。

简皎月乱成一团糨糊的脑子在这里停住，她羞耻地捂住脸，心想她是色魔吧，偷偷摸摸地垂涎他，居然还回味。

再次回到B城，简皎月的工作室渐渐稳定下来，她终于如愿地过上了朝九晚五的生活。只是她睡懒觉的时间居多，上午十点才慢悠悠地赶去公司，上楼前顺便给员工们提一袋咖啡和甜点。

八月底，骆天哲被他爸赶到B城来打理新开的酒庄。安纯偶尔也会从江城跑来这儿跟他们找个酒吧聚一聚，简皎月觉得这已经算是她能想象到的最完美的生活状态了。

骆天哲对她这种“咸鱼思想”嗤之以鼻，嘲讽道：“你能不能有点出息，不过说真的，简家人就真的没来B城看过你一次？就算不是亲生女儿，也养了你这么多年啊。”

安纯接过话茬：“你指望简家谁来看她？她那个需要她联姻挽救公司的爸爸，还是她那个一直偏心的妈妈，或者是她那个病秧子姐姐？我和皎月在国外那几年就没见她家里有谁去看望过她。”

简皎月听着两个好友你一句我一句地争论，皱起眉头，泄气地说：“我本来都已经感觉自己到达人生巅峰了，被你俩这么一说，我好像过得很惨？”

“乖宝贝儿，你不惨！”安纯抱住她亲了一口，“你还有我和骆天哲，还有一个在读书的老公！”

骆天哲不在意地说：“就她那个老公，指不定半夜想起往事便气得恨不得掐死她。”

简皎月咬牙切齿地看着他，想反驳却又一时语塞，不知道该说什么。

安纯看骆天哲在点歌，凑到简皎月耳边悄悄地问："还没问你呢，和前男友同居的感觉怎么样？"

简皎月摆了一个大字形瘫倒在沙发上，纠正她："我们更像合租，又不睡一块儿。"

安纯震惊："什么？你们玩'纯情男大学生俏娇妻'吗？"

"你又看的什么漫画！"简皎月嫌弃地掏了掏耳朵，"我没办法这么快就适应和他睡一张床上啊，他读研学业也重，最近都住宿舍……而且换成你，你能接受和你那个未婚夫躺一起？"

"不能！但是你老公这么帅一个男人，又在每年都有一批十八岁学妹入学的象牙塔里，你就不担心……"

简皎月打断她的话："随便啦。婚姻不自由，至少给他在大学自由恋爱的权利吧。"

虽然大学毕业一两年也还是单身的人不少，但裴书临这种长相，不可能一直单身吧？她以前就经常被他的美色诱惑，现在好像也是……

简皎月自认为看得很淡，直到耳畔突然响起安纯的一句"是裴书临"，她吓得睁开眼睛，惊慌失措地喊道："哪儿？"

安纯指指她的手机，一脸坏笑："他给你打电话了。"

简皎月立刻朝骆天哲身上丢了一颗荔枝，示意他关掉音乐。她清了清嗓子接起电话："喂？"

裴书临那边很安静，他声音低低的，问道："在家吗？"

简皎月看了看时间，下午五点，按理说这个时间点她确实已经下班回家了，不过和他解释一句在外面玩也没什么必要，她索性"嗯"了一声。

"有空的话，能不能帮我送本书？"裴书临问道。

“什么书？”她一边说一边穿上高跟鞋，和好友做了个“下次再约”的手势就匆匆出了门。

安纯和骆天哲在她身后笑：“这就是找了个在读研究生当老公的快乐？”

简皎月还是第一次去外交学院。

裴书临在老校区就读，校门口立着一块公告牌，上面写着“非校内人员禁止入内”，进出还需要出示学生卡。也许是正值暑假的原因，校内在翻修操场，门卫也没有太严格。

简皎月把裴书临的学号登记完，就拿着他要的《外交学概论》进了校门。

老校区规模不大，道路两旁都是树冠繁茂的银杏。

简皎月迈着步子，觉得像她这么不着调的“学渣”出现在这儿简直是稀奇。她正找着路，在拐角处撞上一个人。

被撞到的男生大概也没看路，戴着一副眼镜，长得斯文清秀，扶了她一把，说：“没事吧，学妹？”

简皎月回到家就把妆卸了，此刻清汤寡水的一张白净小脸，脚上穿着一双帆布鞋，胸前抱着一本书，看起来就像刚入学不久的新生学妹。

她摇摇头，站稳后解释道：“没事。我应该比你大，也不是你们学校的。”

“那你是来参观的？”男生看了一眼她抱着的书，猜测道，“是家里有兄弟姐妹在这儿读书吧，哪个系的？本科部还是研究生？我们学校很小，但是专业多，初来乍到难免找不着门，要不要我带你过去？”

简皎月拿出手机查看裴书临发的地址，对这位陌生人的殷勤感到很不耐烦，拒绝道：“不用，我结婚了。”

谁知男生顺口说道：“有丈夫就不能交男朋友了吗？”

简皎月完全惊呆，一时间分不清他是在开玩笑还是说真的。

在她沉默的时候，有人替她问了一句：“你说呢？”

声音低沉、熟悉，简皎月惊喜地转过身。

裴书临身姿挺拔，单手插兜，另一只手拿着手机，目光朝他们这儿望了过来。

刚刚还坦然自若的男生一改淡定，见到裴书临后，神色慌慌张张地站直问候：“裴师哥？”

裴书临的脸色并未缓和，他的视线锁定在这位师弟身上，说话时的语气漫不经心，重复了一遍刚才的问题：“有丈夫能不能交男朋友，你觉得呢？”

男生见状知道自己踢到铁板了，连忙弯腰讨好：“我和嫂子说着玩的，对不起啊师哥，我不知道她是你的女朋友。”

裴书临扫了男生一眼，面无表情的脸极有压迫性：“是跟我道歉吗？”

也许是因为他平时给人的印象非常温和，现在这副样子倒让师弟内心惶恐。

师弟闻言立马向简皎月道歉：“师嫂别介意！我这人就是贫嘴惯了，你别往心里去，千万别跟我计较。”

简皎月听着觉得好笑，摆摆手让他走：“我能跟你计较什么？回去上课吧，弟弟。”

见人灰溜溜地走了，她向裴书临走了几步，扬高眉，随后道：“我还以为你们外交学院的学生都跟你一样呢，原来也会有这种‘玩咖’啊。”

裴书临淡声回答：“是你先入为主，把他们神化了。”

他们现在只不过是一群被保护得很好的学生，研究学术的同时也正在享受青春。

简皎月耸耸肩，说道："行吧。给，你要的书！"

"这本……"他接过书拿在手上欲言又止，伸出手牵着她往教室走。

简皎月见他表情不对劲，问道："怎么了？我拿错书了？"

裴书临温声回答："嗯，拿成《西方近代史》了。"他很快又补充了一句，"怪我没说清楚。"

简皎月有点懊恼："啊，不好意思，看来我白来一趟了。"

他接过话："也不算。"

他这一周都待在学校写论文，没时间好好看她的脸。在家更不必说了，除了拿外卖，简皎月几乎不会走出她那间卧室。

看来等她自己向他走过来的方法太磨叽了，不如直来直往更轻松一点。

裴书临把她带去了教室，找了一个靠窗的座位坐下，随后说："陪我上一节课吧，待会儿我们一起吃晚饭。"

她看了看被他握紧的手，也没理由不同意。

后面姗姗来迟的几个学生见到她时总要诧异地多看几眼，其中有一个胆子大一点的女生拍了拍她的肩膀，笑着问道："你是裴同学的家属吗？"

"是的。"简皎月礼貌地点了点头，心里暗道，没想到结门姻亲还得应付他的同学。

女生看上去似乎对她挺好奇，显然知道不能找裴书临去八卦，只好跟她打听："你和裴书临是什么时候认识的啊？我们是直研时期一起读书的同学，从没听说过他交女朋友了呀。"

裴书临写字的手一顿，就听见简皎月囫囵着回答："是家里人介绍的”。

女生了然地回了一句“这样啊”，显然失去了再打探的兴趣。

他突然伸手揽住她的腰，摩挲了一下，提醒道：“坐好，教授来了。”

简皎月立刻挺直了腰背，转过头时瞥见其他人惊讶的眼神，她纳闷地想：他们在惊讶什么？仿佛没见过裴书临碰女人。

站在讲台前的教授五十多岁，口齿伶俐，穿着优雅的旗袍，每一根头发丝都透露着精致。

研究生的课程比本科时简练得多，听着教授的一口英伦腔，简直是对耳膜的馈赠。

简皎月这才想起听裴书临说过，他在研一时期也去国外做过交换生。

她迷迷瞪瞪地想：如果他来的是M国，他们是不是有机会见上一面？

裴书临正听着课，突然好奇旁边好动的某人怎么安静了。等他侧头一看，才发现她眼皮已经耷拉着半合上了，可见一上课就犯困的毛病至今未改。

简皎月做了一个很长的梦，梦中很混乱。她偷听得知自己不是简家的亲生女儿后，起初不敢相信，偷偷跑去做了亲子鉴定才死心。后来，她觉得不能再欠他们钱了。

到M国之后，她便把几张卡全丢进了海里，在学校找了一份兼职，半工半读，勉勉强强才毕了业。

梦境里的画面又转到某年冬天，一场暴风雪后，简皎月居住的地区全部停电了。她啃着法棍，掏出几张纸币去超市买菜时，居然瞧见了裴书临。

那年她才大二，裴书临在她脑海中的印象依旧是高中时的那个样子。

梦中的他踩着一双白球鞋，穿着一身旧校服也丝毫不见老气。少年沉寂平静，站在超市门口对她轻轻一笑，眼里充满温柔和爱意。

他牵着她走在那条看不见尽头的街上，简父简母和他们擦肩而过。大概是抓着她手的那只大手太温暖，那股如同浮萍般没有归属感的情绪顿时淡了下去。

简皎月在心里暗暗地想，以后一定要对裴书临好一点。可这个念头刚起，裴书临就松开了她的手，冷漠地后退了一步。

天空飘着雪花，凛冽的寒风刮过她的脸。她看见了少年眼中的嘲讽，像是一场蓄谋已久的报复。

"下课了？"简皎月醒时，声音带着鼻音，嗓子有些沙哑，抬头才发现教室里只剩下他们两个人，连他桌上的书本和笔也不见了。

裴书临安静地看着她，像是等了她很久。他伸手蹭了蹭她的眼睑下方，问道："怎么哭了？"

她没察觉到，眼睫上还挂着摇摇欲坠的泪珠，"吧嗒"一下砸在他伸过来的手背上。

简皎月下意识抹掉眼泪，站起来伸个懒腰，想转移话题："可能是因为刚睡醒吧……你们班这个窗帘还挺好看的。"

裴书临对她的逃避习以为常，反问道："有什么好看的？"

她突然笑得没个正经，掀开窗帘，遮住一半身子："不透明，干坏事就不容易被抓包咯。"

"你想干什么坏事？"裴书临跟着她钻了进来，一只手撑着她后面的窗台，另一只手打算去牵她。简皎月刚睡醒，手心都是汗，她躲闪着往后一缩。

裴书临手落空，眸光暗淡下来，随后他强势地伸过手，将她一点一点按向自己的胸膛紧贴着，感受着她的呼吸。

简皎月挣脱不开，没想到他会来这么一招。她将下巴搁在他的肩膀上，时间仿佛静止了。良久，她保持着这个姿势，突然一本正经地喊他的名字：“裴书临。”

他低头：“嗯？”

还以为她有什么大事要宣布，然而她只是一字一顿地控诉他：“你刚刚咬我了，好疼。”

教学楼下骑着单车的情侣打着响铃一晃而过，后座上的女孩搂着前面男生的腰，不知道跟他说了什么，两个人都发出“咯咯”的笑声。

裴书临把视线收回来，手指碰了碰简皎月通红的耳垂。他目光专注，柔声地回应她：“那也是你欠我的。”

裴书临说这话的时候，简皎月满脑子想的都是简氏从裴父那儿借来的钱，这么一想，自己确实是欠得不少。

简皎月懂得寄人篱下时需要收敛脾性，欠债更是如此。但她这些天被他惯得有些放肆，踮脚就凑到他后颈那儿不客气地咬了一口。和他刚才调情般的吮咬截然不同，她只是单纯地回击，在他后颈那儿留下个牙印。

裴书临甚至在她凑上来的时候，俯下身子给她便利。

她咬完就从他怀里钻出去，跑到门口，娇俏地歪着头问他：“还吃不吃饭啊？好饿。”

“请你吃食堂。”

简皎月觉得吃食堂已经够简朴了，没想到裴书临居然还扫码解锁了校内一辆单车，拍拍后座示意她坐上来。

她皱着眉头坐上去，说道：“你们学校又不大，为什么还要骑自行车啊？”

裴书临还是那句话：“你欠我的。”

饶是再迟钝，她也知道他说的不是欠钱了。简皎月没矫情，抱紧他的腰："行行行，我还欠你什么？"

"很多。"

他没再继续说，却想到很久之前的规划。

简皎月没出国的话，以她的成绩大概会去离这儿六公里的北外上学。他开车过去不过十分钟，他们每天都能见面……

遐想被一只手打断，简皎月拽着他的衣角去食堂窗口排队，嘴里叨咕着说"你们食堂的菜居然还不错"。

裴书临勾了勾嘴角，由着她把他拉进队伍里，心想其实这样也不错。

外交学院藏龙卧虎，这话一点也不假。尤其是当简皎月知道刚才给她打饭的那个食堂阿姨毕业于东京大学的时候，她对勺子里这颗酒酿丸子顿时充满了崇高的敬意。

她慎重地问道："那这个食堂不会也大有来头吧？"

"还真有。"裴书临说了一个领袖级人物的名字，说他来访问民生时就在他们这个位置吃了一顿饭，当时一起陪同的还有几位科研院赫赫有名的老院士。

简皎月听到名字时，脸色都变了，一脸没见过世面的样子："我吃不下去了！我也配坐在这个位置上吃糖醋小排吗？我不配！"

裴书临低头一笑，不知道是笑她还是笑这顿被她抬高了身价的晚餐。

在简皎月这种外行人眼里，外交官确实是个自带光环的职业。像裴书临这种一边读研写论文，一边拿国家给的实习工资的人，已经赢过起跑线上很多人了。

不像她，最近工作室接了一个订单，客户的老公出轨，小三抢亲。她站在新娘房间门外听这位原配哭了半个小时，良久后自认倒霉，连尾款也没好意思去结。

就在这个损失了巨额尾款的晚上，门外传来几声门铃声。简皎月揭开面膜去开门，男人一身酒气的身躯差点倒在她身上。

裴书临的实习单位来了几位外媒宾客，他陪同做采访，应酬喝酒必不可少。他又是年轻有为的在校实习生，免不了还得跟在几位前辈身后学习。

他喝得不少，连大门密码都按错好多次，只好打扰她来开门。

简皎月下意识地扶住他半边肩膀，今天一整天脑子里都想着那位客户的事，她此刻特别敏感，往他袖子上闻了闻："你身上怎么有女士香水味？"

裴书临看上去还算清醒，只是肢体有些跟不上脑子。他从公文包里拿出一个礼品袋子，说："给你买的香水。"

简皎月接过来，发现是上次吃饭时她跟他提过一嘴的新款香水。她还以为他对这些不感兴趣，没想到他居然记得。

她把东西放进房间，再出来时发现裴书临已经扯开了领带，把那件沾了酒味和香水味的西装脱下来甩在地毯上，自己往沙发上一倒，一副不省人事的样子。

难得看到他仪态全无的时候，公文包摔在茶几边，一大沓文件掉了出来。

简皎月给他收拾，看见最上面那张纸上全是英文，然而第一个缩写单词就把她难住了。她问道："HLPF 是什么啊，我白在国外混这几年了吗？"

"经社理事会高级别政治论坛的翻译文件。"醉得一塌糊涂的裴书临闭着眼，居然还能为她答疑解惑。

简皎月戳了戳他的脸，确认他是真的喝醉了。

好在冰箱里有阿姨采买好的蔬菜，很快她就做了一份豆芽汤过来。裴书临被逼着喝了半碗，再次倒下睡去。

简皎月没见过他这样的一面，唇色有点红润，清瘦的手背抵着微微蹙起的眉头，也不知道清心寡欲如他会有什么烦心事。

他五官生得精致，秀气高挺的鼻梁和长长的睫毛都显得温柔，平时笑起来更是让人移不开眼。

“裴书临，你别在这儿睡啊，回房间去。”看着他这张脸，她说话的语气不自觉地放轻了一点，扶着他往卧室走。等简皎月把人扶到房间时，才猛然发觉直接把裴书临弄她床上来了。

简皎月盯着踢开拖鞋睡在床上的男人，叹了口气，才刚给他松了两颗衬衫纽扣就被他拉上床。

裴书临抱紧她的姿势无比熟练，仿佛在梦里练习过无数次，这力气也不像是喝醉的人应该有的。

“裴书临，你松开我。”简皎月挣扎道。

两人像是陷入了一场拉锯战，但简皎月惨败，被他弄得筋疲力尽也没拽开腰间箍着她的手。她索性认输，仰起脖子，伸手想去拉被子睡觉。明明她差一点就快扯到被角，却被男人摁了下去。

裴书临闭着眼睛去摸她的脸，从脸颊到鼻尖，一直抚摸到她的后脖颈。

简皎月怕痒，身体一直往下缩，又被他一把捞了上来。

他常年握笔，指腹有些粗粝，手指抚摸着她细嫩的皮肤，渐渐寻到她水润的唇，缠着她亲吻了一会儿。最后却撑不住困意，又怕她离开，裴书临把人搂进怀里，带着热气的呼吸覆了下来，在她耳边喊着她的名字，呢喃道：“你乖一点。”

## 第五章
### 前男友

简皎月这一觉睡得特别沉，除了胳膊和脖子无比酸痛，倒也没有什么不对劲的地方。只不过她一个人睡习惯了，突然被另一个人的气息侵占，感觉还挺微妙。

她睁眼时已经是上午九点多了，房间空空荡荡的，连昨晚被踹到地上的龙猫玩偶也放回到了枕边。要不是下唇被咬破皮的痛感犹在，她大概以为自己做了一场梦。

裴书临可能是良心发现，餐厅的锅里还给她温着一份艇仔粥。她喝了半碗，收到了安纯寄给她的礼物——一份离婚协议书。

据说像他们这种联姻夫妻必备一份，以备不时之需。

安纯还发了一条语音："当作是我送你的新婚礼物。"

简皎月乐了："你就送我这个？可真够缺心眼的。"过了一会儿，简皎月又问她，"小鹌鹑，你会不会和你未婚夫接吻啊？"

安纯秒回："为了应付长辈，肯定要装一下啦，其余时候只想让他有多远滚多远！"

简皎月觉得，昨天晚上，她跟裴书临也不用应付长辈，而且他们好像在很多次不用应付长辈的情况下都接吻了……

现在的裴书临对她来说太陌生，男人到了这个年纪是不是都血气方刚、荷尔蒙旺盛？

不管怎样，简皎月觉得好友和她的情况不太一样，于是很干脆地忽略了安纯这份离婚协议书。

裴书临接到她的电话时是在晚上九点，简皎月问他是不是还在外面应酬。包厢里还是昨天那些外宾，他找了个借口出去，到走廊拐角处才回复她："昨天晚上麻烦你了，抱歉。"

"是挺麻烦的，你昨天晚上还把我嘴巴咬破了皮……"简皎月说到这儿，摸着下唇开始后悔自己为什么要在电话里说这个，太尴尬了！

那端的裴书临也没料到她会这么直白地说出来，愣怔了几秒后发出低低的笑声，随后咳了两声，说："嗯，这个也抱歉。这几天别吃辣的东西。"

她囫囵地应了一声："对了，我昨晚在你公文包里塞了两个醒酒香囊，你看见了吗？还挺好用的，味道也不重。"

简皎月不是会偷偷摸摸体贴人的性格，她做了就要让人知道。

裴书临嘴角的笑意更深："看见了，谢谢。"

这客气的说辞让简皎月不知道该怎么回，她沉默时，裴书临也同样怕她觉得没劲，说了句"今晚不会喝多，早点睡"就挂了电话。

同事老冯从包厢里出来透气，见他对着手机发呆，问道："想什么呢？说上洗手间也逗留太久了，还不进去？"

裴书临侧着脸，清瘦的轮廓有一半隐在暗处，指尖被风吹得发凉。他把指间那支抽到一半的烟折断："不去了，今天再喝进不了家门。"

他们单位每个人简历上的家庭信息这一栏都会定时更新，裴书临"英年早婚"的事自然早在同事之间传开了。

老冯比他大几岁，对此深有感触：“昨晚被老婆骂了吧？唉，跟我上回一样，连房门都不给我开。”

他目光有片刻的愣怔，眼里深沉：“没骂。”

“那你怎么……”

似乎是想到简皎月刚刚跟他抱怨的咬破嘴唇的事，裴书临顿了两秒，把“怕吓着她”换了个说法：“酒味重，怕熏着她。”

老冯摇摇头，一脸无语的表情：“新婚夫妻就是腻歪。”

周末有一对中年夫妻订了简皎月工作室的一条龙服务：从婚纱照到婚礼流程全由他们负责。

这对夫妻恰好毕业于外交学院，想趁着这次机会回母校拍一次婚纱照，还想补办一次婚礼。

简皎月在国外做过几场明星大腕的婚礼主策划，在业内也有点名气。这对夫妻不差钱，点名要她全程陪同。她还能怎么说？只能伺候着。

从早上开始联系摄影师、安排场地，一直到下午去学校进行拍摄，拍了两个小时终于结束。

学校今天下午有场篮球友谊赛，简皎月他们收工时，一大批学生冲向操场，她还听见有人提到了裴书临的名字。

她抬头往操场那边一看，那群人里果然站着裴书临。

他眼睑微敛，衬衫袖子卷至手臂，皮肤如白玉般瓷润。他低头听着周围的人说话，时不时点头附和。

裴书临今天没课，也没去实习单位，就被学生会那群人缠着过来打篮球。

明明主角不是他，一大堆学弟学妹却争先恐后地跟在他后面，每个人手里都拿着一瓶水，蠢蠢欲动的心昭然若揭。

大东他们被那对夫妻请去下馆子了，简皎月站在球场最外沿，像一个看热闹的外来者。她被日光晒得迷迷糊糊的，心想裴书临还挺受欢迎的。

当然，他以前也很受欢迎。

只是高中的时候，他沉默内敛，对每个人的态度都是礼貌中带着疏离。大家对他的印象就是一个英俊低调的优等生，不像现在。也许是因为职业需要，他在人群中谈笑风生，只是往那儿一站，就是最耀眼的那个。

简皎月本来想着上前和他打个招呼，却迟迟没有迈动脚步。她上午陪新娘做造型的时候，被发型师连哄带骗地弄了一次性蓝色发色，化完妆就被夸是“蓝色妖姬”，一张脸被这鲜艳的发色衬得更加灵气，在这单调的校园里非常惹眼。

早知道就不染这个头发了，毕竟不是花季少女了。

裴书临现在在外交部实习，以后任职外交官是必然的事，别人会不会觉得她这个外交官夫人太不靠谱？

简皎月难得有这么犹豫的时候，以前她做事从不计后果，反正有人收拾烂摊子，现在不一样了。准确来说，是从几年前就变样了。

简皎月盯着手里喝了一半的水发呆，突然后边有人拍了拍她的肩。她一转身就看到一张熟悉的脸：“你是上回那个师弟？”

师弟拿着个喇叭，显然是啦啦队的。他摸摸后颈，笑着点头：“师嫂还记得我啊。”

简皎月笑了笑，道：“又把我当成单身学妹了？”

师弟很会讨乖：“怎么会呢？上次是我不长眼！您这气质，又换了个这么靓的发色，美人师嫂名不虚传，难怪能拿下我校‘高岭之花’。你是来看裴师哥打球的？怎么不过去？”

简皎月听惯了奉承话，此刻内心平静，迟疑着回道：“我是工作顺便经过这儿，而且你师哥那边人挺多的，我就不去打扰他了。”

师弟看着斯文，话说得却很溜。秉着帮师嫂解难义不容辞的心态，他拍拍胸脯，表示“人多算啥？这事好办”。他拿起手上的喇叭，朝篮球场中央被簇拥着的裴书临大吼一声：“裴师哥！你老婆来了！”

那一刻，简皎月觉得半个学校都听见了！她一句“我真的谢谢你”哽在喉咙里，看着师弟真诚的笑容，不知该不该说出口。

从喇叭中传出去的声音一直在篮球场上循环了足足三圈，简皎月只觉得数百道视线齐刷刷地射了过来。她看向师弟，忍不住问道：“弟弟，你爷爷奶奶去初中部教室找你的时候，你是不是最害怕那些大嗓门？”

“那当然了！”师弟深有感触，开始回忆起心酸往事，“那时候家里条件差，我奶奶在冬天给我带棉裤，总有人拿我瞎起哄。”

简皎月微微一笑，说：“那你懂我的意思了吗？”

师弟震惊：“你带棉裤了？这大热天的，你带棉裤干什么啊？”

简皎月顿时语塞，心想：算了，不指望他能理解我的窘迫。

她悻悻然一哂，伸手挡住脸准备开溜。反正她只是头发惹眼，又不是脸上写着“我是裴书临老婆”几个大字。

“皎月。”这时，裴书临清朗的声音从身后传了过来。

别喊了别喊了！简皎月此时捂住脸，想当没听见，连背都不自知地弓低了点。

裴书临人高腿长，很快便追了上来，他扯住她的手腕：“越喊你，跑得还越快了。”

简皎月认命地抬起头，解释道：“我不是来看你的，我是工作需要才来你们学校的。”

裴书临心下了然，俯下身，牵着她往球场走，问道：“下午还有工作吗？”

简皎月摇头。

他盯着她那头蓝发看了一会儿，伸手摸了一下，又问：“什么时候染头发了？”

简皎月很少折腾发色，第一次染发就染了一个这么艳丽的颜色，此刻也有点不自信：“上午染的，这个是一次性的，能洗掉。”

裴书临没再问她发色的事：“我替人踢半场，你等我一会儿。”

“哦。”经过那个师弟身边时，简皎月指了指他，“你这个师弟叫什么名字？”

师弟的听力非常好，直接自报家门：“师嫂，我叫郝沅！”

简皎月竖起大拇指，低声道：“很好，你这个名字已经在我的‘暗杀’名单里了。”

“别吓他。”裴书临无比自然地牵起她的手，领着她坐上观众席后，就去了更衣室。

简皎月选的位置比较偏，因为她不想成为场上的焦点。只是当她被迫以“裴书临老婆”这个身份出现时，注定会成为讨论中心。

校园里的小姑娘们总是这么单纯，以为自己的声音很小，而简皎月低着脑袋假装玩手机，把她们的话听得一清二楚——

“郝沅，你刚刚说裴师哥老婆是什么意思啊？已婚人士和非单身人士有着本质上的区别，你能不能严谨一点！”

郝沅无辜地解释道：“真的是他老婆啊！我听见裴师哥自称丈夫，师嫂也说她结婚了！”

“好像是真的！之前听我师姐说裴师哥还带他老婆去教室上课了。裴师哥手上不是还戴了一枚戒指吗？虽然那个姐姐手上没有……”

简皎月听到这儿，下意识地摸了摸空荡荡的无名指。

“你刚刚见着那小姐姐的脸没有？我的天啊，好漂亮！有点像那个女明星……孙妤年轻时候的模样。”

“难怪裴师哥一直没有谈恋爱，敢情是已经名草有主了啊。”

“我还以为裴师哥是清冷的谪仙呢，原来他喜欢的类型也和我们一样啊。下凡之后就感觉俗了，没那味儿了。”

这话就是说他们有多不般配了，简皎月这种浓颜型的长相和浮夸的装扮，跟冷静自持的裴书临确实很难联系到一块儿。

她们叽叽喳喳一阵后，篮球赛也正式开始了。

裴书临打的是前锋，他穿了一身白色球服，6号球衣，修长挺拔的身影站在那儿十分打眼。

和他待在一个篮球场，让简皎月想起了高中时的自己。

记得有一次她跟一个男生打赌，那个男生挑衅她说女生没有运动细胞，后来一群人就吵起来了，大家一致决定让简皎月和他比试篮球，如果简皎月在他手里过了五个球就算女生赢。赢了之后男生要绕操场跑三圈，一边跑还得一边喊“简皎月是我大哥”。

那个男生是体育生，当时她也不知道自己是怎么想的。可能只是为了争一口气，她一向是个要面子的，摔了几跤后居然真的赢了。

简皎月在学校里人缘很好，赢了之后，同学们把她抬起来往空中丢。大家都比较兴奋，她看见裴书临站在远处也在对着她们这个方向笑。

他笑得真好看啊，漆黑清澈的眼睛跟会勾人似的。

简皎月脑子一热，便冲上去跳到了他的背上……往事不堪回首。

简皎月回过神再往台上看时，裴书临那场快打完了。他不是一个喜欢出风头的人，投了几个三分球后，就把球传给队友了。

从他上场到下场，郝沅带着啦啦队喊得格外夸张。

下场后，裴书临径直朝简皎月这边走来，中途婉拒了好几位同学递过来的水。而后他拿起简皎月手上喝了大半瓶的水，直接喝了下去。

简皎月本能地抬头盯着他吞咽时滑动的喉结，心想撩人而不自知说的就是他吧。

场上啦啦队的美少女们跳得很火热，可大部分人的注意力都在这对校园夫妻的身上，一脸的新奇和八卦。

裴书临把简皎月带到篮球场的最边上，一棵百年梧桐树繁茂的枝叶遮住了观众席的视线。他头发湿漉漉的，偏头盯着她看，问道："刚刚就见你心不在焉的，在想什么？"

简皎月顺手接过他手里的空瓶子，嘟囔了一句："在想你会不会有球场阴影。"

她声音小，球场里的杂音又大，他没听清，低下头去："嗯？"

"就是……我忽然记起来，我以前貌似在篮球场欺负过你……"这还是他们领证后第一次聊起从前，她有些难为情地抿了抿唇。

裴书临垂眸看着简皎月，蓦地笑了一声，握住她的肩膀往怀里带："那算什么欺负？这样才是。"

他的唇覆过来的时候，简皎月听见有人吹了几声口哨，还用喇叭做了扩音。

到底是在外面，裴书临没再纠缠，临了，还用指腹碰了碰她发烫的耳根。

一吻结束的时候，简皎月实在有点热得慌，转身就往后走，欲盖弥彰地找借口："你等等啊，我去小卖部买水，水都被你喝光了。"

裴书临盯着她的背影，眼里的笑意不减。

不远处一个学弟见她走了，立马走了过来，笑嘻嘻地说："老大，嫂子的头发够酷啊！我乍一看还以为在玩角色扮演呢。"

裴书临半点不含蓄，赞同道："是吧？很好看。"

学弟还是头一回见他这么引以为豪的样子，明明平日里拿奖拿到手软也没见他有什么反应。

回更衣室换了衣服出来，裴书临突然喊住刚才那个学弟，问了一句听上去让人很惊悚的话："最近大家约会都干什么啊？"

学弟一脸茫然："啊？你问我一个单身的干什么？"

"你最近在追我们班的一个女同学吧。"他语气肯定，提要求时也理直气壮，"你不是上网搜了一上午的攻略吗？借我抄抄。"

学弟傻眼了。

好学生诚不我欺，不抄作业，专抄恋爱攻略。

简皎月本来没指望裴书临会带她去哪儿，她想着今天大家都没正事，肯定是跟往常一样回家，然后各回各房，各自消磨时间。直到站在动物园里时，她才慢慢反应过来，问道："裴书临，我们是不是在约会？"

裴书临拿走她吃到一半的冰激凌，给她换成刚买的牛奶，淡淡地点了点头："嗯。"

简皎月心想：这约会方式可真够"直男"的。

今天不是周末，动物园里的人不多，大部分是爷爷奶奶带着孙子孙女来玩，他们两个年轻人在这群人里显得格外突兀。

进入灵长类动物的表演场馆里后，错过了给大象和长颈鹿喂食的简皎月激动地把那瓶没开封的牛奶递给那只猩猩。

猩猩接过之后，居然从后面掏出一根吸管。

一时间，游客都被这只猩猩吸引了过来。

工作人员拿着扩音器在边上做介绍："大家看到的这只大猩猩叫扣扣，它今年已经六岁了。虽然长得有点不接地气，但是扣扣很温驯的！还很聪明，能快速算数。"

一听能算数，大家都好奇地问了好几道问题。

简皎月对这些新奇的事物最感兴趣，给扣扣出了一道乘法题。见它都算对了，她眼中的惊讶都变成了佩服。她连忙挥手，招呼裴书临过来：“裴书临！它好聪明，快点快点，你也来试试！”

一边的饲养员很是得意，笑着说：“这位先生可以问点难度系数高一点的，我们家扣扣可是上过大学的！”

裴书临被她拽到那只猩猩面前，他思忖了片刻，开口：“函数y=x/inx的单调增区间是多少？”

扣扣：“……”

众人：“……”

场面顿时沉默了有十几秒钟，简皎月默默地拿包挡住脸，逃跑前还大发慈悲地牵住了裴书临的手，带他一起逃跑。

吃晚饭时，裴书临还在说：“是饲养员说可以出难一点的算术题的。”

瞧了他半晌，简皎月憋住笑：“裴书临，我发现你这人怎么一直都闷着坏啊？”

他抬头：“是夸奖吗？”

她没好气地说：“骂你呢。”

他们运气好，赶在饭点之前进了这家私房菜馆。两人坐下后不到半个小时，楼下已经是座无虚席，一下子变得热闹起来。

他们的菜已经上齐，简皎月跑了一天，吃了不少零食，此刻没什么胃口。

她今天穿了一双三厘米的低跟鞋，饶是如此，小腿肌肉也酸得不行。

“累了吗？”裴书临注意到她时不时揉一下小腿，伸手捞了她的腿放在自己膝盖上揉了揉，这动作连贯到让简皎月都没来得及躲开。她仔细想想，其实原本自己也没想躲开。她承认自己贪恋他的温柔和呵护。

从前裴书临就没少照顾她。他给人的好不是强烈的，像春雨一样，润物细无声，让你感觉很舒服。

也许是今天提起了高中那段时光，此刻简皎月又回想了起来。

“裴书临，你……”她想问问他还怨不怨她，但又不知道从何开口。

他们坐在一个靠窗的角落里，还算安静。裴书临放下简皎月的小腿，抬起头准备问她支支吾吾地想说什么。

简皎月正要开口，就听到有人喊她的名字。她转过头，男人穿着一身花衬衫，手上还搂着一个年轻小姑娘。

简皎月蹙眉：“席翰？”

“是我啊，没想到在B城碰上啦！”席翰丝毫没有身为“前未婚夫”应该避嫌的自觉，他很是吃惊地看着她对面的人，问道，“这位是？”

简皎月懒得跟他介绍，他们在M国时就互不搭理，唯一一次交集就是这个蠢货飙车受伤进了医院，不敢打电话给父母，监护人那栏居然填了她的名字。而席翰在那次她伸出援手之后，竟一直把她当成好兄弟，无数次在外人面前讴歌他们的兄弟情。

倒也不是说简皎月没有女人味，只是他不好她这款，就喜欢娇娇软软的小姑娘。

“没事就带着你的……走开点。”简皎月顿了一下，竟不知道怎么称呼边上这位妹妹能让她体面点，干脆道，“别倒我胃口。”

席翰这人出了名的没眼力见，亏得投了个好胎才没有被人打死。他弯下腰继续寒暄：“别啊，你是不是还气我没接你电话呢？”

这还真没有，在江城富二代圈里，谁不知道他在家里没半点话语权？他就是个大地主家的傻儿子，简氏一开始也只是冲着他家的家业才让简皎月和他定了亲事。

他不接她的电话才正常，简皎月没指望他家那老头子能借钱给简氏度过危机。所谓商业联姻就是互惠互利，平时大家以亲家相称，一副相亲相爱的样子，实际上只要双方子女没领证，大难临头还是各自飞。

“地主家的傻儿子”把边上的伴侣撂在一旁，直接无视了对面的裴书临。他压着嗓子自认为做了个天大的提醒：“我听我爸妈说你前几个月嫁人了。要不是昨儿碰见曹裕，我还以为你是和他结婚了呢。话说回来，你知道他回国了吗？我还看见他身边跟着一个女的，不知道是不是他的新女朋友。”

简皎月放下筷子，砸在碗碟上发出一声响，冷着脸看他。

边上的小姑娘扯了扯席翰的袖子，但席翰毫无反应。他看着简皎月瘆人的表情僵硬了一秒，心虚地摸了摸鼻子，说：“你怎么这么看着我，真把他忘了？好歹是你在M国这么多年来唯一一个前男友啊，你那时候不是还为了他要死要活的吗？”

# 第六章
## 荒谬的梦

损友们的问候总是姗姗来迟，下午回到办公楼“摸鱼”打游戏的时候，微信三人群里蹦出两条消息。

安纯：“皎月，你还好吧？有没有被“大家长”教育一顿？”

简皎月退出游戏界面，回复道：“何止教训？朋友们，我挨打了，呜呜呜！”

她为求真实，又发了一个哭唧唧的表情图。

本以为这两位至少会表示一下同情，谁知几秒钟后，骆天哲发来消息：“我一大老爷们听这话合适吗？我的命就不是命吗！”

安纯：“你们裴氏夫妇的闺房之乐就不必对我们讲得这么详细了，好吗？”

简皎月顿时语塞。

其实昨晚他们没做什么，和裴书临接吻后便相拥而眠。

他手没有想象的那么不规矩，只是回想一下，臀上的温度犹在。这么大了还被打屁股，一抹羞耻的红攀上她的耳根。

裴书临打她的时候，力度真不轻，带着点没消气的意思。

但她半夜换完卫生棉再躺回床上时，他睡眼蒙眬地凑过来抱紧她，摸着她微凉的指尖放在心跳声清晰的胸口焐热，那一刻温馨得有些不真实，她已经很久没有试过放松身心缩在一个人的怀里了。

连绵的秋雨没给这座城市太多喘息的机会，昨天半夜又开始下起雨来，到今天傍晚时分也没停过。伴随着轰隆隆的雷鸣，阴霾密布的天气让人觉得世界末日也不过如此。

她记得自己十七岁那年，江城曾迎来过一场14级风力的台风。

当时沿海地区大面积停课、停工，哪怕他们那座城市位居内陆，也连续下了两周暴雨。学校临时收到通知给全校放假，学生需要家长来接才能回去。可当时简父简母把司机带走了，为了去郊区看望刚做过手术的简皑雪。

简皎月怕看见朋友们露出同情的眼光，索性下了课后就一个人跑去了体育馆。

那场台风比她想象的严重许多，到傍晚六点多时，全校断电。

学校地处低洼位置，护城河的水直接冲进了体育馆，都快淹到她的小腿了。

她想起童年时看过的一部国产电影，记不清是什么名字了，内容大概是台风给一座城市带来海啸，几条鲨鱼随着海水上了岸，撕咬着市民的身体……

体育馆里没有灯，夜色昏暗，天台处的雨幕和黑暗连成一片。少女坐在最高处的观众席上瑟缩成一团，嘴唇咬得发白，想着要是这片洪水里也藏着一条大鲨鱼该怎么办。

她校服都湿透了，贴在身上又冷又黏。迷迷糊糊中她有些发烧，最后在睡过去前听见了窸窸窣窣的声音。来的不是她想象中的鲨鱼，而是裴书临。

他蹚着水走了过来，漆黑的头发湿淋淋地滴着水。他找到她时，明显地松了一口气，肩膀顿时塌了下来，有些颓然感。

当时，简皎月身上温度很高，脑子也烧得神志不清，但仍记得等人来帮忙时，裴书临用校服外套裹着她，呼着热气的嘴唇挨着她的耳郭说话，让她不要睡。

简皎月摩挲着无名指上的钻戒，抿着唇笑了一下，心想这世界真奇妙，兜兜转转，遇见的还是原来那个人。

看这天色，雨一时半会儿不会停，简皎月收拾完东西就准备提前下班。但她刚一推开玻璃门，就见阿鹤招呼着大家进会议室开会，拎着单肩链条包预备开溜的老板本人倒显得格格不入了。

简皎月重新坐到座位上，听着艾媛他们说着策划案的内容。大家都提了相应的建议对方案加以完善，简皎月也认真提了几个审美上的建议，完全没了那副不着调的样子。

简皎月问道："罗讼的求婚短片跟拍组都安排好了吗？"

大东点点头："准备好了，各大社交平台的热搜也和罗讼的经纪人洽谈好了。"

简皎月这个婚礼私人定制小公司能在众多工作室里脱颖而出，除开方案新颖、宣传给力，和各家媒体的良好合作也功不可没。

"对了，老板，求婚那天，新娘穿的礼服可能得换个品牌了。"

她抬眼，努努下巴，问道："怎么了？"

"这个品牌的代言人是孙妤，她宣称爱动物，昨天却被扒出穿皮草，新闻在热搜上挂了一整天，都快被网友骂死了。罗讼怎么说也是公众人物，我们还是避免被挑刺比较好。"

简皎月点头同意了。

她说完就准备下班了，路过茶水间时，几个磨磨蹭蹭的人还在那儿聊："孙妤当年红得也是莫名其妙，估计是有人捧上来的吧。"

"我还听说她改过年龄呢。我上初中的时候她自称十八岁，我上高中的时候，她网上的个人资料中写的是十八岁，我上大学的时候一度怀疑她还是十八岁！”

“啊这……即便用着几万块的定制面霜，也遮不住年龄带来的颈纹啊。不知道她爸妈养着个‘十八岁的老女儿’是怎么想的……”

“大胆！十八岁的女神是有丝分裂出生的，怎么会有父母？而且她出道几十年，网上似乎也没说过她爸妈是干什么的吧？”

简皎月没怎么关注过娱乐圈，听到他们的闲聊觉得有点过了。哪有人会没有父母？又不是她。

简皎月敲了敲玻璃窗，提醒道：“别瞎扯了，要是都不想下班的话，就加班多做几个方案吧。”

这话一出，众人作鸟兽散，办公室顿时变得空空如也。

元旦之后就是农历新年，裴书临在小年前一周才开始放寒假。在这之前，简皎月这个上班族已经躺在家里休息大半个月了。

工作室的人夸她是“绝世大方好老板”，因为她闲来无事时时在工作群里发上几个“66”“88”的新年红包。

刷朋友圈的时候，她看到简皑雪发了一张家里换新对联的照片，她点过赞后才后知后觉地想到：原来自己今年也没有在家过年啊。

不过，她以后应该都不会有机会回简家过年了。

她正想关上手机，门口玄关处传来换鞋的动静。

这段时间裴书临忙着写论文，已经在学校住了很久了。现在他们的关系有点像异地恋情侣，偶尔才打个视频电话，但大多数时候是裴书临熬夜翻译文献，视频对面的简皎月睡得轻声打呼噜。

裴书临刚交接完工作回来，戴着一副金丝边框的眼镜，白衬衫外披了一件单调的深色大衣。他朝着沙发上呆愣的简皎月挑眉，低哑地笑了一声：“怎么跟不认识了似的？”

在家潇洒了一个多月的小女人这会儿穿着家居服，长发随意地用发带捆成一团。

简皎月眨了眨眼睛，一下、两下，到第三下时，裴书临已经走到她面前了。

他用额头抵着她的额头，把人稍稍抱起来一点。裴书临蹙着眉瞧她呆滞的脸，问道："真没认出来？"

说没认出来未免太夸张，上周五晚上他们还通过视频电话，只是简皎月极少见他戴眼镜的样子，而且也没想到他会突然回家。

她是什么时候发现自己和裴书临的关系越来越亲密的呢？可能是结婚以来在生活中的各种接触，可能是打开衣柜看见她的衣服旁边就是他的贴身衣物，也可能是上次小区业主投票是否需要建游泳池时，她自然而然地以裴太太这个身份出席……

缓慢回过神来的简皎月舔了舔下唇，看着裴书临那张清隽的脸慢吞吞地道："认出来了啊，欢迎回家。"

他一俯身，目光濯濯："有多欢迎？"

她自发地凑到他唇边，轻轻地亲了一下。正要退开时，裴书临突然用一只手扶着她的后脑勺把人压回到沙发上，另一只手则温柔地箍着她的肩膀。

简皎月的身体明显僵硬了一下，但没有推开他也没有要挣脱的意思。她放在他背上的手缓缓地往下移，而后环住了他的腰身，一点一点地收紧。

裴书临盯着她，滚烫的指腹揩过她眼角，手从她的蝴蝶骨那儿往下移，蹭起她衬衣的下摆。

简皎月的嘴被他堵得严严实实，整个人紧密地贴着他的胸膛。

过了半晌，两个人稍稍分离时，裴书临自问自答般接上了刚刚那句话，贴着她的脸，含混出声："嗯，感受到你的欢迎有多强烈了。"

简皎月气恼地瞪了他一眼，问道："对了，今天是除夕，你要回家吗？”

“嗯，今年家里人都去外公那儿过。”他拍了拍她浑圆的臀，“去换身衣服。”

简皎月羞愤地打了一下他的手，迟疑道：“换衣服干什么，我也要去？”

裴书临闻言低下头，食指屈起在她额头上敲了一下，带着一点警告的意味，说道：“全家都要去，你说呢？”

简皎月垂下眼睫，脑袋往他手边蹭了蹭，跟只猫似的。干燥的头发在摩擦中起了静电，奓了几撮起来，他用手抚平她的头发，低笑一声，随后便听见她重重地“哦”了一声。

简父提起过，说裴书临外公才是正儿八经的 B 城人。

简皎月记得裴书临转学来江城读高中是因为他外婆患病，癌症晚期，在江城一家治肿瘤很出名的医院静养。而陪外婆的三年里，外公处于半退休状态。后来外婆去世，裴书临也在那年如愿考进了外交学院。

老爷子现在住在新街口那儿，他们过去时，外公还派了车来接。

简皎月想着往事，蓦地出声问他：“裴书临，那年你外婆是什么时候走的？”

裴书临顿了片刻，侧首注视着她。她会问这个问题就说明她已经知道了，只是想要一个确切的答案，而此刻，他伸过来的手安抚似的拍了拍她的手背，就已经算作是答案了。

简皎月心下闷得慌，原来她飞往 M 国的日子和他外婆去世的日子是同一天，难怪那天凌晨，出现在机场的裴书临连背影看上去都那么难过。

过了一会儿，车停在院门外。裴书临见她情绪不佳，牵住她的手，打趣道：“这里安保森严，你表情这么怪异，是想让他们误会你别有所图？”

听出他开玩笑的意思，简皎月勉强扬了扬嘴角，回道：“我哪里敢。”

在老爷子那儿吃饭比想象中轻松，也许是因为人多，大家的关注点都不在他们两个小辈身上。

男人们还在喝酒，偶尔也谈谈时政新闻。

简皎月听着他们的专业术语觉得云里雾里，这种感觉就好比是陪着长辈看社会新闻，好在家眷里不是只有她看上去一脸茫然。

有一对十岁左右的双胞胎一直眼巴巴地喊着“姥爷”，过了会儿见老爷子不搭理她们，双胞胎又缠着简皎月去拿平板电脑玩游戏。

晚些时候，各家人吃过甜点要回去时，老爷子喊了一声“外孙媳”。快走到门口的简皎月立刻回身应了一句，她是南方人，自然喊的外公。

屋内只剩下一位常年服侍老人的阿姨在收拾餐桌，老爷子给简皎月指了张凳子，说：“坐，第二回见面了啊。”

第一次肯定是说拍卖会那次了，简皎月矜持地点了点头，回道：“这么晚才来拜访外公，是我想得不周到。”

“我一个老头子，来不来看都不打紧的。”说着，他从桌上拿起一个玉镯子递给她，“你外婆在世的时候最疼书临这个外孙，可惜她走得早，没见到书临结婚。”

简皎月小心地接过镯子，想着其实她跟裴书临的外婆见过的。只是那时候她年纪太小了，没想到现在居然跟裴书临结婚了。

“你们夫妻俩有想过什么时候要小孩儿吗？”

“啊？”她反应有些大，窘迫地笑了两声，“外公，这太早了吧？裴……我是说书临还没毕业呢。”

老爷子眯着笑眼，转了转玉扳指，道：“你说得也是，毕了业再准备也好。书临也是这个想法？现在学业确实要紧，好在他也快毕业了，你别着急。”

简皎月愣住，外交官都是什么分解语言的艺术家吗？她刚刚说的话是这个意思吗？

她回身想找某人求助，裴书临却很有先见之明，他大概也怕老爷子谈这些事，早早地去了车门边上等着。

原本按照往年的习惯，裴书临会留下来住一晚再走，陪着老爷子过除夕的。但是因为今年裴书临结婚了，大家都说有了家室就不一样了，都劝着裴书临带老婆回家去。

他们在离公寓还有几百米的路口下了车，简皎月吃得太多，想下车走走消消食。

一到年关，B 城就空荡了不少。比起总是灯光璀璨的商务中心大楼，老城区显得格外安静。道路两旁光秃秃的枝丫上挂着红灯笼，标语上依旧写着“禁止燃放烟花爆竹”。

简皎月有一搭没一搭地跟他闲聊着：“今天你不陪着外公过除夕，他一个人岂不是很孤单？”

“他常说有我陪着也没劲。”

“因为你也很闷是吗？外公可能觉得大过年的对着你这个闷葫芦挺没劲的。”

他不自知：“我闷吗？”

简皎月吐了吐舌头，牵住他的手进了超市。

保姆阿姨放假了，冰箱里空了许久，简皎月补了一点生活必需品，又买了一点生肉、蔬果。她站在自助结账机前拿出手机准备付款时，突然慷慨地说：“大过年的，明天我们就不点外卖了，我给你做饭吃！”

裴书临则表示怀疑：“你会做饭？”

简皎月哼了一声：“我在国外读书的时候，那个地方就没几家正宗中餐馆。好歹我也练手了几年，你不用露出视死如归的表情。”她拿出手机扫码时，露出了腕骨上戴着的玉镯子。

见裴书临盯着她手腕上的镯子看，她解释道：“外公给我的，我可以戴吗？”

他语速放缓：“外婆留给她外孙媳的，你不戴还有谁能戴？”

简皎月抿了抿唇，看似不经意地提了一嘴：“他刚刚还问我们什么时候要孩子，我说……你还没毕业……”

“所以决定权在我？”

“理论上来说是这样。”她总不能当面拒绝老人家吧。

“外公老糊涂了，很多事情不要太注重结果，享受过程就好。”

简皎月很烦他这样有话不直说，站在原地想了想他到底要表达什么时，就见他又去架子上拿了两盒避孕套……

近来，简皎月的脸皮越来越薄，堪比购物袋里那两盒“超薄001”。她面无表情地说：“裴书临，你跟我逛超市就只买这两盒东西？”

他则轻描淡写地回应道：“有研究证明：如果另一半长得很漂亮，男性的思维会长期处于发情期。”

他读书读得怎么这么呆？这种事居然还能冠冕堂皇地弄一个实验结论出来？幸亏这个时间点超市没什么人！

简皎月气得直接上手拧他的腰，却被他攥住手。

裴书临站到她身后，抓住她拿手机的手，将付款二维码对准了自助收银机。付完款后，他低首，声音低了几度：“省着点力气，回去再进行你的‘家暴’，嗯？”

再次回到家时，心境已经截然不同。

简皎月一个人往前走，裴书临拎着一大袋东西跟在她身后，保持着两步的距离。进门之后，她转头就说："你把这些东西都放冰箱里去，我先去洗澡了。"

她因为穿得厚实，闷出了一身汗。进到浴室后，她站在浴缸旁倒腾了好久，水流声哗哗地响个不停，结果大半天过去她才发现放的是冷水。

简皎月闭着眼睛在朦胧的热气间放空自己，即使知道待会儿要发生什么也没有太多感想。她这些天总想着自己该主动一点，不管裴书临还介不介意以前的事，她现在只想弥补他。

她裹着浴巾出来时，裴书临正在衣帽间那儿卸手表。

自从上回简皎月说她衣服太多后，这男人没过几天就让人把隔壁那间小客房打通了，于是她多了一整面内嵌式收纳柜。

裴书临转过身，对上她乌沉沉的眼珠，下一秒，居然当着她的面开始解衬衣扣子！

简皎月的眼神有点飘，她不敢直视他的眼睛，本能地伸手想帮他解扣子。结果他扣住她的手腕，目光往下，问："你连我洗澡都等不及了吗？"

这话听上去真熟悉，简皎月知道裴书临在揶揄她，她甩开鞋子，踩在他的脚背上，不知道哪里来的勇气，说："你不是喜欢我陪着你吗？我陪你一起洗。"

"怎么陪？"他说这话时面不改色，仿佛一个小时前买计生用品的不是他。

简皎月大概是魔怔了，眼前只有他的颈部线条和起伏的喉结。

她一直对裴书临的脸没什么抵抗力，学生时代是这样，现在也是如此。她不自觉地捏着手指，低头说："怎么陪，你不是更有经验吗？"

至少，该比她有经验吧。

裴书临的嗓音低沉了几分，好整以暇地看着她："谁教你的，乱冤枉人。"

这话的意思到底涵盖哪些范围？

简皎月突然没有勇气问他交往过几个女朋友的事，她倏地又想解释之前被他误会的曹裕，却又怕他并不关心此事。

"再洗一遍？"说完，他拦腰抱起简皎月，两人一起进了浴室。

简皎月汗涔涔的，浑身酸麻，睁眼就看见镜中的自己脸上绯红一片。身后的男人偏着头，下颌的线条凌厉流畅，细密的吻落在她的颈窝处。她的头发随意地散落在一侧，贴着光洁的背和胸膛。

此时的简皎月闭上眼睛，选择装死。

"继续看。"他注意到她的动静，偏要出声，湿润的指腹点在她薄薄的眼皮上，又凑近她的耳郭，问道，"不好看？"

"不好……"余下的话还没说完就被冲散在喉间。

时隔几年，她对男女之事没有一点长进，而裴书临却能轻而易举地让她缴械投降。

他贴着她的耳朵，不紧不慢道："怎么这么会哭？你总是哭。"

"轻……"简皎月呜咽了几声，掐着他的手臂直接骂出声，"你到底有过多少个女朋友？"

这个问题无关其他，完全是对他技术的赞美。可裴书临没听出来，他叹了一口气，回道："我的女朋友，不是只有你吗？"

男人在这个时候说的话，不该信吧？可简皎月还是信了，带着积攒了很久的歉意回吻他，乖软得过分。

她的回应会让裴书临更难耐，清心寡欲的面具被撕开后露出内里无尽的欲望。无数个晚上荒谬的梦，此刻终于成了真。

找回理智的那一刻，简皎月已经被裴书临不专业的洗浴手法服务了一遍，此刻正如蚕一般裹在蛹中。只不过她不是睡在床上，而是跪坐在一旁的沙发上，看着裴书临换床单。

他只穿了一条黑色长裤，上身裸着，皮带松松垮垮地系在腰间，额前的头发微湿，锁骨诱人，性感指数快要爆表。

简皎月盯着他背上的抓痕，心虚地看了一眼自己的手指。再抬头时，裴书临给她倒了一杯温开水。

看着扔在地上的床单，他意有所指道："多喝点，怕你缺水。"

简皎月心想：不，坦白说，你才不怕。

她已经累极，连瞪他一眼的力气都没有了。乖乖地喝了大半杯水后，她光着脚跑回床边，直接往床上一倒，像一条失去理想的咸鱼。过了几分钟，裴书临关了房间的大灯，倾身过来。

简皎月下意识地想躲，两个人也没有其他交流。她嗓子哑得过分，又觉得刚做完这种事就要面对面地说话，挺放不开的。她退到了床角，没了后路。没想到裴书临掀开被子，伸手将她捞进了怀里。

裴书临扣住她微凉的指尖，薄唇贴在她耳郭上，问她有没有哪儿不舒服。

他这样一提，简皎月内心更加羞耻了，缩着脑袋就往下挪。

裴书临也没急着把人拽出来，拿起响了很久的手机，这才看见好友在群里发的消息。

是卫浙在群里喊人一起去打牌，过了好久都没见有人回应，又提议说去山上放烟花。这帮人都是些不着家又无法无天的主儿。

满大街都贴着禁止燃放烟火爆竹的告示。为了尽兴，他们便决定去郊外。

"看不看烟花？"裴书临拍了拍被子下简皎月的圆臀。

她悄悄地探出一只手捏了捏他的手背，闷声道："去哪儿看？"

裴书临索性把裹在被子里的简皎月抱到客厅的落地窗前，他们这栋公寓楼层高，能看见几里外的山脉。

裴书临动了动手指，把她拉进了微信群。

简皎月对自己进群之后火速成为话题人物的事毫不知情，她找了一条吊带睡裙穿上，和裴书临一起靠在落地窗那儿。

几十秒后，不远处的山头绽放出烟花。

凌晨一点多，电子烟花秀和各种灯光混在一起，场面十分壮观。

简皎月不是没见过富二代包下整个广场、大厦、影楼，没想到这B城居然还有人包下郊区山头放烟花玩的。

那半片山头瞬间被烟花点亮，简皎月带着半欣赏半吐槽的心情看着这道风景，忽然隐隐约约地瞧见天上有一排红色的字：祝裴氏小夫妻新年快乐！

她惊讶地捂住嘴，用手肘推了推裴书临的手臂，问道："喂喂，这个裴氏指的不是我们吧？"

裴书临自然也看见了，他兴致不大，随意地回应道："嗯，他们给你的见面礼。"

"你朋友？"

"下次一起出去见见。"

"哇……"她发出这声惊叹后就安静了下来。

裴书临低头看着靠在他肩膀上的人，见她已经合上了眼皮，长睫时不时抖动一下，看起来睡得不太安稳。

裴书临不由自主地扬起嘴角，心想，她坐着都能睡着，这是有多困啊？

上午下过一场雨，大家都放假了，街上没有多少行人。

简皎月醒时卧室的窗帘没有拉开，室内一片昏暗。一角日光从阁楼的天窗那儿透进来，印在墙纸上。她想看看时间，却发现自己的手机一直放在客厅的茶几上没拿进来。

也是服了，她没想到有一天将近二十四小时没碰电子设备，居然是因为和老公睡了一觉。

虽然不知道现在几点，但她隐约觉得睡了很久，所以才会有些头疼。

简皎月盯着那面素净的墙想着得换个明亮清新一点的墙纸，还得贴几张好看一点的海报才行。

她睡相不太好，昨晚又太累，此刻脑子跟喝醉酒断片了似的，呆呆愣愣地回想起昨晚发生的一切，越想脸越红。她准备翻身坐起时，发现腰也酸腿也疼，一边用手臂撑着床沿艰难地起身，一边咬牙切齿地想：裴书临昨晚一定是疯了。以后谁要是再说他是一个有分寸的人，她一定第一个不赞同！

昨晚半夜看烟花的惊喜感已经消失殆尽，枕边人早已不见，房间倒是清理得很干净，连垃圾桶都换上了新的垃圾袋。

简皎月坐在床上又发了很久的呆，正想拿着衣服进浴室，房门被轻轻地推开了。像是怕吵醒她，裴书临脚步很轻。

裴书临穿着一件薄上衣，一条休闲长裤，手上拿着一瓶水和一副运动型耳机。他有健身的习惯，显然今天比往日要运动得久，大冷天的，连衣衫都渗出了汗水。

他站在门口，低着下颌，染着笑意的目光朝她看过来，问道：“睡醒了？”

“几点了？”她嗓子还是有点痛，以至于出口时声音都是哑的。

裴书临自然也听出来了，他俯下身，带着热气的呼吸近在咫尺，回道：“快下午两点了，肚子饿不饿？”

她点头，能用手势回答就尽量不说话。这声音听着暧昧，像是一遍遍提醒彼此昨晚的疯狂。

裴书临揉了揉她的脑袋，说道：“起床吧，我做了一桌菜。”

陷在被子里的指尖轻轻地蜷缩了一下，简皎月定定地看着他濡湿的发梢，真诚地发问：“你不累吗？”

“好像是你比较累。”他说着，手从被子下探进去。

简皎月没料到他会这样做，吓得手忙脚乱地往后退，嘴里结结巴巴地说道：“干……干什么？”

裴书临按在她大腿上的手掌收紧，把人往他的方向拉了一把，凑近她，亲了一口，低声说：“我看看肿了没？”

简皎月无比庆幸刚才没找到遥控器把窗帘打开，否则她可能会因为这句话羞耻到无地自容。她手往下，抓住他的手紧紧攥着，低下头，不敢直视他的眼睛，说道：“不许动了！我……我挺好的！”

她不知道这个低头的姿势能让他看见什么。简皎月穿的丝绒吊带睡裙的肩带细细的，V领领口又开得大……胸前的春光随着她的动作轻晃，雪白的肌肤上还印着他昨晚覆上去的红痕，像中世纪油画里雍容华贵的小姐。

在裴书临的印象中，简皎月在生人面前端着架子、高冷得不好靠近，在亲友面前却像一只灵动聒噪的小黄雀。可他现在看她，感觉她跟记忆中的那个女生完全不一样了，裴书临第一次想用“性感”来形容她。

他捏了捏她的脸，软肉从他的指缝里溢出来。

他视线往下，作势要把被子掀开。

简皎月见他又来，手赶紧横在胸前，嘴里嫌弃地说道：“你身上全是汗，快去洗澡。”

裴书临原本就没打算做什么，只是想和她亲近亲近。松开她的那一刻，他突然想起什么，问道：“今天……还陪吗？”

用昨晚的话来翻译一下就是：今天还陪我一块儿洗澡吗？

简皎月拿起手边的枕头就砸了过去，用行动告诉他不可能！

裴书临失笑，轻轻松松地一把抓住枕头放回床上，另一只手握着一瓶喝了大半的纯净水。他随意地在衣柜前背过身，单手把上衣脱下，从衣柜里拿了一条长裤进浴室。

卧室里的卫生间做了干湿分离设计。裴书临进去后没几分钟，简皎月也趿拉着拖鞋去刷牙洗脸。低头的那一刻，她从镜子里看到了自己脖子上、锁骨上的各种痕迹。擦完护肤品后，她特地给脖颈那儿擦了遮瑕和素颜霜。

想到罪魁祸首就在边上若无其事地冲凉，简皎月脱口而出，骂了一句："臭男人！"

话音刚落，淋浴间的水声恰好停了。

浴室门推开，裴书临裸着上身出来，颇有深意地问道："骂我？"

简皎月抵死不认，头也不抬地答："不是你！"

他绕到她身后，拈起她几缕头发放在指间摩挲了几下："除了我，你还有哪个男人？"

简皎月语塞，睨他一眼，不作声。

明知故问，还能有谁。

裴书临没再出声，靠在洗手台上，悠闲自得地看着她化妆。食指蹭过她胸口的那抹红痕，他像是有点疑惑地说道："我有用这么大的力气吗？"

简皎月其实很乐意看他发愣，这男人一向沉稳，很少露出一脸茫然的神情。她撇了撇嘴，说："你心里没点数吗？"

裴书临连"下次不会再这样"的承诺都不敢给，因为他足够了解自己。

他只要碰到简皎月就会失控，他自幼就极少沉迷什么事情，金钱名利对他来说都是浮云，可他就是对眼前的这个人上瘾。

简皎月感觉身上各处又在被揉捏，起床气未消，她神情有些恹恹的，挡开他的手，问道："你干什么？"

他勾唇一笑，答道："不干什么。"

看着他笑的一瞬间，简皎月心跳得很快。

裴书临生得温润清俊，凭一双多情的狭长眼睛就能拉近和别人的距离感。他几乎不与人交心，却让每个人都觉得他好相处。

以前简皎月觉得她看不懂他，现在似乎能明白一点了。

见他笑得这么温柔，简皎月觉得自己真没出息，憋了一晚上的火气瞬间消了。她戳了戳他的后腰，催促道："你去穿上衣服啊，当心感冒。"

裴书临漫不经心地回应，手掌包裹住她的手，随后又把人拉近和她接吻，最后亲了亲她洇红的眼尾："快点出来吃饭。"

原本说好她做饭的，但裴书临帮她盛好汤时暧昧不明地说了一句：晚上请我吃夜宵。

好好的一句话被他附在耳边讲就瞬间变了味。

简皎月记得她刚开始学做饭时多亏了室友的教导，从简单的墨西哥卷饼，再到日式料理和中餐。她做出来的东西虽然不算美味，却也还能凑合。

裴书临听她讲过去的事情，有些疑惑地问道："为什么不请厨师？"

在他看来，简皎月这种十指不沾阳春水的女孩，一个人在国外学习、生活，让她独立很不现实。她高中时脾气大，习惯了被一堆人哄着，他难以想象她会主动学习做菜。

简皎月喝着汤，差点被呛到，嚷了两声："我们那个地方没什么做菜合我胃口的厨师，而且自己做也挺好的，多一门手艺不容易饿死。”

他沉眸：“以后不用你做。”

“可是，”她很不给面子地说，“你的厨艺也没有比我好到哪里去。”

都是家境富庶的孩子，哪里下过厨。

裴书临想了想，又说：“我花时间去学学。”

简皎月塞了一片鱼肉进嘴里，含混着给他竖起大拇指：“学霸人设永不倒！”

一天很快就过去了，两个人在沙发上各自做着自己的事，电视机里在放春节联欢晚会的重播。

裴书临低着头在整理论文，他今年春季研究生毕业，寒假也不长。偶尔停下来时，他会看看简皎月，问她想不想出去玩。

他总是怕她无聊，毕竟他知道以她的性格是闲不下来的。

简皎月摇摇头，想着素颜霜白擦了。她刷着朋友圈，心情还挺微妙：去年自己还在异国他乡，大过年的为了吃一盘饺子，跑去超市和华人抢购食材，而今年的同一时刻，她已经组建了自己的家庭。

“裴书临，你的这些朋友好热情啊。”她看着群里的信息感叹道，“你在这个群里显得格格不入。”

裴书临对这些无所谓，他目视着电脑屏幕，对此已经习以为常，问道：“是卫淅太吵了？”

简皎月看着群里刷屏的表情图，斟酌用词：“也不能说是吵，他很活跃，就是一个‘水群小王子’。”

她花了半个小时才弄清楚群里这几个人是谁，他们都是裴书临在B城的发小，也就是昨晚闲着没事包下整座山头放烟花的人。

尽管没正式见过面，但简皎月从聊天语气中已经摸清楚了一点他们的性格。尤其是卫淅，八个人的小群里，只有他乐此不疲地在发红包。

简皎月都想把席翰介绍给他认识了，两人都很会自娱自乐。

正好春晚播放到小品了，是她挺喜欢的女话剧演员演的。

简皎月放下手机专心看电视。等过了一会儿她再拿起手机时，群里居然安静了下来。

裴书临正好改完论文最后一版，他合上电脑，把简皎月拉过来往自己怀里靠，问了一句："他还吵吗？"

"不吵……咦，他怎么不继续了？"简皎月靠在他身上懒洋洋地晃着腿，疑惑着再次看了一眼手机，随后便看见朋友圈那儿亮起一个小红点。

是卫淅发了一条朋友圈，晒了一张截图，特意提醒了她看，截图内容是裴书临几分钟前私聊他的聊天记录——

裴书临："你自己退群吧，吵到她了。"

卫淅："啊？"

看来这条朋友圈是屏蔽了裴书临发的，他这会儿还一脸无辜地和她说卫淅肯定是发觉自己话太多，所以才闭上了嘴。

简皎月默默地在那条朋友圈下点了一个赞，顺着他的话点头，说："这样啊……那这个卫小少爷还挺会反省的。"

裴书临一本正经道："他们都很好相处，你随意点就行。"

那语气像是生怕简皎月会不喜欢他这些朋友。

简皎月放下手机，慢腾腾地坐到他腿上，闻了闻他身上独有的冷木质香气，干净又清冽："裴书临，你……"

手托着她的臀，裴书临与她额头相抵："嗯？"

简皎月亲了一口他的下巴，笑着夸奖道："好可爱。"

这是什么形容词？

事实证明，“直男”大概接受不了这种形容，裴书临身体力行地要证明自己“多不可爱”。他眸色深沉，低首吻着她的头发，握在腰际的手渐渐收紧，把她往他怀里摁得更用力。

两人的身体贴近，身体有一点点变化都变得异常明显。

男人的劣根性吗？明明好好说着话，怎么就动起手来了？

简皎月的腿根还疼着呢，她挣扎着要下来，手放在他的腰间用力一揪，嘴里说着：“不行！”

裴书临闷声笑了一下，捉住她的手腕放到唇边亲了亲，故意囫囵开口，曲解她的意思：“我哪里不行？”

他长指摸到她腰侧，轻轻往下一扯就把裙子的拉链拉开了。

肌肤瞬间就暴露在空气中，空气中的凉意让简皎月下意识一惊，立刻双手抱住胸口。她觉得自己确实该正视一下二十三岁的裴书临了。这人怎么这样呢，大白天的，在客厅里也能这么肆无忌惮。

下一刻，他便把人放平在沙发上，埋首下去。

感受到他温热的呼吸，简皎月的声音都在发颤：“裴书临，你以前不……不这样的。”

以前那个少年穿着一尘不染的校服，衬衫扣子永远扣得整整齐齐，对人淡漠又冷静，似乎在他面前多说一句玩笑话都是在玷污他的耳朵。

现在这些花样，他都是从哪儿学来的？

裴书临想：为什么不能是这样？为什么一定要像以前那样，无趣地、乖乖地等着她主动？她不想理人的时候，就直接十天半个月地跟他冷战。

简皎月太随心所欲、恣意妄为，他却一直纵容着，没改改她这个坏毛病。于是他的一步步退让，导致她潇洒地离开了五年。裴书临在她耳边缱绻低语：“那就别记着以前，以后都会这样。”

唇和唇贴近，简皎月闭上了眼睛，唇齿间还残留着她刚刚吃过的糖果的味道，甜甜的，凉凉的。她觉得裴书临的嘴巴好软，好适合接吻。

半个小时后，简皎月蜷缩在他的怀里，又出了一身汗。她手指都失了力气，在他心口处挠了挠，倔强地说道："纵欲，伤身。"

"我还没放纵。"裴书临慵懒地躺着，手指在她的锁骨处游移，告诉她，"吃胖一点。"

太瘦了，骨头都硌人。

简皎月觉察出这话的深层含义，恼怒地抬头，质问道："你是嫌弃我胸小吗？"

"不敢。"裴书临似笑非笑，调侃道，"怪我手太大。"

"你闭嘴！"

这人真的太有斯文败类的潜质了！

年初十之前，两人要去各家亲戚那儿拜年。

裴家的旁支很大，光是裴书临奶奶和外公这两边的亲人就够组成十几桌麻将了。简皎月觉得麻烦，初三回江城娘家之后就没再跟着他一起去。

简皑雪受不了太闹腾的环境，更别说城里隔几个小时就放一挂爆竹，过完除夕简父简母就带着她去郊区住着了。

这就导致简皎月在江城玩得更开心了，不用每天对着简父简母佯装乖女儿的样子。

骆天哲带着简皎月一块儿去马场玩，他纳闷地问她："连安纯都要跟着她未婚夫四处应酬，你为什么连年都不用去拜？裴书临怎么回事，他不跟你办婚礼就算了，居然连向他家那些亲戚介绍你也不愿意？"

简皎月无语，翻了个白眼：“婚礼是我不想办的，拜年也是我不想去的。怎么在你嘴里我跟个天天睡书房的可怜女人似的？”

“别啊，我哪儿敢说您裴少奶奶可怜啊。”

简皎月不理会他的揶揄：“我觉得裴书临对我挺好的。”

骆天哲也赞同，指了指谨安路一栋新建到一半的酒店，说：“裴哥就是气量大。瞧瞧你家和他家一起入股的生意，这得耗资多少啊？”

这就把话题引到利益上去了，简皎月有些不乐意，咳了一声，试探道：“说不定，他只是喜欢我呢？”

骆天哲摸了摸鼻子，给她一个“你自己信吗”的眼神。

简皎月当然没什么底气，裴书临待人接物很有自己的一套标准。他们本就是因为利益才联姻的，更何况裴书临是一个喜怒不形于色的人，他是喜欢她还是讨厌她，都不会表现在明面上。

骆天哲摸了摸身边这匹黑马的鞍，说：“其实以前我也看不出他有多喜欢你，他对你更像是一种……占有欲？我记得每次周末我喊你出去玩，他那个眼神冷得啊……”

简皎月默默地想着，那他对她就是比喜欢少一点，比陌生人又多一点的感情？

扯开话题，简皎月瞥了骆天哲一眼，问道：“你这几年身边怎么就没个正经女朋友啊？”说完，她用手指着他，“你该不会还惦记着你的‘白月光’吧？”简皎月一脸八卦地问道，“所以，你的‘白月光’现在怎么样了？”

骆天哲被她盯得不太自在，转过脸去：“人家现在……现在好着呢，没什么变化。”

简皎月“嘁”了一声，看他嘴依旧这么严实，知道问不出个所以然来，便没再追问下去。

元宵前一天，年假也快结束了。

简皎月买了下午回B城的机票，安纯和骆天哲两人把她送到机场值机口那儿。

等她进了闸机口，骆天哲还感叹了一句："搁读书那会儿，谁能想到简皎月会自己开公司啊。这年还没过完，就急着回去上班，真敬业。"

安纯在边上像看傻子一样看着他："她说自己回公司，你就真觉得她是急着回公司了？"

骆天哲不解，反问道："当然啦，那不然呢？"

一根筋的"直男"！安纯无奈地摇了摇头。

下飞机后，简皎月回家却扑了个空，旁敲侧击才知道裴书临今天被他的导师喊去另一个校区给本科生讲课去了。她直接打车过去，新校区人多，管理得也没有老校区那么严格。

简皎月原本想着突然出现给他一个惊喜，但进校之后才发现，她压根儿不知道裴书临在哪间教室讲课。

也许是因为裴书临实在太有名气了，她走在路上看见学生一批批地往逸夫楼赶，还听见几个学生在讨论上课的老师。

这个年纪的小女孩大多是"颜控"，提起帅气老师就兴奋。

简皎月从几个聚在一起的小姐妹那儿听见了熟悉的名字，她不动声色地靠近——

"待会儿是靳教授的课，可是我看他发朋友圈说他发烧住院了呀。所以我们又能看见裴师哥了啊。"女孩兴奋地跺了跺脚，"希望靳教授好好在医院休养几天，这几天就都让裴师哥来代课吧！我愿意每天都承受早上八点上课的痛苦！"

"哎，赶紧抢座位去，公开课上喜欢看帅哥的同胞太多了，情敌漫山遍野！”

“拉倒吧，上他的课我期末必挂科，无心画重点，只想看他的脸。不过上回听老校区的同学说裴师哥结婚了啊！”

“真的假的？不可能吧，咱们学校这么多漂亮姑娘，他来这么多回，可没看上过一个啊！”

“天知道师哥的老婆是什么天仙美女，我才一个学期没见到他而已啊！帅哥不是属于全人类的吗？他这么年轻，这么急着结婚干什么呀？”

简皎月淡定地听完有效信息后，自动屏蔽这些小姑娘对她丈夫的示爱言语，慢步跟在她们身后进了教室。

她没敢坐在前面，感觉浪费课堂资源，特地坐在了一位高个子同学的后面。

没过几分钟，四周的空位子已经被坐满了。

看着隔壁小姑娘拿着一本化学书，显然是过来蹭课的。简皎月心想：裴书临人气可真高。

纵观整间教室，视野还不错。

教室慢慢安静下来，简皎月晃着腿，手指轻轻敲着桌面，等了好几分钟还没瞧见他来。

学生们倒是很自觉地在温习课本。她掏出手机，给裴书临发微信：“你在干什么？”

裴书临：“在去上课的路上，你到家了？”

简皎月没透露她来学校找他的事，装模作样地回了一句：“嗯，刚到。”

裴书临：“好好休息，等我回来。”

说完就没了下文。

简皎月撇撇嘴，正好看见男人拿着教案进门。

过了个年他怎么没长一点肉？脸庞依旧瘦削，头发比半个月前短了几厘米，浅浅的眼皮褶子，眼窝微陷，显得他的眼睛深邃有神。

他穿得挺随意，白衬衫、黑裤子，长身玉立，衬得他腰窄腿长。领口的两颗扣子松开，露出干净白皙的锁骨。

就这个身材长相，难怪会让那么多学妹惦记。

简皎月撑着下巴盯着他看，又犯了对着他花痴的老毛病。

裴书临讲课相当无聊，至少在简皎月看来是这样的。

听他的课仿佛在看晚间新闻，格外催眠。唯一一个小插曲就是前排有个女同学拍照开了闪光灯，也不知道是不是借着拍教案来拍人，但也只是被他皱着眉头提醒了两句。

简皎月也趁机拿出手机拍他，还百无聊赖地用他的照片做了几张表情图，花了大半个小时配文“冷漠”“我没得感情”“上我的课，还敢玩手机”。

她看了一眼时间，还有十分钟才下课，她觉得辛辛苦苦花大半个小时做的东西应该分享出去，所以她发了一条朋友圈，并配上刚刚做的表情图：“我都没什么兴趣认真听讲，可见裴老师真的不适合教书育人这一行！”

过了一两分钟，朋友圈出现小红点。

简皑雪：“妹夫很帅噢，难怪学生都无心上课。”

骆天哲：“给楼上皎月的姐姐问个好，顺便评论一句，再秀恩爱就拉黑！”

安纯：“居然还把人公开到朋友圈……”

裴知：“有生之年终于能看见有人敢开我哥的玩笑了，嘿嘿嘿，堂嫂最棒！”

江晚葭：“我们弟媳真幽默。”

卫淅：“哈哈哈，跟楼上一起走走队形。”

简皎月一路看下来，发现列表里的这些朋友大部分是她和裴书临的共同好友，居然还都很默契地提到了他。

你们以为当事人有空回应吗？

也许是临近下课，学弟学妹们放松了一点，大家开始问作业。

裴书临一个个解答完，不经意间抬了头。看到坐在最后一排的人，他反应慢半拍似的愣住了，缓过神后便一动不动地睨着她。

简皎月也发现他终于看过来了，手托着脸颊向讲台那儿笑得一脸得意，露出一排整齐的牙齿：没想到我会来吧！

但他也只是惊诧了几秒，随后就面色无波地收回定格在她脸上的视线，继续解答同学们的问题。

下课前的几分钟总是最难挨的，总算熬到铃声响起，简皎月拍拍手臂，站了起来。

“倒数第一排，中间那位穿白色连帽卫衣的女同学。”裴书临没关话筒，声线低沉，足够让坐在最后一排的简皎月听见。

简皎月有些疑惑地指了指自己，一脸茫然。

“你先生近来厨艺见长，”裴书临停了一下，嘴角稍扬，“他想问问你，今晚一起回家吃饭吗？”

“哇！什么情况啊，赶上直播！”

原本拖拖拉拉快走到教室门口的学弟学妹们又走了回来，大家立刻起哄，教室里乱成一团。

与此同时，简皎月低头发现她那条朋友圈下面多了一条最新评论——

裴书临只留下意味深长的三个字：“欠调教。”

明明下课了，公共教室此刻却人头攒动，前后两道门都被堵得水泄不通。

一群男生在起哄，女生则在手机里呼朋唤友地喊人来看热闹。

看着手机上“调教”两个字，简皎月不得不承认她有点想歪了。

裴书临一定是故意的，为了回击她把他的表情图晒到朋友圈！

想到这儿，简皎月非常想对裴书临翻一个白眼，但是顶着众多围观者的目光，她只能施施然回以微笑，随后回复裴书临：“可以，你够狠。”

然后还附带上一个刚出炉的“没有感情”的表情图。

讲台前的裴书临鼻梁上还架着一副金丝框眼镜，他双手撑在讲台上，瞥了一眼亮起的屏幕，看了一眼微信消息，随后笑了笑，没跟她计较的意思。他站直，朝她伸出手，喊了一句：“过来。”

声音通过麦克风传出来，还是这么好听。

“伸手不打笑脸人”这句话非常有理，简皎月认命地走过去，牵住他的手，然后狠狠一揪。

在场的学弟学妹对裴书临有了家室非常吃惊，大家默契地挤在教室门口，好奇地打量着他身边的简皎月。

简皎月倒是不在意这些打探的目光，加上她也不是第一次因为裴书临受到这么多关注了，这会儿已经能微笑着淡定地面对各位围观群众了。

正前方冲上来一个拿着笔记本的学弟，说道：“裴师哥，下周的辩论赛，我有个论题想向你请教一下！”

见他有正事，简皎月正要松开手，却被裴书临握得更紧。

裴书临回头淡淡地瞥了她一眼，给了简皎月一个让她乖乖待着的眼神，随后旁若无人地挠了挠她的手掌心，便把注意力放回到学弟说的论题上。

围着的人群没散，有人小声地问了一句：“师哥，你真的结婚了啊？”

简皎月朝问出这句话的人的方向看过去，晃了晃手，随意地说道：“人都在这儿了，还能假吗？”

两人的无名指上都戴着婚戒，就差拿出结婚证自证已婚事实了。

女生不好意思地笑了笑，挠挠脸：“恭喜师哥师嫂，师嫂好漂亮啊，难怪师哥这么早就把人套牢了。”

简皎月眯着月牙眼笑得灿烂，一点也不谦虚地扬起下巴，说：“也就一般般漂亮吧，配他刚刚好。”

简皎月和裴书临就像是两个极端，这两人除了长相都优越，性格上并不像是能合得来的人，更别说做夫妻了。

被简皎月这么一闹，现场的同学也纷纷活跃起来，一个个都笑嘻嘻地说着“早生贵子”“长长久久”。

裴书临那边讲完题，发现简皎月已经兴致勃勃地跟学生们介绍起她的工作室，还大言不惭地开始打广告：“你们要是有想办婚礼的，可以找我们新世纪，报……报裴书临的名字打八……不对，打七折！”

“走了。”他把简皎月扯了回来，“我的名字这么值钱，还打七折？”

简皎月眨了眨眼睛，面带真诚地回道：“那当然了。”

“可惜我们学校的校友不是你的目标客户，他们怕是连订金都交不起。”

简皎月却一脸认真地边走边说：“真爱和浪漫无价。如果是认识的人来办婚礼，我接了单就会好好做啊。”

大家见他们要离开，很快便让出一条路来。

出校门时倒是冷清不少，裴书临问了一句：“不是说要月底才回来吗？”

“我回公司嘛，节假日办婚礼的单子很多的。”简皎月从包里拿出车钥匙，对着路边某辆车按了一下，补充道，“而且我年前订的那台车已经到了，喏！”

她在江城时已经收到了4S店寄过去的车钥匙，4S店早就通知她可以来取车，于是简皎月刚刚发了信息过去，让人直接将车开到校门口，告诉她位置就好，省得她再多跑一趟。

裴书临往那辆打着双闪的保时捷看过去，是最新款的911，落地价不便宜。大红色的车身，外面贴着闪钻纸膜，还有她喜欢的龙猫贴纸。

他没问简皎月什么时候买的，结婚大半年以来，她没从他这儿拿过一分钱。

“你开吧，我们回家。”简皎月爽快地把车钥匙丢给他。

路上有行人在拍照，大学校区附近出现豪车自然能引人注目。

裴书临看她利落地坐上了副驾驶座，不由得一笑：这是把他当成司机使唤了？

天知道简皎月不自己开车的原因之一就是她还不敢开上路！

不说B城的路线四通八达，回国后她本就很久没开车了，手生得很。何况上回在驾考点被他取笑的场景还历历在目呢。

裴书临说给她做饭，还真载着人去了超市。

夫妻俩推着购物车在生鲜区慢慢地走，简皎月挑了几瓶饮料，怀疑地看着他，问道：“你确定会做？我可真不客气地点菜了啊。”

裴书临点头：“点吧。”

好歹请了个江城的师傅学了半个月，他目前对自己的厨艺还是比较有信心的。

“焖豆腐、清蒸鲈鱼、炒鸽松、糖醋小排、藜蒿炒腊肉、辣椒炒笋……”简皎月报了一连串菜名，喘了口气，看着他低下身子在挑生鱼片，便戳了戳他的肩膀，“你记住没有啊？”

裴书临应了一句：“记住了，还有吗？”

“有想吃的，但是已经点了很多了。”她良心发现一般，苦恼地抿了抿唇，“万一刚点的那些都吃不完怎么办？”

裴书临的神情不变，淡声道：“你吃不完它们，我就吃你。”

光天化日下……简皎月惊慌地看了看周围，还好没什么人往这边走。简皎月想骂他，又不好开口，只能气呼呼地瞪着他。

裴书临无辜地摸了摸鼻子，承受着她凶神恶煞的眼神扫射，贴近她的耳朵，说：“放心，你吃慢一点，我也会吃得慢一点。”

简皎月故意板着一张脸，凶狠地屈起手肘抵住他，丢下一句：“你还是别说话了。”

到了家门口，裴书临手上提着袋子，示意她去按密码。

刚进屋，简皎月才把包挂好，突然被迫转过身去，下巴被裴书临抬起，呼吸也被他掠夺。

“嗯，你说让我回来先吃饭的！”简皎月挣扎着说道。

裴书临手指抚摸着她的脸颊，毫不犹豫地说：“我改主意了。”

“哪有你这样的……”

简皎月的抱怨声被男人的唇彻底封住，明明他刚刚在外面还是一副清风霁月的模样，怎么一进门就变了个样呢？

两人滚到了床上，简皎月咬着牙关，愤怒道：“你见我这么早回来，也不说句好听的吗？”

知道她在故意发难，裴书临动作稍缓，十分配合地亲着她圆润的肩头，问道：“想听什么？”

“我怎么知道！”简皎月的手下意识地扣紧他的后腰，轻声哼了一句，“你这人嘴里能有什么好话。”

她又不是没见识过裴书临的冷场能力，当年他可是能说出“浪漫都是无用的三点水，当心淹死在爱河”这种话的。

想到以前，简皎月开始翻旧账：“所以你是真的连一句情话都不会说吗？”

哪有什么不会？只不过是没那个习惯，也没特意去学罢了。

裴书临盯着身下的人，只见她乌黑的长发散开，铺满了大半个枕头，眼神勾人，嘴里嚷嚷着：“你说不说啊？”

裴书临很识时务，也许是被她这些小心思取悦到，他当即俯身靠近她，扣住她的手往头顶上放。他亲了亲她的唇，摸着她的脸，声音低哑：“想你了，宝宝。”

简皎月的嘴角终于在这一刻扬起，像是要给他奖励一样，她撑着胳膊凑过去亲了亲他的喉结，然后满心欢喜地回复他：“我也想你啦。”

折腾一番，等简皎月醒来时，窗外夜色已沉，几缕路灯的光线透过窗帘缝隙照了进来。

简皎月在飞机上就没好好休息，睡醒眯着眼睛走出房间时，看见餐桌上已经摆好了一桌子菜，还冒着滚烫的热气，显然是刚出锅不久。她有些难为情，自己睡得不省人事，留下他一个人在那儿做晚饭。

裴书临把最后一道鱼汤端上来，瞧见她光着脚，便把脚下的鞋子脱下来让她穿上，说：“你过几天就到经期了，当心着凉，又疼得睡不着。”

简皎月听话地穿上，反驳道：“这几次都不怎么疼了。”

她知道自己每次生理痛都是因为饮食不规律、不健康，但结婚以来她被他看得很严实，很多不好的习惯都已经被他纠正过来。

她坐到餐桌前，等他把饭盛好。

裴书临盛好饭后坐在她的对面，清隽的脸上带着一点探究，问道：“合胃口吗？”

简皎月将每道菜都尝了一口：“好吃！有空教教我！”

“好。”他总算笑了，却没继续陪她吃饭的意思，一边解开围裙，一边起身。

简皎月看着他的动作，又看了一眼时间，已经晚上十点了。她疑惑地问道：“今晚不在家睡吗？明天周末啊，要赶回学校？”

没料到她会问得这么细，裴书临沉默了一会儿，回道：“不是，这两天有外宾访华团过来，单位里缺人手。”

简皎月跟着他一块儿站起来，去厨房收拾便当盒：“等一下，你饭还没吃呢，得带一点过去呀。”

其实要准备的工作很多，估计也没时间吃。但裴书临还是站在那儿看着她装好便当盒，临走时又问她：“周末两天，你一个人的话会无聊吗？”

他知道骆天哲他们还在江城没过来。

简皎月怀疑他真把她当小孩看了，她把装好的便当塞进他手里，推着他出门：“我怎么可能无聊？快去吧，碗我会自己洗的，觉也会自己睡的。”

裴书临转过身，摸了摸她的脑袋：“碗放洗碗机里就行，玩游戏可以，但是不能熬夜。回屋去吧。”

门一关上，房子顿时安静下来。

虽然裴书临的性格很闷，但是至少他在时，简皎月会有倾诉的欲望。

她从江城回来之前，简母金蓉带她去赴了一对夫妻金婚五十周年的宴会。

宴会上，她被安排跟一桌千金小姐坐在一块儿。

简皎月回国后就没怎么露过面，坐在那儿也低调，听着桌上其他人聊江城贵太太圈的那些风流韵事。

夫妇们人前表现得恩恩爱爱，人后却各自分家。

很突然地，简皎月那一瞬间一点也不想融入她们。她不想和裴书临变成这样。纵使他们是夫妻，会做所有亲密的事，但总归是不一样的，和她想象的那种关系不一样。

简皎月沉默着一个人吃完了晚饭，正巧安纯拨了一个视频电话过来，两个人便一边聊天一边躺在床上敷面膜。

安纯还惦记着爱马仕家新出的那款包，她哼哼唧唧地说："还要等配货，那个工作人员真不给面子。"

简皎月磨着指甲，随意地说："下次来我这儿拿吧，裴书临妈妈之前给我办过一张卡。配货什么的都是借口，一张百夫长黑金卡能让你免去所有烦恼。"

安纯立刻乐呵呵地应下了，扯了七八句才聊到重点上："皎月，B 城的温赟传媒影视，他们家那个温三小姐你认识吗？"

简皎月摇头，兴致索然。她从前就不爱跟这些千金名媛玩到一块儿去，来 B 城后就更没扩展这些所谓的"名媛社交"了。

安纯似乎有些难以启齿，顿了一下，才道："就是曹裕，他下周要和温小姐订婚了。他昨天找我要你的联系方式。"

简皎月听到这儿，舌尖顶了顶齿缝："哟，曹少这是傍着个富家千金了啊。"

手机一个没注意从床沿掉了下去，模模糊糊地传来安纯关切的询问。

简皎月俯身捡起手机，解释道："没事，手滑了一下。"

"吓死我了，每次跟你提起曹裕，你都这样。"安纯心直口快，也没顾虑太多，"我没搭理他，你还要联系他吗？"

简皎月的手顿了一会儿，问道："他找我干什么？"

安纯耸耸肩：“谁知道，嘴欠得慌呗。你要是真遇到他来找事，别气着自己了，不值得！”

曹裕那人，风头一起来就想炫耀到周围十几公里外。如今他要娶温家三小姐，不管是入赘还是联姻，都算赚大发了。

安纯吐槽道：“说真的，我当时交换到你们学校时，听那堆留学生说曹裕是你的前男友时，我都惊呆了！”

“怎么了？”

“有裴书临珠玉在前，你怎么可能看得上曹裕啊？我听骆天哲总是提起裴书临，还真以为他是一个戴着眼镜的老土书呆子。老天啊，上回见了才知道原来他长得这么帅！是他高冷的气质不香，还是钱包里的卡不够多？”

简皎月听着她夸张的语气笑道：“收敛一点好吗？你嘴里说的这个男人已经跟我结婚了。”

“这就当私有宝贝护上了？”安纯“哧哧”地笑了两声，“所以我才更好奇，你当初是怎么看上曹裕的，他真的差远了啊！”

这话也只有闺蜜才会这样说了。

说实话，他们圈子里的人家世都差不多。曹裕的长相遗传了他母亲的美貌，挺清秀的一张小白脸。只是他的气度和其他人比起来，就差了一大截。

这倒也好理解，他是曹家的私生子，在曹家待得并不开心，生活也拮据。久而久之，他那种小心翼翼、谨小慎微的怯懦就无限放大了。

简皎月呆滞了片刻，蓦地开口：“安纯，其实我没有和曹裕谈过恋爱。”

安纯迟疑地道：“那为什么……”

“我当时只是觉得我和他有点像。”她鼓足了勇气却又不敢开口，重重地叹了一口气，道，“挺丢人的，我不想说了。”

“啊，没事没事，宝贝儿，不想说就不说了！”安纯清楚简皎月的性格，像简皎月这样肆意妄为的女孩，如果这件事不是特别难以启齿的话，她估计早就当玩笑话说了。

安纯记得她认识简皎月时，简皎月和曹裕已经分手了，也就一块儿上课的几个同学聊过几句他们的事情。

当然，同一所学校、同一个专业，她们自然没少碰到曹裕。只是每次都是曹裕大大方方地同她们打招呼，简皎月见到他要么避开，要么恶语相向。

安纯只当他俩不是和平分手，曹裕身边的莺莺燕燕倒是没断过，简皎月却是兼职、上课两头忙，忙碌也孤独。

今晚听她这么说，两人好像又不是简单的男女之间的事儿。

两个人扯开话题，聊了一点别的才互道晚安。

挂断电话后，简皎月在微信里搜曹裕的名字，把人从黑名单里放出来。没过几分钟，曹裕的信息就发过来了。

曹裕：“晚上十一点，理查七瓶。”

简皎月眉头一皱，没明白这是什么意思。

那边的人比她还惊讶，立刻又发来消息：“皎月！你怎么把我放出来了？你终于舍得把我放出来了！”

简皎月顿时无语。

曹裕：“哎，少了一个备忘录。”

简皎月冷笑，心想他这种为人，想被人拉黑、多攒几个备忘录还不容易吗？

她没空跟他寒暄，直接发消息问他：“你找我有事就说，别去骚扰安纯。”

曹裕：“你这话说得就难听了啊。我们的关系没差到这个地步吧？这不是回国的时候听说你结婚了，我特意来送祝福吗？”

简皎月的耐心耗尽，回复道：“我结婚，你意难平？”

曹裕：“是有点可惜，但是都过去了。”

他吊儿郎当地发完消息，又发来商贸大厦一家咖啡厅的地址，说道：“明天喝个下午茶吧，很久没见了，怪想你的。夏夏还有东西在我这儿没给你呢。”

一晚上的好心情就这么硬生生地被破坏了，简皎月看着他最后发的那句话，终于还是同意见他一面。

夏夏是和她合租了一年半的室友。她的名字对简皎月来说一直是个不小的刺激。

那年简皎月上大二，传媒课挂了一科。国外大学补学分考试要交不少钱，她那时又因为摔了一跤进了医院，就算有学生保险，捉襟见肘的简皎月依然感到十分无助。

曹裕就是在那时出现的，一个学校的中国留学生也就这么多，他们常打照面，但是没说过几句话。

一到黑色星期五的大扫荡日，他偶尔会搭把手给她提东西；她偶尔迟到时，曹裕也会给她记重点。

曹裕恐怕也奇怪，为什么简皎月那时对他格外友善。

因为她在这一群留学生里，样貌、身材没得说，性格又这么火辣，追求者很多。虽然简皎月不像那群女生一样天天蹦迪，去网红地拍照、打卡，但行为举止加上穿着用度，实在不像一个勤工俭学的穷学生。

他会主动接近这个冷冰冰的简皎月也是有所企图的，他们那群二世祖打了个赌，赌谁能追到她。

曹裕出国后，好不容易混进一个会带他玩的圈子，便欣然接受了这个赌约。

简皎月看见他们的聊天记录之后，并没有太大的反应。

她并没有对曹裕产生友情之外的感情，会允许他靠近，也只是因为该死的“同病相怜”感在作祟。

他是曹家多余的存在，而她自己也是简家多出来的人口，只是将来用来联姻稳住商业合作关系的一个存在，说不定她的真实身份还不如一个私生子。

那天，她很理智地问曹裕：“你们拿我下注多少？”

曹裕怯生生地举起两个手指头，比了个数。

够了。简皎月心想，至少足够她付拖欠了好几个月的房租。

“你赢了，我七你三。”简皎月冷静地说道，“你现在可以发消息给那些人，在你那群兄弟面前吹牛说你追到我了。下个星期你就说腻了，然后把我甩掉。”

他们各取所需，一个挣足了面子，一个暂时解了燃眉之急。

故事没停在这儿。

曹裕和简皎月分手几天后看上了她的室友夏夏，一个金发碧眼的小姑娘。

他借着简皎月朋友的名义很快就和夏夏熟稔起来，而夏夏也因为简皎月的关系对他没什么防备，于是两个人很快就陷入热恋。

当时夏夏还非常感谢简皎月这个媒人，经常跟简皎月分享他们的恋爱日常。而当时的简皎月依旧在兼职和学业之间忙得自顾不暇，没空理会他们的风花雪月。

她接触的人多了，一眼就看出曹裕是个胆小鼠辈，作不了大恶，掀不起什么腥风血雨。但简皎月忘了，曹裕还可能是一个猥琐的渣男，他不敢玩弄所谓的白富美，却会挑一些没背景的女孩欺负。

夏夏心思单纯，她是认真跟曹裕谈恋爱的，傻姑娘一头栽了进去，被曹裕哄骗得昏头昏脑。

曹裕劈腿时，和同系女生在酒店开房被夏夏抓个正着。

前一天，夏夏告知曹裕她怀孕了，听信了他说他和她会结婚的鬼话。

零下四摄氏度的深夜，简皎月受曹裕牵连，被夏夏连包带书一起赶出了门。

夏夏很长一段时间都没去学校，后来办了休学手续。

简皎月再见到她是在外网的社交软件上，她发了个动态，配图是做人工流产的手术单和自拍照。

照片中的女孩眼神灰暗，脸色惨白。

简皎月感到很难过，这是她刚出国时交到的唯一一个朋友。

她们的文化、习俗、肤色都不一样，但她发烧时，夏夏整晚陪着她，给她降温。她摔断腿的那几个星期，也是全靠夏夏照顾才撑过来的。

她气愤地去找曹裕，彼时他玩得不亦乐乎。

“我怎么知道她玩不起！说结婚就信，有没有搞错？我爸能让我娶一个普普通通的洋妞回国？”曹裕丝毫不觉得自己有错，为了让自己清净一点，甚至反讽了一句，“这还得怪你啊，怎么说她也是你的朋友，你就不会劝她想开一点？”

这句话再次提醒了简皎月，确实怪她，她不该让夏夏和他认识。

她明明不是道德感很强的人，但频频想起这个金发碧眼、对着她笑时眼里都盛着光的姑娘。

之后，再无人提起夏夏。

只是异国他乡的一个不起眼的女同学慢慢被人遗忘了，简皎月再没和她联系上。

# 第七章

## 千言万语放在你心

下午两点，简皎月准时赴约。

曹裕依旧没变，他约人也迟到。也许是新傍上的那位温三小姐审美不错，把他打理得人模人样。

待人坐下，简皎月抱着手臂睨着他：“夏夏给你什么东西了？”

曹裕本来还想跟她嬉笑两句，但看她眼神太冷，就老老实实地把手上那封信给了她。

这信是前几个月寄到他们大学的。

夏夏在信中也没提其他，只是表达了一下当年赶她出门的歉意，也委婉地说了句不会再和中国男人交往了。

曹裕点了点桌面，道：“你看，人家好几年前就不计较了，你也别总呛我。以后回江城多得是机会见面，别闹得面上不好看，是不是？哦，你丈夫是不是也在 B 城？是哪家的公子啊？”

简皎月没搭理他的废话，面无表情地说道：“曹裕，夏夏是说算了，但你的破事在我这儿没完。”

“不是，你这人怎么这么倔啊？好歹我们才是同胞，你老为了一个外国妞跟我闹，是不是挺没劲的？”

大学那两年就因为她没给过他好脸色，那些二世祖都见色忘义，每回都帮着简皎月硌硬他。

一杯冰水毫不留情地泼到了他脸上。

简皎月站起来，眉尾一挑："说你不要脸，你还挺扬扬自得？听说你月底订婚，那你最好小心一点。"

她那语气说得怪让人毛骨悚然的，曹裕却见怪不怪地拿纸巾抹了一把脸。他卑躬屈膝得太久了，在人前也很难横起来。

看了一眼时间，他那个未婚妻午觉快醒了。曹裕不敢耽误，起身准备离开，离开前又晦气地说了一句："什么东西！要不是看在你老爸的面子上，我才懒得供着你！"

简皎月唇线抿紧，坐回座位上，手放在那张信纸上摸了两下，突然右边传来一句试探的男声——

"阿嫂？"

简皎月转头看过去，只见一对年轻男女，她不知道能不能称他们为男女朋友，但她认出了这个男人，惊讶地喊道："卫淅？"

卫淅点头："是我，哈哈，看来没认错。"

两个人在这之前只在朋友圈看过彼此的照片，卫淅倒是在酒吧见过她一次，但那时灯光昏暗，他没看清她的脸，此刻见到就像网友见面一样。

简皎月也不清楚他在那儿坐了多久，听没听见她和曹裕说的那些话。

卫淅摸了摸鼻子，又问她："裴哥今天生日，嫂子怎么没跟他一起？"

"他今天生日？"

卫淅耐人寻味地应了一声："看来是贵人多忘事。"

这真是冤枉简皎月了，她记得以前裴书临跟她说他的生日在清明节那天来着，所以从来不过。但现在想来，那时候他可能是因为受不了她的烦扰，随口说了个日子诓骗她的。

简皎月没耽搁，说了句“还有事”就踩着高跟鞋匆匆离开了。

她一走，卫浉边上的女伴便笑道：“您刚刚在这儿偷拍了那么久，怎么也没点其他行动？”

“宁拆十座庙，不毁一桩婚，懂不懂？”卫浉掂量着手机，漫不经心地说，“她刚刚要是真慢悠悠的，没什么表态，我指不定还真就做点什么了。”

不过他倒是觉得就算把这段视频发给裴书临，也没什么用。

简皎月去裴书临单位的路上买了一个迷你小蛋糕，两个手掌大小，模样精致。

裴书临之前给过她一张来宾卡，说有要紧事时会方便一点，没想到用到这上面了。

现在是上班时间，简皎月只能通过前台找人。

前台今天似乎很忙，拨了一个电话，语速很快地说道：“一楼大厅，随员裴书临的家属来了。”

裴书临从电梯里出来时，一眼就看见了简皎月手上提着的蛋糕。尽管她以为自己挡得很严实。

这是简皎月第一次来裴书临工作的地方。许是工作需要，他的着装跟平时有点儿不一样。

今天的他穿着一身深色西服，衬得他肩膀挺阔。

裴书临的视线从她手上移开，问她：“怎么了？”

“当当当！”简皎月献宝似的把蛋糕拿出来，说，“生日快乐！我买了一个很小的蛋糕。”

裴书临不禁笑了笑：“就为了这个，特地跑一趟？”

“你以前还骗我说不过生日！而且你晚上又不能回来……”简皎月怕耽误他的时间，催促道，“你吃完再上去吧，我特意买了一个糖分很低的蛋糕。我先回去啦。”

裴书临揽住她的肩：“一起吃吧，我可以等十分钟再上去。”

她有点担心：“不会影响工作吧？”

“不会。”

这两天，裴书临被借调过来做翻译，活动还有一个小时才开始，不急这一时半会儿。

他把人带到一个隔间里，四面都是磨砂玻璃，地上放着几箱水。

简皎月被他拥着的时候才发现他身上有酒味，估计是中午喝了点儿酒，难怪他的声线比平时听上去要低几分，很温柔，让她的心情好了不少。

她把裴书临推到椅子上坐好，然后给那个小蛋糕插上一根蜡烛，说：“可惜没有打火机点燃蜡烛，你将就一下，许个愿吧，二十四岁了呢。”

“许完了。”

裴书临亲昵地吻了吻简皎月的指尖。她瑟缩了一下，问道：“许了什么愿望？”

裴书临伸手环过她的腰身，回道：“保密。”

行吧，他真是将保密这个习惯贯彻到底了。

简皎月看着他吃蛋糕，无聊地盯着他的脸看，突然开口，问道：“大中午的还要陪着喝酒，你工资多少呀？”

裴书临面容倦怠，拧开一瓶水喝了几口，润了润喉咙。他没有回答，而是直接从钱包里抽出一张工资卡塞进她手里。可能觉得一张工资卡不够，他又把平时买大物件的黑金卡塞进她手里。

简皎月语塞，把卡退了回去，道：“哎呀，我不是要你工资卡的意思，我就是对你们单位的薪资待遇表示好奇。”

裴书临无奈地笑了笑，打开手机，翻找到上个月的工资到账信息，说：“你自己看。”

她瞥了一眼，有点嫌弃：“才这么点儿？连你这张金卡的年费都不够交。”

“工资是死的，平时全靠津贴和补贴。”

她沉默了片刻，又叹了口气，心想：幸好他家里有人经商。

不过简皎月倒也不担心裴书临没钱花，他光是每年在裴润地产的股份分红都是别人一辈子羡慕不来的。

看了看时间，十分钟快到了。简皎月想亲亲裴书临，却被他的手掌无情地摁了下去。

“今天有点感冒，别传染给你了。”

裴书临说着，捂住她的嘴，而后俯身窝在她的颈窝里吸了一口，温凉的嘴唇一路从她的颈脖亲到了耳郭。拨开她的头发，雪白的肌肤上还能看见昨晚留下来的痕迹。

简皎月任由他靠在她的肩膀上，虽然他们没有时间认认真真地过生日，但至少她能陪在他身边。想到这儿，她觉得也没什么好遗憾的。她正要回抱住他的腰时，倏地听见门外传来两道声音——

“使节团下午要去展览馆，记者们都到蓝厅了，安排好礼宾车了吗？”

“其他都没有问题，但是少了一个翻译。”

“这两天调了这么多人过来，人手还是不够吗？”

“不是。上午不是借调了一个年轻人过来帮忙吗，那个实习生科员在外宾面前倒是有几把刷子，镇得住场，长得也人模狗样的，就是现在人不见了。”

简皎月心里一顿，仰头怀疑地看着眼前人。

裴书临也愣怔了一下，片刻后重新拥住她，抬手摸了摸她的脑袋，贴在她耳边轻笑了一声，说：“他们好像是在说我。”

转眼就到四月中旬，B 城迎来艳阳天。

路边的国槐和悬铃木生机盎然，这座城市的行人也被笼罩在大片繁茂的绿荫里。

一天下午，简皎月的工作室迎来了一对特殊的客户。之所以说特殊，是因为介绍人是她的母亲金蓉。

金蓉的原话是：“你爸爸生意上的伙伴曹叔叔的小儿子要结婚，娶的是 B 城女孩，你开着玩的那个婚礼策划工作室不是正好能搭把手吗，别寒碜到人家就行了，这两家人都不缺钱。”

简皎月接了这个单，坐在办公室里看着简介上写着的两位新人的名字：新娘温黎，新郎曹裕。

片刻后，艾媛敲了敲门，说道：“老板，贵宾到了。”

简皎月回过神来，情绪淡漠地开口：“把贵宾请到会议室，去喊大东他们一起进来。”

推开门，走在前面的是一个个子娇小的女孩，齐耳短发，穿了一双将近七厘米的高跟鞋，站在一米八几的曹裕身边，竟半点儿不输气势。

这就是温家三小姐温黎。

她长相温婉，眉眼极细，和北方女孩的大气明艳完全不同。

大东他们进去会议室后坐在会议桌的两旁，手上拿好了纸笔，手机录音功能和数位板也已经打开，投影仪正放着常见的几种订婚宴模式。

会议室内，没有人先开口说话，大家都默默地打量着这两位空降的“重量级客户”。

简皎月的工作室旨在打造“高奢风格”的婚礼，之前接待的富人和一线明星也不少，但这位温小姐绝对算得上是他们接待过的客户里最奢侈的一位。

温黎穿着贵气，连手指尖都在告诉别人她多有钱。她身上那件黑色褶皱束腰裙，裙摆上点缀的刺绣的质感，一看就是意大利手工制作，肩膀处渐变紫的亮片上的顶珠是顶级贝母材质的，耳环吊坠还镶了蓝宝石。

还有她手上那个山羊绒斜纹软面料爱马仕包包，简皎月定睛一看，正好是上次安纯想要的那个。

看来这位妹妹是有话都会写在脸上的性格，有钱也爱张扬。

打破会议室里安静气氛的是曹裕，他没落座，肆无忌惮地围着会议室走了一圈，笑着跟简皎月套近乎：“皎月，你还有模有样地开了一间工作室啊？”

简皎月冷着脸，回都没回一句，继续低头捣鼓数位板。虽然她不是特别平易近人的性格，但这还是头一次不接顾客的腔。

艾媛担心地看了她一眼，问道：“老板，没事吧？”

“哎，你是什么时候跟着你们老板的？”曹裕显然没把自己当外人，一个个员工询问过去，甚至问了大家的学历。

艾媛诚实地回答：“我没上过大学，当初在唐人街做饭店服务员，后来被老板捡来一起做策划了。”

曹裕摇了摇头，说：“你们这水平不行啊，一个完美高效的团队……”

简皎月出声打断他的话：“这栋大厦有很多家工作室做婚礼策划，你可以出去，另请高明。要是我的团队不好，你为什么找到这儿来？”

大东也接过话：“是啊，这位先生，请不要随意怀疑我们的业务水平。前段时间上热搜的那场世纪婚礼就是我们工作室策划的，微博上几亿的浏览量，上千万次转发，大家都说好看。”

曹裕顿时哑口无言。

虽然说是长辈搭线，但新世纪在婚礼策划这一行的口碑也是有目共睹的。他心里还是不服气，嘴硬地说了一句：“呵呵，不就是买了几个奖来提高了名气吗？”

“说得好像你什么都知道一样。”这时，一边一直默不作声的温黎出口讽刺了他一句。

难得见一起来订婚礼策划的夫妻这么不和睦的，大东他们没憋住，笑了出来。

曹裕面露尴尬，也只能当作无事发生，又向旁边坐着的温黎介绍：“小黎，这是我的大学同学，你喊她皎月就行了。”

简皎月这才和今天的女主角对上眼，互相颔首就算打过招呼了。简皎月抬高手，示意道：“行了，两位没有其他问题的话，我们就开始吧。”

艾媛拿着笔在旁边一边记录，一边向他们介绍：“两位想要添加什么样的元素呢？能表达夫妻之间的爱意，比如定情物之类的，又或者是彼此印象中最深刻的东西。婚礼现场的副歌、摄影色调和航拍机位，这些如果有其他要求，也可以现在提出来。”

曹裕正要开口，在旁边磨指甲的温黎已经出声：“随便，别扯这些有的没的，我也不是自愿订婚的。”

“小黎！”曹裕觉得面子挂不住，扯了扯她的衣角。

温黎不耐烦地甩开他的手，看起来似乎特别嫌弃，又将手放到嘴边吹了吹，继续说：“你老实坐着，别朝我嚷嚷，真不知道自己是什么身份吗？想插嘴也要等婚礼结束之后再说。准备一个订婚宴而已，还敢浪费我这么多时间！”

大东、艾媛面面相觑，他们见过不少为了应付父母联姻的豪门世家公子千金，也见过不少为了流量而炒作的明星，可没见过还没开始办婚礼就起内讧的情侣。

简皎月倒是很淡定，甚至冷笑了一声，全程当作看热闹。

听安纯说这位温三小姐的父母去世比较早，她是被温家的掌权人，也就是她名义上的叔叔养大的。

虽说是叔叔，但温黎自幼也是被宠到大的。

不知道怎么回事，她大学刚毕业就被家里安排了联姻。嫁给一个私生子让温黎觉得面上无光，她对曹裕的厌恶程度比简皎月想象的还要深。

“行了，你们先出去吧，剩下的我自己来。”见此，简皎月把其他人支了出去。

会议室里只剩下他们三个人，温黎坐在椅子上，随意地往后一躺，说道：“简小姐是吧，我听知知说起过你。”

“知知是哪位？”

“你丈夫的堂妹。”

简皎月还没来得及应上一句，曹裕又插嘴道：“小黎还认识皎月丈夫那边的人？是哪家……”

曹裕话还没说完，温黎不耐烦了，一个眼刀丢了过去：“你能不能闭嘴？一点眼色都不会看，我看你在我叔叔还有你哥哥面前倒是乖得像一条狗！”

狗逼急了还会跳墙，但简皎月清楚，曹裕不会。他好不容易攀上了温三小姐这根高枝，以后再有人拿他私生子的身份说话，也等于是在打温家的脸。

温黎继续道：“我对订婚宴只有两个要求，一是要上得台面，按前段时间上热搜的那场婚礼的规模办就行，当天会有记者过来；

二是请柬上，我的名字要写在前面。”

简皎月瞥了一眼不敢再出声的曹裕，点了点头：“了解了。”

“其他的事就不用再联系我了，我很忙。”温黎说着站起身来，朝简皎月礼貌地伸出手，“有劳。”

简皎月站起来回握，微微一笑：“应该的。”

曹裕没跟着温黎一块儿离开，美其名曰说要留下来和老同学叙叙旧。

温黎压根不理会他，瞟了他一眼就发信息让司机来接她。

“皎月，看来你还真是刀子嘴豆腐心啊，上回被你泼一脸水也值了！”温黎一走，曹裕又恢复了那副嘴脸，他作势伸出手，“上回是我不对，不该对你那么冲的。来，我们握手言和吧。”

简皎月坐回到椅子上，往后一靠。她看见他想握手言和也没有其他反应，只是缓缓地抬起头，笑了笑，说：“过去的事就过去了。你放心，我一定会给你办一场毕生难忘的订婚宴。”

周末，骆天哲被他爸派去了海外谈酒庄生意，简皎月只好和安纯两个人聚会。她们把好几张卡刷到限额，身后两个司机手上的东西也越来越重。

路易威登专柜，简皎月正在男装区挑选袖扣。

安纯看着她一只手拿了一对袖扣，一副纠结的模样，指了指她的左手，说：“挑这对吧，你看这对的时间久一点。”

“我都要！”简皎月拿出卡，又往展示柜里的领带上扫了一眼，用手一指，对销售员说，“这里到这里，都帮我包起来。”

安纯看着她利落地刷卡，啧啧叹道：“简老板大气啊，逛街都不忘给老公买东西呢。”

“他的衣柜太单调了嘛，来来回回都是品牌方送的应季款。”

简皎月一边签字，一边笑，“而且我工作室这两天接了一个大单，钱包暂时很富余。”

安纯问：“又是哪位明星结婚啊？”

她伸出一根手指左右摇了摇，一脸得意地说：“保密！过段时间你就知道了。”

“嚯，不过你们工作室确实厉害，上回曲影后的婚纱是高级定制吧？哪家婚礼策划有你们这实力啊。”

简皎月欣然接受夸赞：“你当我在国外待的那几年都白待了？光是为了积攒人脉，我就吃了不少苦。”

“是是是，好好的少奶奶不做，硬要自立门户当老板。”说完，安纯挽住她的手臂往外走。

简皎月弯了弯嘴角，说：“按你这么说，裴书临不也一样？跑去做了外交官。”

安纯不高兴了，反驳道：“外交官多酷啊！”

“哪里酷？我看是苦吧。”

这段时间，简皎月对裴书临他们单位的工作有了一定的了解，随便一个外国使团来访华，光是准备工作就要两三个月。

裴书临现在还是实习生，年轻的后辈加班加点更是常态。

“要是他在新闻司上班就好了，说不定还能在每天例行举办的发布会上看见他。”简皎月发自内心地感叹一声，“裴书临前几天出差了，说是跟着使团去A市参加什么论坛……他这工作还没转正呢，就快忙死了。”

裴书临出差前还把之前调走的阿姨和司机给她调回来了，生怕简皎月离了他，生活不能自理。

安纯笑了几声，瞧着简皎月这黏糊劲儿，摸了摸她的脸蛋，说：“我记得裴书临是在地区司吧，转正了岂不是还要驻外？你现在就开始患相思病了啊！”

简皎月用手掌盖住眼睛，一副苦恼的样子，回道：“不知道，再说吧。”

晚上简皎月没和安纯一块儿吃饭，因为前不久她遇见了高中时的班长严华，严华是个热心肠的老好人，说在B城的老同学搞了一个同学聚会，问她参不参加。

简皎月本来不太想去，毕竟高中毕业都过去好多年了，当年她出国后就没怎么跟那群玩得好的同学联系了，过去免不了挨一顿骂。但她向来吃软不吃硬，被严华磨得没了办法。

去的途中，她手欠地给裴书临打了一通电话，她本来也没抱希望，结果他居然接通了电话。

听声音，他周围好像很安静。

简皎月不自觉地放低了声音，抬起小腿无聊地踢了踢车门，问道：“在干什么呀？”

“喝茶。你吃饭没有？”

“喝茶呀……”简皎月下意识地摇了摇头，想起他看不到，又赶紧说自己今晚要参加同学聚会。

他们以前不是一个班的，听到这儿，裴书临没什么意见地“嗯”了一声，嘱托她不要喝太多酒。

电话没通几分钟，裴书临就说有事，要关机了。

听到他这样说，她抿紧嘴唇，负气地挂断了电话，连一声“再见”都没说。

简皎月觉得情况不太妙，这才多久啊，她脑子里就老想着裴书临，可他为什么总是忙工作？

她刚到酒店大门口，严华就出来接她了。

吃饭的时候，简皎月挑了靠角落的一桌坐下。她这几年在国外被磨了心性，性子收敛不少，可她一进来仍被大家注意到了。

先找过来的是范洋，她以前和简皎月关系很好。

多年不见本该带着一点生疏，但她们不一样，范洋直接一巴掌拍在简皎月的背上，恶狠狠地抱紧她，说："我还以为这次又见不到你呢！"

简皎月抬高手，开玩笑道："哎哎，我刚做的美甲，可别给我弄花了。"

旁边几个人见她这样，便说简皎月还是跟以前一样，没什么变化，依然一副傲娇样。

同学们边寒暄着边回忆青春，很快就拉近了彼此之间的距离。

推杯换盏间，大家热情高涨，吃完饭后，又辗转到楼上的台球室和 KTV 包厢。

灯影流转，夜色里，微醺的人们低语着。

简皎月喝了不少酒，一群人默契地不提"结婚没有""事业如何"这样倒胃口的话题，尽情玩乐。

简皎月看了一眼时间，觉得该回去了。她对自己的酒量有数，再喝下去，怕是要睡在这儿了。

她刚拎上包推开门，范洋和几个女生就追了上来，喊道："皎月，上哪儿去啊？"

简皎月真是怕了她们，她扬了扬手机，示意她们小声一点儿，然后把手机附在耳边装模作样地接电话："喂，老公。"

"我在。"还真有人应上了。

简皎月蹙着眉转过头去，视线里是一道身材修长的人影，逆着走廊光线站着。

男人走了过来，居高临下的目光落在她的脸上。

简皎月稍微抬起下巴，对上裴书临的眼睛。她往前走了两步，把手机放下，说："你开车来的吗？好快啊。"

裴书临朝她伸出手，应道："嗯，聚餐结束了？"

其实简皎月的酒量还不错，毕竟是从小锻炼出来的。但她今天喝得有点多，已经有些醉了。她把手机塞进他的西服口袋，然后又拽着他，让他靠近自己，嗅了嗅，问道："你是不是又去陪酒了？"

她犯迷糊的样子着实可爱，没了往常的嚣张。走廊里迷离的灯光照在她白皙的肌肤上，让她看上去诱人而不自知。

裴书临托着她的下巴，亲了一下，笑着道："什么陪酒？"

简皎月像是没听到，自顾自地说："你还开车来的啊，没被抓到吗？"

"谁抓我？"他声音低哑，手指从她眼尾扫过，摸了摸她红红的脸颊，嘴里问道，"你吗？"

他先回过家，然后还洗了澡，身上的味道有点儿香，西装上的袖扣换上了她白天买的其中一对。

简皎月踮起脚，抱紧他的脖子，闻了闻他身上的香味，内心气闷不已："我抓不到你，你都好久没回家了！"

裴书临手掌覆在她光洁凹凸的蝴蝶骨上，安抚似的拍了拍她，提醒道："你同学都在看着你。"

站在他们后面的几个老同学此刻都一脸震惊，其中离他们最近的范洋直接喊了一句："简皎月！这人是裴书临吧？你们居然在一起了？"

简皎月这会儿脑子转得慢，她慢吞吞地把无名指上的戒指亮出来，一脸呆萌地说："我们结婚了呀。"

众人惊呆了。

青春时期总是有一些意难平，但时隔几年，故事里的女主人公突然跳出来说他们修成正果了。

范洋这大嗓门重复了一遍简皎月说的话，把大半个包厢的人都吸引了过来，此刻走廊里显得有些拥挤。

“少爷？”推着小车的几名服务员要从这儿过，见人都堵在过道上有点不知所措。

严华看着推车上的水果和酒水时，诧异着问了一句：“哎，这是送到我们包厢来的吗？可是我们没有再点东西了啊。”

服务员看了一眼裴书临，随即解释道：“这是我们酒店少东家送的。”

少东家是谁，已经不言而喻。

男人站在光影分界处，鼻梁高挺，白色衬衣上的纽扣扣得整整齐齐。他姿态闲适地抱着怀里的人，手指微微蜷曲，搭在简皎月的腰上。

“这间包厢今晚的消费全免。”裴书临看了一眼快倒在他身上睡着的简皎月，用手撑住她的头，才抬头看向她的这群同学，“她喝多了。下次有空再聚，多谢你们的照顾。”

一群人呆愣在原地，傻傻地笑着挥了挥手，一人一句“百年好合，早生贵子”。

大家不约而同地想：简皎月总是能让他们刮目相看。

等出了大门，简皎月才迷迷糊糊地睁开眼睛，她回头往酒店看了几眼，嘴里嘟囔了一句：“怎么这也是你家开的啊？”

裴书临扶着她坐在副驾驶座上，轻描淡写地说：“嗯，这家酒店是我的成年礼物。”

人和人果然还是有区别的，简皎月想了想她的十八岁：那时候她刚出国不久，在异国他乡拖着一个行李箱狂奔。

简皎月叹了一口气，把鞋踢开，蜷缩在座位上，感慨道：“裴书临，你的成年礼物真棒。”

裴书临坐到驾驶位上，给她系好安全带："我当时的生日愿望不是这栋楼。"

"那是什么？"

"是你。"他轻声道，就着这俯身的姿势，目光微垂，盯着她微红的脸。

两人四目相对，简皎月突然很想和他接吻。感觉来了，她毫不犹豫地直起上身往他的嘴唇上凑了过去。

浅尝辄止，却极尽缠绵，末了，裴书临又亲了亲她的唇瓣。

简皎月被裴书临撩得头脑发昏，觉得今晚一定是醉了。她的手指还攥着他的西服衣角，高级成衣被她捏得皱皱巴巴的。

昏沉的夜色里，裴书临用一双温和多情的黑眸注视着她。只听他在她的耳畔低语，像是诱哄："刚刚喊的，再喊一声。"

简皎月侧了侧脑袋，故作没听懂，问道："刚刚喊了什么啊？"

裴书临温热的呼吸拂过她的锁骨，低声说："你说呢？"

一具温热的身体贴了上来，简皎月红唇微张，浑身哆嗦地抖了一下："哎！你起来，这是在外面。"

他嗓音模糊，狡辩道："在车里。"

不在外面。

他用一只手撑在她后方的椅背上，肘关节抵着她的腿根。

简皎月快从座椅上滑下去了，她不自觉地想支起身子，脚指头紧张地蜷缩着。

裴书临将她捞起来，亲了亲她的手。

晴朗的夜空布满星星，车停在一棵大树下。这个点不算早，角落处偶尔传来几声猫叫。

此时的简皎月一身汗意，白皙透红的脸上带着委屈。

裴书临看得眉心一跳，随后便发动了车子，一路上还得时不时照看好旁边这位好动的“宝宝”。

简皎月喝醉酒后话变得很多，看见小区里一条狗的脖子上挂着一把平安锁都要一步三回头。

进电梯时，她整个人都倒在了裴书临的怀里。

简皎月把脑袋埋在他的颈窝处，唇贴着他弓起的肩胛骨，碎碎念：“裴书临，刚刚那条狗有项链。”

“嗯。”他耐心地应了一声。

她动动手指戳了戳他的后颈，小声说道：“我也想要项链。”

裴书临拍了拍她的后背，哄她：“明天给你买。”

简皎月揪住他的发根，垂头丧气地说：“不一样的。”

小时候，她就无比羡慕那些手上戴着红绳的女生。那条简简单单的红绳在简皎月的心里比几万块的首饰要贵重多了，她在简皑雪的手腕上也看到过一条红绳。

红绳和长命锁这种饰物，是父母长辈最重要、最美好的祝愿，借此祈盼上天保佑子孙，希望孩子平安健康地长大。

可从来没人给过她。

“呜呜呜，我也想要啊，为什么就我一个人没有……”简皎月趴在裴书临的肩膀上难过地哭了起来，像个缺爱的小孩。

哭声在电梯门打开的那一刻久久地回荡在过道里。

裴书临捂了捂她的嘴，看着她茫然的眼睛，温声道：“小声一点，我们进门再哭。”

不是让她别哭。

他从来都顺着她的意思，不强求、不强迫她做什么。

简皎月乖乖地安静了下来，心想：等进了家门就不哭了。

进门后，裴书临把简皎月抱去浴室洗澡，给她脱完衣服后，她裸露的肌肤在白炽灯的照耀下显得异常性感。

简皎月看着镜子里的男人，冷峻的五官，透着一种禁欲感。

灯太亮了，裴书临漆黑精致的眼垂下睨着她，眼睑下方一片淡淡的阴影，连他的睫毛都数得分明。

用嘴唇堵上她那张嘴，裴书临闷声威胁道："今晚还想睡觉的话，你最好别再出声了。"

次日，两人一觉睡到下午。

裴书临从来没有陪她睡过懒觉，他最近忙着论文答辩，在实习单位和学校之间两头跑。

窗帘留有一丝缝隙，傍晚的阳光照射进来，简皎月转头时抬手捂住眼睛，却倏地一滞。她定睛一看，她的手腕上居然多出来一条红绳，是昨天晚上她哭着要的红绳。

绳子中间还系着一个银制的小月亮挂件，正面是"平安喜乐"的字样，背面刻着"皎月"两个字。

这月下旬，曹裕的订婚宴在江城举办。

曹家在江城商界是有头有脸的大人物，当天上午，一场宴会缓缓地拉开帷幕，各家经济周刊的记者也蓄势待发。

这场婚礼的现场，简皎月没怎么参与，是大东出的策划方案，艾媛他们执行，最终定的星空系列。

因为资金充足，婚礼布置极尽奢华，请的主持人也是业内非常有名气的。

婚宴一共准备了四十二桌，来宾接近三百位，其中包含大半个江城的知名企业家。

入口处，偌大的告示牌上写着新郎新娘的名字，右下方则是新世纪的名字。

简皎月是陪同简家一起出席的，简父得知这场订婚宴的策划师来自她的工作室时，不免多看了她几眼，就连简皑雪都惊讶地问了一句她这个工作室有多少人。

他们落座时，正听见邻桌一位太太跟艾媛打听这场婚礼的预算和新世纪的能力。

“婚纱照可以出国拍，新世纪和国内最好的摄影团队有合作，能在最短时间内为客户预约到像‘枫丹白露’这样的场地。”艾媛回答得十分官方，又向眼前的贵妇指了指简皎月所在的位置，介绍道，“那位小姐就是我们的老板。”

今天的曹裕不愧是“春风得意马蹄疾，一日荣升曹驸马”。他穿着剪裁得体的西服，挽着一脸微笑的温黎出场了。

简皎月的座位离舞台有些远，但她隐约感觉到有一道目光落在她这边。

她向台上看了过去，正好对上温黎意味不明的眼神。

主持人正在台上讲致宾词：“喜日订良缘，喜气催人醉！今日我们欢聚一堂，为温黎小姐和曹裕先生送上最诚挚的祝福！在互送彩礼环节之前，让我们一同欣赏两位郎才女貌的准新人的甜蜜史，请各位把视线转向我身后的大屏幕！”

浪漫的钢琴曲渐渐传来，琴声优美动听，屏幕上很快出现了几份文件截图，字迹清晰，甚至有中英文双份对照：开房记录截图、堕胎手术单上的监护人签名截图。还有夜店里，男人一左一右搂着两个女孩的照片……

这些东西上面男主角无一不是同一个人。

不知道是谁大喊了一声：“这不就是今天的准新郎吗？”

现场的灯光暗了下来，记者们带着话筒和摄像机一拥而上。

“这不是我，这是合成的！这是恶搞！”曹裕急昏了头，竟然冲上去妄图挡住巨大的屏幕，“谁要害我？谁敢在这里闹事？大哥，你快说句话啊！”

有保安急忙跑上前想要切换画面，但图片消失后，又出现了两段视频。

一段是类似虐待的现场，曹裕坐在一个女孩的身上，把手中未熄灭的香烟摁在女孩的大腿上，一群公子哥在旁边狂欢，还有人拍照留念。另一段是曹裕吞云吐雾的场面，不知道他在吸什么乱七八糟的东西。

宾客们一片哗然，大家叽叽喳喳地小声谈论着这场闹剧，说话的声音完全盖住了主持人意图控住场面的声音。很快，外面便进来了十几名保安，将记者、宾客请出了宴会厅。

视频还未播放完，一道威严的男声斥责道：“像什么样子！还不关掉！”

“等等！我要看。”一旁的温黎不管不顾地冲上前，看着台下的某个方向开口道，愤愤不平的表情中带着一种报复的快感，“我倒要看看，我亲爱的叔叔给我挑了一位什么良婿！”

坐在贵宾席上的温正湛冷眼看向她，随即朝身后的人抬了一下手，冷声吩咐道：“婚宴暂停，把三小姐带回房间。”

在场的人对此已经见怪不怪了。

但这些本该放在暗处的事情突然被人搬到明面上来，也确实是难看。

曹裕脸色煞白，往台下看去，正好对上简皎月讥讽的笑。

她连演都不想演，站在几个慌慌张张的员工中间，看似在与他们商量对策，实则无比悠闲，唇边还带着一抹笑意。

曹裕后知后觉，扯开胸口的绢花，一边朝她冲过去，一边大喊道：“简皎月，是你做的对不对？你这个疯女人！你是怎么拿到这些东西的？”

他从台上跳了下来，直直地朝她撞了过来。

简皎月穿着高跟鞋，被推搡得崴了一下脚。

大东和阿鹤两个人立刻抓住曹裕，把他摁在一旁的桌子上。

“还嫌没闹够吗？”曹家大哥拽住曹裕的衣领，眼神中透露出不屑和嘲讽。看向简皎月时，他抻平西装袖口，略表歉意地说，“小裴夫人，闹剧已经结束了，不好意思，让你受惊。收尾就让我们的人来吧。”

他喊她“小裴夫人”，显然是看在裴家的面子上，不打算对她追究了。

但是简皎月并不在意，她弄这么一出就知道会有什么后果，连新世纪的名声也会受损，但她已经无所谓了。

“曹裕，这场订婚宴够难忘吗？”简皎月偏过头去，眼里没有半点温度，问道，“够让你记得夏夏久一点吗？”

在国外那几年，像曹裕这类人的奢靡荒唐的黑历史，按理说他哥应该帮他处理得很干净了，就算是曹家的私生子，曹裕也是他们曹家的人。可他是个扶不上墙的烂阿斗，脏污的屁股很难被擦得一干二净。

原先简皎月只保存了那两段视频，万幸的是，温黎这个叛逆妹妹为了和家里的长辈作斗争，毫不吝啬地伸出援手来，只为破坏这场订婚宴。

订婚宴的手笔够大，连伴手礼的香水都是高奢品牌，几百名宾客暂时被安置到展览中心附近的五星级酒店里。

简皎月回家时，金蓉和简邵都坐在客厅里。

她回来得晚，曹裕闹腾那会儿大家都退了场，现场只有新世纪员工和曹家人在。

客厅的气氛阴沉，简皎月识相地跟他们打过招呼后便想直接上楼，但金蓉喊住了她："刚刚干什么去了？"

简皎月顿了一下，回道："收尾款。"

金蓉冷哼一声："还装作无事发生？你知道曹家那个长子刚刚是怎么和你爸爸通电话的吗？我倒是不知道我简家养出了你这么个有本事的女儿！"

简皎月今天挺累的，为了准备这出戏，她费了不少精神气。她揉了揉眉心，说："养不出也养了。好在不是您生的，这样一想，您心里会不会好受一点？"

听完她的话，金蓉的气性更大了。顾不得拦着她的简父，她怒不可遏地站了起来，吼道："你就是这么跟我说话的吗？"

"哐当"一声，向日葵盆栽从楼梯上滚落下来，打断了他们的谈话。听到了他们谈话内容的简皑雪哮喘突然发作，瘫倒在地。

简皎月连忙拿起茶几上备用的纸袋跑了过去，套在简皑雪的口鼻处。

简父等简皑雪的情况稍微稳定了一点后就赶紧把人抱到了床上，桑姨取来药，金蓉在给家庭医生打电话。

一时之间，大家的关注点全放到了发病的简皑雪身上，好在这种状况这些年来发生过无数次，大家都已经习惯了。

金蓉坐在简皑雪的床边，一脸愁容地让他们出去。

简父跟简皎月一块儿下楼时，医生也正好赶来。

父女俩互相沉默着走到门口，简邵叹了一口气，道："皎月，刚才你妈妈说的那些话……"

"不要放在心上，是吧？"简皎月熟练地接过他的话茬，"爸，曹裕他哥对您说什么了？"

简邵看着这个女儿，没答，反倒说："皎月，你这几年的变化真的很大。”

在他们眼里，她还是一个一事无成在国外混学历的小女孩，什么都不懂。谁知道她做起报复人的事情来，会这么不留情面。

简皎月最怕这种相处时的疲惫，明明是他们对她的关心太少，却要在这种时候说她变化太大。她想知道如果这样做的人是姐姐，他们会不会问她为什么要这样做，而不是觉得她冷血无情。

简皎月十八岁前常常处在怀疑父母偏心的疑虑中，十八岁之后又为自己的疑虑而感到羞耻。她怎么能奢求养父母再多给她一点亲情呢？

养育恩情已经很重了，她不能这么贪心。

面对这种生疏，简皎月只能笑一笑，然后若无其事地开口：“嫁人了嘛，变化大也正常。”

有人说心情不好的时候，如同“我”拖着另一个沉重的“我”。简皎月现在就感觉自己变得很笨重，光是远离这个家都觉得竭尽了全力。

走出别墅区不远，裴书临就给她打了一通电话。

简皎月脚痛得要死，没什么力气地问：“你来江城了吗？能不能来接我？”

裴书临立刻回道：“好。”

这不假思索的语气让简皎月诧异了好一会儿。她拎起高跟鞋，走得慢了一些，像是谈心一样跟他说：“裴书临，我好坏……但是你不能不要我。”

他说：“好。”

她不满地问：“你只会说‘好’吗？”

裴书临顿了一下，又道：“我还会说‘再见’。”

简皎月有点儿生气，明明今天一整天都没有太大的情绪波动。

她抱怨了一声："不想理你了。"

裴书临低声道："要挂电话之前也先转个身，你'不想理的人'来接他的裴太太回家了。"

声音顺着风声拂进耳里，感觉离她这么远又这么近。

简皎月转过身，回头看向马路对面，站在车旁的裴书临长身玉立，正安静地看着她。

不知道为什么，简皎月觉得自己那一刻一定哭得特别丑。

否则他的眉头怎么蹙得这么深。

江城绿化环境极佳，林荫大道上，阳光慵懒地洒了下来。

站在树荫下的裴书临身形挺拔，面容清俊，白衬衫纽扣松开两颗，一双漆黑狭长的眼温温柔柔的。

他手机没放下，看见简皎月那张嘴角耷拉的脸时，像是贴在她的耳边很轻地叹了一口气，说："又在哭啊。"

光是听到这么一句话，简皎月的眼眶就又红了。她无所不能的时候是不和简家人联系的那几年，这几年不回国也是为了彻底断了自己的念想。以前觉察到爸妈偏心时，她总觉得只要她乖一点儿、懂事一点儿就好了，姐姐的身体一向不好，爸妈多疼爱姐姐一点儿也是应该的。

谁知道这一切都只是她的独角戏，可笑至极。

挂断电话后，简皎月小跑到马路对面，可惜她崴着一只脚，速度不快，样子看上去还有些滑稽。

见状，裴书临的眉头蹙得更深了。等她走近后，他看向她高高肿起的脚踝。

简皎月没发现他情绪的转变，扑过去挽着他的手臂，问道："你不是上午还在学校吗？"

他抱起人就往车里放，语气漫不经心："我太太去参加前男友的婚礼这件事情，她好像一句也没跟我提起过。”

“啊，那个……”简皎月抱住他的腰，咽了一下口水，有些紧张地问，“你生气了吗？”

“是该生气，毕竟她是去破坏婚礼的。”裴书临弓着背，手撑在椅背上垂眸看她，抬手抹了抹她眼角的水渍，“怎么欺负完别人，自己还哭上了？”

简皎月顾不得他的调侃，睁大眼睛，问道：“你都知道了？消息传得这么快？”

那种做完坏事转身还没来得及毁灭证据就被当场抓包的感觉又来了，她有些忐忑地看着裴书临，心想他会不会像金蓉一样，说她不懂事，因为让曹家丢脸了。

“我和他有私人恩怨！”终究是怕他怪自己无理取闹，简皎月揪住他的衣角，解释道，“抱歉，以后不会再做这种出格的事了。”

她清楚自己现在的身份代表着裴家，一言一行都会被人盯着。

回了酒店后，裴书临请了一位专攻跌打损伤的女医师给简皎月上药。她却在大白天睡了过去，巴掌大的脸上即使带着妆容，也显得有些苍白，嘴里还呢喃着什么。

她梦到年幼时期的自己发了一场高烧，那天下着大雨，电闪雷鸣。保姆阿姨晚上喝了一点儿酒，睡得很沉，她怎么敲门都不醒。

小小的一个女孩烧得迷迷糊糊的，转身爬到了高脚凳上，熟练地拨通了妈妈的电话。

彼时的金蓉已经在国外待了一个月，刚参加完一场春夏成衣秀准备回国，飞机落地之后正好接到了简皎月的电话，可她说：“妈妈要去郊外看看姐姐，你让桑姨送你去医院吧。”

简皎月的手指一圈一圈搅着电话线，哭腔中隐约藏着委屈，她说："可是桑姨睡着了，门推不动……可以明天再去看姐姐吗？我生病了呀，妈妈。"

车停在交叉路口，往左边开是回家，往右边开是去郊区的路。思女心切的缘故，金蓉只犹豫了一秒便示意司机往右边开去。

舟车劳顿，时差也没倒，此时的她没什么耐心，对电话那边的简皎月说："你发个烧而已，又不是什么大事。你姐姐从出生起就病着，也没像你这么多话。你自己给赵医生打个电话行不行？"说完，她缓了缓，喝了一口水提神，继续道，"如果赵医生的电话打不通就打司机伯伯的电话，这么多人的电话可以打，为什么要打给我呢？"

雷声隆隆，终于把桑姨吵醒。

在听到桑姨往客厅走来的那一刻，简皎月像做错事的孩子，怯生生地听着电话被挂断，发出了"嘟嘟嘟"的声音。她小声地回答了金蓉的问题："因为你是我妈妈啊。"

第二天，简皎月的周记作文内容是：下大雨她发高烧，妈妈背她去医院。

大家都在笑她的作文老土，只有她一个人念着念着忽然就哭了起来。

梦里的画面突然转到初三毕业家长会那天，她站在校门口看见金蓉发来的消息："你姐姐今天过生日，大家都在呢，我走不开。你去问问爸爸。"

简父忙于工作，简母心系姐姐。

像是早就料到会是这样的结果，简皎月对父母已经没有了期待。只是那天她想找桑姨帮忙去参加家长会时，收到的只是一句"不方便"，因为桑姨也请了假去参加她孩子的家长会了。

知道自己的身世之后，简皎月去过一趟简父把她领回来的那个孤儿院，可是那个孤儿院没有她的收养记录，这证明她不是被送到那儿去的。

简父显然撒谎了，向所有人撒谎了。

出国前一晚，简父依旧支支吾吾地隐瞒着她的生母是谁。

简皎月甚至怀疑自己是简家的私生女，还偷偷去做了DNA鉴定。看到她跟简父简母的结果都不匹配时，她反倒松了一口气。

人都有追根溯源的本性，简皎月那时才觉得茫然。从云端跌入谷底很可怕，但更可怕的是，她发现自己是一个没有根的人，也不知道去哪儿才能找到归属感。

在国外那几年，她午夜梦回的最后一个场景是简家客厅，同一个地点，同样的两个人——金蓉因为简父给她安排了和席家联姻而生气。

“你把她抱回来的时候，我就请易大师算过一卦，他早就说过皎月这孩子的八字和我们皑雪犯冲！我让你把她丢回福利院，可是姓简的，你当初是怎么说的？你说古时候不是还有书童吗？我们现在不兴这个说法，皑雪一个人也孤单，你就当给她养个妹妹，陪着她玩！家里养的工人也不少，不差这一个小孩！可是你现在倒好，她才高中毕业，你就帮她找好婆家了！你想过谁是你亲女儿吗……”

简邵的声音在空旷的客厅里响起，冷酷到让人分不清他说的话有几分真心：“席家那小子又有什么好？席孟岱想要个筹码，订婚就是简氏给他的诚意，你真舍得让皑雪去？”

为什么猜不到呢？

骆天哲也不是没打趣过：“你姐和你，在你爸妈那儿的待遇简直天差地别。简皎月，你该不会是捡来的吧？”

没想到一语成谶。

简皎月有时候想，如果是寻常人家把她领养走了，或许内心深处会把她当成亲生孩子养的吧？而不是像他们这样，简父待她和善，像在对待一个客人，简母大多数时候只是把她看成一副多出来的碗筷、姐姐的玩伴。

她的生母对她生而不养，她的养父母对她养而不教。可她找不到生母去怨恨，更没有资格对养父母抱怨。

简皎月很早就知道一个道理，得到的所有好处都是要付出代价的，命运中的每一份礼物都在暗中标明了价码。

她年少时缺爱、敏感，却依旧过得精彩，把惴惴不安的心思藏在骄纵和大大咧咧的表面之下。她没有被爱过，所以不懂爱，因此活得更自我。

简皎月没睡太久，她依旧蜷缩着身体，用手臂挡住大半张脸，醒来时才发觉脚踝上盖着一块药香味的毛巾。就在她发呆的时候，门被轻轻地推开了。

裴书临拿着一块冒着热气的毛巾进屋，见她醒来还有点诧异："这么快就醒了？"

简皎月看着他，嗓子有点疼，轻轻地"嗯"了一声。

她睡相差，又因为做了一场乱七八糟的梦而翻来覆去，睡得也不安稳，被子都滑到了腰腹。

裴书临走上前帮她重新盖好被子，又给她换了一块毛巾敷脚踝，然后学着医师的手法给她按摩。

他手背上经络清晰，骨感分明，十指修长好看。

简皎月发了一会儿呆，放在床头柜上的手机响了起来，她猜这通电话应该是简皑雪瞒着父母偷偷打来的。

说来实在讽刺，几年前她在同样的位置偷听到自己的身世之谜，几年后换成简皑雪再次站在那个位置听到这个秘密。

她不知道该怎么跟简皑雪解释，也不敢接这个电话。

这么多年来，虽然她们姐妹俩的感情很好，但很多时候，简皑雪突发状况晕倒、气短时，金蓉总觉得是简皎月的原因。

简皑雪生来就身子孱弱，不能有太大的情绪波动，这个姐姐在简皎月的心里一直是一个容易破碎的琉璃娃娃。

简皎月羡慕过她，但没有讨厌过她。即便如此，她也没法在父母如此偏心的生长环境下毫无保留地去爱她。

裴书临握住她脚踝，说："你姐姐刚才也给我打过电话，要回一趟家吗？"

事关联姻的两个家庭，想来简皑雪没对他说什么重要的话。

简皎月摇了摇头："不想回去。"

她现在没法若无其事地面对简家人，毕竟她一直处在他们之外。

那时候不知者无畏，她甚至偶尔会想做一些事情引起简父简母的注意，可如今没法再厚着脸皮进入他们的家庭了。

裴书临抬头，问她："和姐姐吵架了？"

她扯了扯嘴角，随意地应了一声，反问他："你也会和兄弟姐妹吵架吗？"

"不会。"他自小温和包容，少与人有口角是非，"何况兄弟虽有小忿，不废懿亲。"

简皎月眉头紧锁，唇撇下来，怅然若失道："你总爱说一些我听不懂的话。"

酒店套房落地窗的窗户是打开的，斜阳照了进来，楼下房间唱片机里悠扬的歌声也传了上来。

唱片机里都是老歌，简皎月安静地听着，突然开口问他："裴书临，你会唱歌吗？"

他垂眼看她："嗯？"

简皎月蜷起小腿，把那块毛巾稍微踢开一点，攀着床沿，磨蹭着向他爬了过去。

她将脸贴在他的腿上，喃喃着说：“他们说会唱粤语歌的男人可有魅力了，你能不能唱给我听一下？”

裴书临纵容地让简皎月枕在他的腿上，偏偏她的手指也不正经，左边戳一下，右边碰一碰。他伸手握住她的手，放到唇边咬了一口：“想听什么？”

“就这首。”她指了指窗外，正在播的是《K歌之王》。

不是声嘶力竭、情绪外放的陈奕迅版本，而是李克勤的版本，曲调缓和。

裴书临的声线低沉，唱起歌来也游刃有余，给简皎月哼了半首副歌。他一边哼，一边抚摸着她的脑袋，那些不知名的情愫也慢慢有了方向。

简皎月听到这儿，趴在他腿上的姿势变成了跪坐，疑惑地问道：“我怎么有一种你喜欢了我很久的错觉？”

裴书临被这一句话猝不及防地打断，然后在一室静谧中无声地回望着她。

“哎呀，不是就不是，怎么还用这种眼神看着我，怪让人尴尬的。”简皎月摸了摸脸道。

没有听到对方的回答，简皎月感觉她在自取其辱，顿时脾气上来了，臭着一张脸。

裴书临被她的表情逗笑了，他抬手摸了摸她的脸，亲了她一口，又将她笼在怀里，大手将她的裙摆推至腰间，另一只手拿起床头柜上的遥控器。

自动窗帘渐渐合上，暗谧的空间里多出了一丝暧昧的气息。

简皎月也不知道为什么，明明好好地在谈心，怎么就变成了这样呢？

男人都是用下半身思考这句话，看来在裴书临这儿也不例外。

门外突然传来说话声，简皎月吓了一跳，想推开裴书临。

裴书临却在她耳边低声说："我们合法的，你怕什么？"

这是重点吗？

她问道："外面是谁啊？"

他们住的是顶楼的一间套房，房间外有一个摆了五米长鱼缸的大客厅。但那人显然已经推开第一扇大门走了进来，脚步声也越来越近。这时，有人敲了敲门，礼貌地问道："小裴少爷，您叫的晚餐送上来了，是放在客厅还是帮您推到卧室呢？"

简皎月仔细听完，顿时松了一口气，然后小声问他："你饿了呀？要不要先吃饭？"

裴书临喉结滚动了一下，没应她。

他一只手依旧握住她的肩头，另一只手按通室内的电话，他只说了两个字："出去。"

说完，门外便传来了一阵急促的推着推车离开的声音，估计是侍应生怕耽误了别人的好事。

简皎月觉得有点尴尬，被打断的情欲迅速减退。她看着男人眨了眨眼睛，想转移话题："你点了什么晚饭啊？"

"专心一点。"裴书临对她现在的态度很不满，直接咬上她的耳垂，听见她喊疼才松口。

简皎月只好装病："裴书临，我好像感冒了。"

他又去吻她的唇，嘴里含混地说道："那就传染给我。"

一场情事过后，裴书临打开了床头的灯，和她相拥着。他伸手摸了摸她的脚踝，轻轻地揉着。

简皎月偎在他怀里，絮絮叨叨地说着话。突然，她转过身和他面对面，像是许下了什么重大承诺一样："裴书临，我以后会对你好的。”

裴书临抬手拈过她额前挡住眼睛的头发，面色无波地回道：“你的话，我一个字都不信。”

简皎月语塞，带着真诚的愧疚，说：“那年抛下你，我很抱歉。”

她很抱歉把回国后在江城的第一次见面当成是他们的初见，也很抱歉结婚以来刻意不去承认自己的错。

想到这些，她的神情软了下来，抿了抿嘴唇。她将脸埋在他的颈窝里，似乎有点困，打了一个哈欠：“我很喜欢你，比以前更喜欢了。”

裴书临垂眸，听见了一个迟到了六年的告白。

他用手背抵了抵嘴唇，良久地沉默后，低声开口：“那我比你差一点，没有更喜欢。”

在她转过身时，他就对她诉说过无数次爱意。从少年时的夏夜清风开始，到她说出口的这一分钟之前——裴书临独自爱了简皎月好多年。

他的青春，他的懵懂青涩，都是从简皎月开始。

年少时的裴书临是天之骄子，高傲又冷漠。他把这种不讨喜的模样藏在温和的面具下，学会将心比心，也学会收敛情绪。

高中三年太无聊，题目太简单，同学都很吵，老师也聒噪。可他知道凡事总有例外，他不可能总是轻轻松松地掌握所有事情——比如在学校里那个总是盯着他看的女生。

她的头发很黑，脸很小，说话的声音很大，没有吃早餐也会向朋友娇气地抱怨。

有天晚上，他怎么都解不开一道奥数题。躺在床上后，裴书临做了一个梦，一个属于青春期男生的梦，那是他第一次感受到什么叫失控。

那时候的裴书临没有想过，自己会爱上这个女孩。

“没有更喜欢了，我一直爱你。”

简皎月困意袭来，揉了揉腰，心想：我一定不能被他的甜言蜜语哄得晕头转向。然后，她红着眼睛，说：“就算你跟我告白，我也不要再来一次了。”

# 第八章

## 不看这些脏东西

简皎月在裴氏旗下的酒店整整三天没有出门，好在顶楼有很多娱乐设施，台球室、棋牌室、VR保龄球馆、私人电影房和酒窖，都能供她消遣。

早上，她睡到自然醒后，就去健身房陪裴书临锻炼一下。

简皎月很懒，读大学的时候不注重身体健康，熬夜是常有的事，情绪焦虑时还曾猛吃助眠药。

裴书临存心要给她改改这些坏习惯，明明他学校还有一大堆事情要处理，单位也还有好几份翻译文件没做完。他却每天不慌不忙，一脸云淡风轻的模样。

正在例行做平板支撑的简皎月看了一眼不远处把电脑搁在腿上办公的裴书临，她松了一口气，打算躺下来偷个懒。

“肩胛骨收紧，肘关节拉直。”男人的声音立刻传了过来。

简皎月挫败地咬唇，说：“你是健身教练吗？这么严格。”

他合上笔记本起身走了过来，半跪在她面前，纠正她的动作：“哪有我这样的健身教练？”

简皎月疑惑地问道：“你这样是指哪样……啊！”

话没说完，他就咬了一口她的后颈，猝不及防的痛意让她下意识地喊了出来。

她知道了，知道得很清楚了。确实没有他这样的教练，哪有动不动就对学员上嘴的！

裴书临气定神闲地退回到安全距离，冠冕堂皇地指着另一边的器械开口："山羊挺身，这个姿势是该好好练练。"

简皎月看过去，扶着他的手臂站起来："这个怎么练？"

裴书临握住她的大腿，让她腹部朝下，躺卧在器械上。

简皎月穿了一套紧身运动服，这么一躺，曲线被勾勒得异常美好。这个姿势十分耗力气，她才保持了几分钟，发间就开始渗汗。

简皎月好几天没有化妆，素颜却不见憔悴。经过裴书临几个月的精心调养，她的小脸总算被他养出了一点肉。

裴书临在旁边看了一会儿，凑近她，说道："好好练练腰腹，对下脊有益处。"

而此时的简皎月总觉得这个男人又在说什么不正经的东西。她将腰沉下去，气愤地喊道："你把清风朗月的裴书临还给我！"

"我不是在这儿吗？"裴书临说着，俯身吻了一下她的脸颊。

来送水的服务员恰好推门进来，简皎月心虚地看了门口一眼。有外人在，她霎时就偃旗息鼓，没了闹腾的劲儿。

住在酒店的这几日，简皎月感觉与世隔绝一样：不碰手机，不上网，看电视时还特意避开了江城本地的商业新闻。或许这期间简家有人给她发过信息，比如一直想让她去给曹家人赔不是的金蓉。

大人们觉得这只是年轻人之间的小打小闹，但他们不知道夏夏一直是简皎月心中的一根刺。

为什么明明是曹裕的错，她却要被强制以德报怨？更何况，金蓉连原因都没有问过，就觉得她以牙还牙的做法过于冷血。

简皎月确实不觉得自己是一个善良的人，但她也只是稍微睚眦必报了一点。

曹家和温家那门亲事的后续她半点不清楚，也不愿去了解，而裴书临就连回电话都会特意避开她，大约是不想让她心烦。

他没问过她为什么不愿意回家，也没再提过曹家订婚宴的事。

简皎月满腹心事却不能说，她的身世和裴、简两家的联姻势必会形成矛盾，她还没想好怎么跟裴书临说。

一直到第四天下午，她的心情阴转多云，才终于想起要给几日不见的手机充电。刚一开机，一大堆信息提示就涌现出来。

消息栏那儿，安纯给她发了好几段话。

安纯："你上回跟我说的秘密就是曹家订婚宴那事儿？简女王，你厉害啊！听说曹家长子为了摆平现场拍到独家新闻的记者，花了不少钱呢！"

安纯："不过你肯定要挨骂了。简家好像还和曹家有合作，但是你现在嫁人了，看在裴家的面子上，曹家应该不敢对你怎么样。"

安纯："大小姐，您人又去哪儿了？没回B城吧？我跟骆天哲在老地方等你一块儿出来玩，收到速回！"

再往下看便是简皑雪发来的安慰，简皎月清楚她这个姐姐，把简皑雪说成是小菩萨也不为过，脾气是真的好，待人也心存善意。就算知道了她们并无血缘关系，简皑雪也一定会一如既往地待简皎月好。

翻完几十条消息，简父的消息在这时突然跳了出来。

他先是发来一个医院的地址，然后说：你妈妈晕倒了，现在在医院住院，你有空就过来一趟吧。

这句话一下就把她砸蒙了，简皎月下意识以为出事了，她慌乱地扯开充电线。

从浴室出来的裴书临手疾眼快地接过不小心被她撞倒的口红，见她面色苍白，轻声问她："怎么了？"

"我妈妈晕倒了，我得去一趟医院。"

或许是这么多年以来，金蓉给她的印象一直是无坚不摧的，听到简父这么一说，简皎月莫名紧张起来。

裴书临则比她镇定得多，他立刻喊人备好车，找了一件外套披在她身上。他一边换衣服，一边说："车快到大堂门口了，别着急，我陪你一起去。"

简皎月穿鞋的动作一滞，渐渐冷静了下来。她往后退了一步，拒绝道："我……我自己去吧，可能是因为家里一些乱七八糟的事情没有解决，气着她了。家长里短的，你也帮不上忙。"

她这么说，实则还是担心金蓉会说出她的身世，而这显然不能让裴书临知道。

好在裴书临没多想，送她上车前还在叮嘱她有事就给他打电话。

金蓉这些天为了缓和简氏和曹家的关系，差人送了不少礼品过去，加上还要劳心劳力照顾女儿，实在是心有余而力不足。但她没有想到的是，压垮她的最后一根稻草居然是她的枕边人。

简皎月赶到时，病房里的人还在不停地争吵。她隐约听到了几个字眼，走近病房时，正好门没有关，恰好对上金蓉锐利的眼神。

金蓉见到简皎月的一瞬间，便毫不犹豫地拿起旁边的枕头丢向简邵，吼道："你还把她喊来干什么？怎么？知道东窗事发，遮不住丑事了，就急着让这个小畜生去认她的亲妈？"

简皎月僵在那儿，手指冰冷。

金蓉已经撒泼好几个小时了，简邵忍无可忍，怒吼一声："说过多少次了！我和妤妤没有私情，皎月也不是你嘴里的小畜生！"

“姓简的，你嘴里有一句真话吗？”金蓉依旧不相信，哭出声，“我倒是没想过我会被骗着养丈夫和其他女人的孩子这么多年，最傻的原来是我……”

简皎月似乎明白了一点，她从手机办公文档中调出一份文件，拿给金蓉看：“妈，您的意思是说我是爸爸的私生女吗？那您放心好了，爸爸没有做对不起您的事。”

这两张DNA检验报告是她出国前就做了的，不论是和金蓉还是简邵，她跟他们都没有半点血缘关系。

金蓉慢慢地停下哭号，抱着怀疑的态度看了两眼，而后凄楚地叹了一声：“简邵，那你确实大度，连她和别人的孩子都愿意养着。”

简皎月把手机收回去，发觉她是不该出现的人。她看向简父，问道：“妈妈说的‘她’是谁？生下我的那个人吗？”

“你生母叫孙妤，是一名演员，上网就能搜到她的信息。”金蓉看了一眼沉默不语的丈夫，冷笑一声，替他回答道，“是你爸爸读大学时暗恋了三年的女人。”

简邵忍不住说：“你总提过去的事情做什么？”

金蓉愤愤不平地说：“过去？你把旧情人的孩子放自己家里当亲生女儿一样养了这么多年，这叫过去？”

“我当时是没有办法，她丢下皎月就走了。那个时候皑雪又正好下过两次病危通知……”

简皎月低着头，轻声喊了一句：“妈，您是不是觉得小孩子什么都感觉不出来，可是我很小的时候就知道您喜欢姐姐比喜欢我多。我以前总觉得一定是我哪里做错了才让您不喜欢我，总想着下回改正就好了。”她苦笑一声，“没想到一辈子也改不好，因为我的存在就是一个错误。”

不知道身世真相时，简皎月会不满、会嫉妒，会像个跳梁小丑一样总想插入其中，想去分散父母在姐姐身上的注意力。可后来听见金蓉说的话，她恍然大悟自己是羞耻心在作祟。

简皎月处在一个尴尬的处境中。如果她待在家里，跟这些所谓的家人近距离接触只会让她更觉痛苦难堪，更显得她多余。

可是别人为什么要容忍她的脾气和情绪呢？尽管他们收养她的目的不单纯，但简皎月很清楚她现在只能说一句："真的很感激你们将我养大。"所以，他们没有像对待亲生女儿一样爱她、给予她家人的情感也是正常的。一直以来都是她逾矩了。

如果这份感激可以用金钱来衡量的话，已经足够抵消了——她以一纸婚约挽救了濒临破产的简氏。可是她和睦美满的婚姻不能归功于这个家，因为简皎月知道，如果对方不是裴书临，而是一个不学无术的二世祖或者是一个年长她两轮的男人，金蓉也会为了简氏把她嫁出去。所以，如果谈到母女情分，就实在是有些可笑。

正是因为简皎月看透了这些，才会觉得她和这个家缘分浅薄。

"我不会去认那个生我的人。您要是不想见到我，今后我会乖乖地待在B城。如果以后还能有用得着我的地方，您也只管开口。"简皎月真诚地说，"至于曹裕婚礼上的事，我很抱歉，但我不后悔这么做。如果您一定要我去曹家赔礼道歉，必要的话，我会去的。"

金蓉第一次知道这个养女的心是这么透彻，她想起丈夫把简皎月抱回来时，理由是弥补简皑雪随时可能会离开的痛苦。但是简皑雪很争气，这些年来她虽然进过不少次重症监护室，但磕磕绊绊地陪伴了她二十多年。后来见到简皎月时，她只会觉得晦气，因为潜意识里清楚地知道这个养女是她曾经准备取代皑雪的"备选品"。

再加上迷信心理，她请大师算过命，两个孩子八字不合，因此她总是把简皑雪犯病的原因怪罪在这个养女身上。

情绪缓和下来后，金蓉躺回病床上，说："我好歹听你喊了二十多年的妈妈，没有你想象的那么不喜欢你。”

当然也说不上爱，简皑雪和简皎月之间，她一定更偏心简皑雪。简家和简皎月之间，也一定是以简家的利益为先。

简皎月有些愣怔，半晌后点了点头：“这样就已经很好了。”

把话说开，没必要再虚与委蛇地说着客套话，更没必要听一些“妈妈都是为了你好”“妈妈不会害你”的场面话。

只是得知了生母和简父的关系，令简皎月更加窘迫。

简皎月离开后，金蓉的情绪终于稳定下来。为了缓解尴尬，她问简邵：“她爸呢？”

简邵摇头，说：“不知道。”

“你到现在都还打算瞒着我？”金蓉说着说着，又哽咽起来，“我知道你记得孙妤当年对你的好，你说你是同情皎月，也是为了我才把她带回来养的，我也信了。事到如今，你为什么还支支吾吾不把话说清楚？”

简邵似乎难以启齿，他叹了一口气，说道：“我是真的不知道皎月的生父是谁，连孙妤自己都不知道。你又不是没听过她那些八卦传闻！你说你，怎么又哭起来了……”

病房外，简皎月静静地听完他们的谈话。把手上的水果篮递给正要进去换盐水的护士，她黯然地离开。

一个把她生完就丢弃的母亲还不够，现在连她生父是谁都不清楚，原来真相比她想象的还要糟糕。

走出医院时，简皎月下意识地摸出手机，不自觉地点开了浏览器，想搜索孙妤的消息。她对孙妤有所耳闻，但鲜少看娱乐圈新闻，对孙妤了解得不多。

手在输入法上停留了几秒，她最终还是放弃了。

她翻到裴书临的微信，给他打了一个视频电话过去。

电话接起时，裴书临那边的镜头一开始是黑的，他遮挡了一下镜头，随后便问道：“妈妈没事吧？”

“啊……”简皎月的脸色还没缓和过来，她扯了扯嘴角，回道，“没事，你不在酒店吗？我来找你，我们一起回家吧。”

“回家？”

“嗯，该回B城啦，你们单位都催你好几次了吧。”

这里的事情已经结束了，继续待在这儿只能徒赠尴尬。

裴书临顿了一下，说让她先回酒店收拾东西。

视频中，他拿手机的角度很不讲究，饶是这样，那张脸仍然精致耐看。但是简皎月这会儿没空欣赏他的美色，她鲜少看到他像现在这样断断续续地说话，没什么耐心的样子。见他那边环境昏暗，她的心又莫名其妙地慌乱起来，说道：“我和你一起啊，你现在在哪儿？”

裴书临顿了一下，然后若无其事地说：“我在……派出所。”

话刚说完，简皎月的手机就因为电量过低关机了。

派出所医务室，曹裕没想到他去道歉居然还能挨一顿打。

他起初是抱着和简皎月玉石俱焚的决心去的，温家那个三小姐也是个狠人，居然神不知鬼不觉地和简皎月在背后联起手来，让他当众出丑。

曹敖亦看足了他的笑话，非但没有帮着他说话，还拎来两盒上好的红酒让他去跟简皎月道歉。

曹裕当然不肯。他仗着最近风头过盛，气狠狠地威胁曹敖亦：“今年，我和温三小姐要是没结成婚，就让简皎月那个死丫头给我等着吧！”

“你自己没本事藏好这些破事，让人家小姑娘找到证据了，现在居然还有脸跟我说这些？”曹敖亦骂道。

曹裕看向他，不解地道：“大哥，这可不像是你会说出来的话。你前几天不是还把简家人送的玉镯子退回去了？”

“我可不像你这么蠢，非要往裴家的枪口上去撞。”曹敖亦冷笑出声，“不认识她的老公裴书临，也该听过裴书临的外公徐维政的名字吧？”

曹裕从小不受家里人喜爱，被丢在国外长大，在国外待的时间比在国内还长。但是对这位徐老，他确实有点印象，那是一位连曹父都敬重有加的老人。

难怪简皎月敢跟他作对，原来是仗着身后有靠山。

曹裕被迫忍下这口气。一个小时前，他提着东西到了简皎月入住的酒店，只不过没有碰上简皎月，倒是碰上了她的丈夫。

酒店大堂一侧的前台那儿，一个男人肩宽腿长，简单地披了一件羊绒衫长外套，从台阶上走了下来。

额前刚洗过的黑发还湿润着，往大理石台面上滴了几滴水珠。他随手往后一扫，露出光洁的额头，皮肤白皙，骨相优越。

裴书临一边戴上那块银色腕表，一边摸出手机对了一眼时间。

他闲暇时打了会儿球，洗过澡后没多久就接到前台打来的内线电话说有访客。看了一眼大厅忙着办理入住的几位宾客，他把注意力收了回来，问道：“是谁要见简小姐？”

前台被这个突兀的声音吓到，连忙站直看过去，指了指会客室靠玻璃窗那儿的一张桌子，说：“少爷，这人说不见到简小姐就不走了，不知道是不是闹事的，要不要喊保安？”

裴书临随意地瞥了一眼那个男人的穿着，又看见桌上放了两个礼盒。他摆了摆手，示意前台继续忙她的事。

曹裕坐在那儿一直没见到简皎月来，直到看到一个陌生男人慢慢走近，坐到他对面。

这个时候，他倒也不蠢，扬了扬下巴，道："你就是裴书临吧，简皎月的老公？"

裴书临颔首："听说你找我太太有事，不巧，她这会儿不在。"

曹裕一笑："那当然是找你更好。"

他心想：这个裴书临看起来倒像是比简皎月好说话多了，年轻矜贵，谦逊温和，在不经意的谈话间就让人放松了下来。

裴书临将礼盒打开，见里面是红酒，便叫了服务员过来当着曹裕的面打开了。

曹裕见他开了酒，觉得歉意也带到了，还陪着裴书临喝了几杯。结果曹裕的嘴就没个把门的，什么话都往外讲，把他和简皎月的那点破事全都吐了出来。

裴书临醒了醒另一瓶红酒，给他递过去，问道："也就是说，你玩弄了她的室友，还让她在大半夜被室友赶了出去？"

他这话说得很随意，像是出于礼貌，顺便问一下。

曹裕听过简家被退婚之后又和裴家联姻的事，既然是见多不怪的商业联姻，那大家就都明白是怎么回事了，他自然也清楚其中的利害关系。

他将桌上的开瓶器往裴书临那边推了推，说："女人就是矫情，这么点儿事都能记这么久。不像我们男人，有什么事儿，私下一杯酒就能解决了。"

酒店大厅这会儿只有几个办理退房的顾客，放在门侧的一架钢琴迎来了一位年纪很小的弹奏家，水晶吊灯也在暮色下准时亮起。

曹裕又喝了几杯酒下肚，他觉得这趟来得不亏，真是难得能碰上一位交谈时让人这么舒服的公子哥儿了。

他哥俩好似的拍了拍桌案，说："那这事你做主就算过了啊！

她在我订婚宴上弄这么一出，我也懒得跟她计较了。简皎月就是典型的蛇蝎美人，我推她的时候，她那个阴恻恻的眼神……难怪说‘唯女子与小人难养也’！”

裴书临还算温和的眼神在这一刻彻底变了，他指骨稍微屈起，一下一下轻轻地敲着桌面。

曹裕还没意识到裴书临的变化，开始问一些低俗的问题：“话说简皎月的性子这么辣，在床上怎么样？光脸长得好看可不行啊，要活……”

裴书临突然冷笑一声，然后不紧不慢地挽起大衣的袖子，将腕表摘下，放在一旁。

曹裕还没察觉到不对劲，一脸淫笑：“简皎月不在啊，那我们晚上换个地方消遣？”

“嗯？”裴书临应道，“你说去哪儿？”

曹裕心想：看来他还是个乖少爷啊，也对，看上去正经得要命。他起身凑近裴书临，在他耳边嬉皮笑脸地说：“水月涧、停云阁都是好地方。这块我熟，那些叔伯常去，保证没有‘母夜叉’来打断好事。”

下一刻，曹裕还没有退回座位上，脸上突然挨了一拳。他踉跄了几下，还没有反应过来就又被人掐着脖子，整个人都被抵到石柱上，场面迅速混乱起来。之后，有人报了警，他们被送到了派出所。

曹裕从医务室出来时，眼睛和脖子上都缠了纱布。

他是被警察搀扶着坐到位子上的，屁股还没坐热呢，警察又带了一个人进来——是简皎月。

她风风火火地跑进来时，只见裴书临好整以暇地坐在一边，眼睛盯着手机屏幕出神。见她来了，他才把通话中断的页面关掉。

“怎么来这儿了？”她压根没认出来另一个人是曹裕，直接走向裴书临，仔仔细细地将他看了一遍，“交通事故还是什么？”

警察见怪不怪地开口：“你是裴书临的家属吧，交通事故哪儿归我们管？是打架，你别看他了，来看看被打的人吧。”

简皎月这才回过头，不太确定地朝着那个快包成粽子的人喊了一声：“曹裕？”

曹裕的脸肿了，说话都不利索，指着裴书临咿咿呀呀地骂脏话。

旁边的警察瞪了他一眼，示意他适可而止：“说说吧，私下和解就是赔钱了事。来，谁先说打架原因。”

裴书临面不改色地说：“他性骚扰我。”

“什么？”简皎月没控制好情绪，从椅子上噌地站了起来。

她确实听过曹裕在国外玩得开的传闻，但是她没想到曹裕还好男色这一口！看裴书临一言不发的样子，她想着肯定是曹裕对他说了什么污言秽语！

盯着略显委屈的裴书临几秒钟后，她气得拿起一旁桌子上的档案夹朝曹裕的脑门砸了过去。这还不够，她又顺手拿起桌上的钢笔，一并砸了过去。简皎月的胸口起伏不定，似乎还不解气，这时手上突然被塞了一个重物，她下意识地就要朝曹裕砸过去，定睛一看，发现是裴书临塞过来的手机。

简皎月有点恼怒地将手机塞回他的外套口袋，振振有词道：“才不要浪费在这种人身上！”

“哎哎哎，你这个家属怎么还动上手了？”旁边做笔录的警察听了裴书临的话后，整个人蒙了，慢了好几秒才伸手来拦简皎月。

裴书临把简皎月揽到自己身后，挡住警察要探过来的手，冷眼看了过来：“不是要和解吗？和解吧。”

警察被他凌厉的眼神一瞟，气焰都消了一大半。

“和解什么？还想和解？我……”曹裕被打得口齿不清，还挣扎着想还手，但又忌惮简皎月身前的裴书临，便指着他骂道，“你放……放屁！老子怎么可能性骚扰你！”

曹裕来来回回就这么几句话，从医务室出来后就没有停下来过，警察都听腻了。这会儿他也没有耐心地敲了敲桌子，警告道：“你这嘴也消停一下吧，正好大家都在，那一起看看监控吧。”

酒店提供的监控只截取了他们说话的那十几分钟，起初是一片祥和的交谈状态，但是说着说着，曹裕还真对裴书临动起手来了。

起初他还只是没完没了地拿开瓶器揶揄地碰一碰裴书临的手掌，看着也还算正常。末了，他居然整个人凑了过去，看着像是在和裴书临耳语。只是裴书临皱着眉，似乎有些不悦，片刻后，便是曹裕单方面挨打的场景了。

裴书临面色如常地把视频进度调回到刚才曹裕紧挨着他的镜头，往后闲散地靠在椅子上，明明白白就一句话：你们看，真的是骚扰啊。

“我去……”边上两个警察看着监控视频也有点晕头转向的，刚才那好几秒的近距离接触属实让他们有点震惊。

警察看了一眼裴书临英俊的长相，好像也不是没有可信度……

“他说听不清，我才凑上去的！”曹裕见他们倒向裴书临，瞪大眼看着视频画面解释，说到一半才反应过来，“哦，我知道了，你敢诈我！”

“你胡说八道。”简皎月再度激动得站了起来，居高临下地看着他，猛拍桌子，吼道，“我们家裴书临耳朵好着呢！就是你这个淫魔，男女不分，你还真是不怕传出去让人笑话！”

裴书临淡声点头赞同：“对。”

“你闭嘴！你要不要脸？”见裴书临还敢附和，曹裕简直快要被气死，他顾不得会扯到伤口，气愤地出声。

简皎月怒气冲冲地指着他，像护犊子一样把裴书临护在身后，朝曹裕吼道：“你才闭嘴！我就没有见过比你还不要脸的人！曹裕，你这个变态，连有妇之夫都不放过！”

小小的审讯室里又吵了起来，两个警察压根管不住。本来他们以为只是吵架，互相道歉就能解决的问题，但是看完这段监控视频，只感觉业务都拓展了。

站在最中间的警察示意大家别说话，两方都先安静一会儿。

简皎月气得不轻，脸蛋红扑扑的。

看着她扯着嗓子骂人的生动模样，裴书临突兀地想笑，他好不容易憋住了，又闷声咳嗽起来。

警察例行公事地对曹裕说：“这位先生，目前为止，人证、物证都对你不利。如果你真的企图骚扰他的话，建议你道歉，否则你将面临三到五天的拘留和两千块钱罚金。”

简皎月听到这儿，直接拉住裴书临的手起身就离开：“走，我们不和解了，我们就要告他！让他去吃牢饭吧！”

走了没两步，就见门外的曹敖亦陪同着一个中年男人正要进来。

室内两个警察见上级领导下来视察，倒也没慌张，老老实实地喊了一声“李局”。

曹裕却像是见到了救星，恬不知耻地喊了一声“大哥”，说他可算来了。

曹敖亦本就看不上这个私生子弟弟，见曹裕故意在人前喊他哥哥，不耐烦地瞥了一眼他脸上的伤口，问道：“你又整出什么幺蛾子来了？”

裴书临这才缓声开口：“令弟和我有点摩擦，下手没注意。”

这个一笔带过的没注意，也不像是抱歉的意思。

曹敖亦和裴书临并非第一次见面，曹敖亦很给面子地赔了一个笑脸：“理解，年轻人嘛，难免有些冲动。既然大家都认识，那这事……”

“那就好好道个歉。”一旁的中年男人突然发声。

曹裕一向是个愚笨的狗腿子性格，见形势不对，只好低头。旁边的简皎月和两个警察对上视线，一个比一个无辜。

简皎月站在这逼仄的审讯室里觉得透不过气来，看见那个李局朝她看过来，抿了抿嘴角，收起先前得理不饶人的气势。

几个人招呼着要出去，曹裕跟着他们走出走廊。

简皎月也没再闹腾，拉着裴书临准备离开，盯着他指骨关节那处破皮直皱眉。

中年男人在拐角处转了个身，喊了一声：“书临，来，喝口茶再走。”

简皎月小声问他：“你认识啊？”

裴书临“嗯”了一声，朝那边礼貌性地点了点头，表示待会儿就过去。

等人都走了，那两个警察跟着拿起两包新茶叶过去。

“还没玩够？嗯？”裴书临俯身看了看她，柔声问道，“心情好点没有？”

本来就是演一出让她发泄脾气的，简皎月倒也不傻，接戏接得快，骂得更是解气。

被他说穿，她了然地抬头，扯了扯嘴角，应道：“玩腻了。”

他笑了笑，指骨屈起，敲了一下她的额角：“我进去打声招呼，你在外面等我一会儿。”

简皎月乖乖应好，也没思考刚刚那个中年男人和他是什么关系。走之前，她朝他伸手：“我手机没电了，也没带钱包。”

裴书临把自己的手机和钱包都交到她手上，揉了揉她的脑袋，像是早就知道她要买什么，提醒道："经期别吃冰激凌。"

她不满地"啧"了一声，心想这人上辈子是算命的吧。

简皎月百无聊赖地在前厅逛了逛，最后走到门口的自动售卖机那儿买了一瓶汽水。她刚扭开瓶盖喝了几口，就见曹裕臭着一张脸踱步过来。

"温三闹着不跟我订婚，是不是你教唆的？"他不敢靠她太近，显然是忌惮监控视频和刚才的前车之鉴。

简皎月靠着自动售卖机头也不抬，懒得跟他说话。她自认为她本事不大，能小小地报复一下他都算解口闷气了。

温黎的婚事和她能有什么关系？左不过是她自己心有所属，何况温家那位掌权人看上去也不像是会愿意把侄女嫁给这么一个不靠谱的男人的人。

曹裕刚刚得知婚事无望，曹敖亦当然不会放过这个趁机打压他的机会，他可能过几天就会被送回M国。

想到这儿，他刻意压低嗓音，阴鸷的眼神黏附在她身上，说话也肆无忌惮："简皎月，你不就是个骚货吗？难怪在大学那会儿装清高不理人，原来是这么早就有目标了。你厉害，勾引男人的手段真高明啊！"

"是啊，你嫉妒吗？"简皎月面无表情地看着他，一脸恍然大悟，"原来你真的对裴书临有非分之想？难怪看我这么不顺眼。"

"曹裕，还不滚过来！"

不远处的车停下，后座车门打开。曹敖亦狠狠地瞪了曹裕一眼，恨不得把他的嘴巴缝上，让他少说蠢话。

车离开时，曹裕看见裴书临别有深意地往他这儿看了一眼。表情一向淡定的男人，这时居然嘴角上扬，给了他一抹意味不明的笑。

闹了这么一出，离开派出所的时候已经傍晚了。

这个派出所离人民公园很近，老街区的白墙有一种斑驳的陈旧感，碧绿层叠的爬山虎铺展开，风吹过，就有一片哗哗的声响。

人行道上有背着书包放学回家的学生，江城的几个附属中学都在附近。青春期的少男少女别扭地争吵不休，穿着校服打闹的模样青涩又美好。

他们没有直接打车回酒店，而是沿着街边一排绿化杧果树慢悠悠地散步。

裴书临对这座城市的记忆不多，高中那三年除了和外公外婆一起生活，其他时间似乎全被简皎月占据了。

“去不去吃炭烧鳗鱼？”简皎月的情绪恢复得很快，没有受到半分影响。

简皎月拿着裴书临的手机打开软件，搜了搜附近新开的美食店，她琢磨着好像煲仔饭、叉烧饭也不错，不过鲜虾云吞面也好几年没吃过了……

她总是这样，选择困难症重度患者。最后把几个选项比较来比较去，她还是把问题抛给了他。

如果身后不是派出所，简皎月低头捣鼓手机碎碎念的样子，还真像十七八岁的时候。

裴书临垂眸，盯着她看了一会儿，随手在屏幕上点了一下：“就这个吧。”

毫不意外，他得到的回答也总是“好啊，刚好我也想吃”。

吃完晚饭回酒店没多久，裴书临查看手机时，发现上面有好几个徐老爷子打来的电话。

简皎月还在酒窖挑选要带回 B 城的红酒，她心情不错地评价了一句：“骆天哲家好像也只有一瓶罗曼尼康蒂哎！”

裴书临没陪着她一块儿挑选，认命地找了一个房间和外公视频。

在派出所闹那么一出本来没什么的，但无奈碰见了老爷子的学生。估计他们人还没走远，消息就传到B城那儿去了。

他极少有被老爷子严肃约谈的时候，电话接通，这几天的旧账新账就要一起算。

世家大族，子孙靠着祖荫庇佑，续着百年名声。

他们裴家做生意的、入仕的都不少，旁系和外亲也多。事事须谨言慎行，以免落人口舌。

“M国使馆就先搁着吧，反正你这媳妇儿也回国了。”

老爷子在外头说话就跟艺术家似的，对着外孙却没那么多弯弯绕绕，几乎是直白地告诉他这几天玩过头了。

“毕业后驻外也别折腾了，别浪费你学了三年的小语种。届时去东国实习几个月，先磨炼磨炼心性。”

裴书临也没反抗，颔首应承下来。

通话结束，他关了显示屏准备出去，又想起曹裕今天看向简皎月的眼神，哪儿哪儿都让人不舒坦。他愣了一会儿神，手指屈起抵了抵唇。

敲门声打断了他的神游，简皎月歪着头从狭小的门缝里探进头来，问道：“还在打电话吗？”

暖黄的灯光下，她披着一条丝巾披肩，手上端了一份温凉的芋圆，懒洋洋地眯着眼睛笑，像只舔完牛奶的猫咪。

裴书临把门打开，说：“打完了。都收拾好了？”

“嗯，两个小时后去机场值机。”她没有要在这儿继续待一个晚上的打算，稍显惊喜地递上那碗芋圆给他，“尝尝看，我刚才借酒店的后厨做的。”

裴书临接过，咬了一颗“珍珠”，轻声一笑：“不错。”

“那当然了，这个很简单的。”简皎月熟练地把手插进他的外套口袋，挨着他晃了晃。而后她伸出手来，突然往他臀上拍了一下。

裴书临惊愕之余，嘴里那颗“珍珠”嚼得有些慢，显得有些呆萌，他问：“干什么？”

简皎月鼓了鼓腮帮子瞧着他，表情颇为得意：“你今天跟人打架，你也不乖。”

回 B 城后的日子没什么不同，对简皎月来说，在国外漂泊的日子已经离自己越来越远。偶尔半夜睡醒，她总是迷迷瞪瞪地觉得自己还在 M 国买的小公寓里。

白色的隔板墙，听着凌晨三点街口醉汉敲碎玻璃瓶，骂骂咧咧地往前走。但睁开眼，室内的橘黄夜灯散发着温馨的光。

B 城人口多，小城却依旧存有浪漫。

简皎月想她或许爱上了这份平静，也终于拥有了真正属于她的家和能让她停靠的港湾。

五月十四日这天，骆天哲一大早就在微信群里发表情图。

骆天哲：“今年的情人节一定会是我人生中最后一个独自度过的情人节！”

简皎月疑惑地回他消息：“你明年到这天就不过啦？”

骆天哲：“伤害人的话，你可真有一套！”

安纯姗姗来迟：“刚醒，今天是什么情人节？情人节不是二月一日吗？”

骆天哲：“狭隘了吧！每个月的十四日都是情人节，五月份是玫瑰情人节！”

简皎月：“你说得挺有意思的，可是你一个单身汉为什么记这么多情人节啊？”

骆天哲：“你们这些有对象的就是了不起！不说了，告辞！”

安纯：“别把我和月月划分到同一个领域，别说情人节了，就连端午节，我和季其野这种“塑料”夫妇都是各过各的！”

彼时，简皎月正窝在阳台的吊椅上喝着锡兰红茶，看到这条信息时还愣了几秒。

她和裴书临虽然说是联姻，但是他们都很清楚这段婚姻是靠一纸契约还是爱意维系。

一起在同一个屋檐下待久了，简皎月也在慢慢熟悉和少年时候不太一样的裴书临。

那时候的裴书临在她的印象中白白净净的，逗弄过头还会脸红，但是现在的他，性格更偏向克制和稳重。

这段时间裴书临因为实习太费心神，申请延期毕业。

好在他忙完了毕业论文，即将正式进入外交部，也算清闲几日，以至于闲着没事就把简皎月带去外面听讲座。

他们确实在互相渗入彼此的生活。只是裴书临能有耐心去了解简皎月的工作室，却并不代表她也能。

坐在大礼堂前排位置，简皎月强撑着眼皮听台上这位老人演讲。老人从国家外交讲到社会发展进程关系，身后一大批学生听得犹如醍醐灌顶，掌声经久不息。

演讲将结束时，老人现场向大家展示了听译新闻的翻译功底。

一位学生随机挑选一篇新闻，让他三十秒内听完并翻译出来。

不愧是翻译老将，即使现在退休了，他语言的转换速度和词汇换用的准确度，让简皎月这种喝了五年洋墨水的留学生都自愧不如。

末了，老人用英语问了在座的人一个问题：你快乐吗？

像是回到学生时代的老师点名环节，好在被点到的那个倒霉蛋不是简皎月，而是她身边这位。

因为对方是用英文提问的，被喊起来的裴书临自然也是用英语回答。

简皎月听见裴书临的回答里引用了王尔德《自深深处》的一句话：“拥有自由、书籍、鲜花和月亮的人怎会不快乐。”

老人微微点头，对着他笑了笑。

简皎月没听懂，只觉得这些高级知识分子说话实在太费劲，简直让人分不清什么是喻体、本体。

讲座结束，学生们都从后门鱼贯而出。

裴书临无疑还要跟对方聊上几句。李寮和徐老爷子算是同事，这会儿见到他的外孙当然免不了多唠叨几句。

简皎月站在过道上等裴书临。这座百年老校的环境很不错，走廊上悬挂了几盆藤萝，几尺宽的栏杆上还摆了几盆薄荷叶，长得郁郁葱葱，青绿肥美。不远处有只猫扒拉着叶茎咬了几口，亢奋地从盆栽那儿一跃而下。

简皎月手痒痒，悄悄地摘了一片干净的叶子放在嘴边轻轻咬了一口。她瞬间被苦得龇牙咧嘴，一转头，瞥见裴书临和那位老人的视线正好朝她这个方向看过来。

老人笑声朗朗，拍了拍裴书临的肩从正门走了出去。

这叶子看上去好看，吃起来却极为苦涩清凉。

太丢人了，简皎月嘴里的那片叶子还没吐出来，她红着脸把脑袋低下，看着他的腿一步步向自己迈近。

他轻笑一声：“无聊到和猫抢薄荷叶吃？”

“就是很无聊啊……”简皎月声音闷闷的，身子倚着栏杆，外头的阳光倾斜在她柔软的发尾上。

裴书临揽住简皎月，在她脸颊上落下一个吻。本该浅尝辄止的，他却鬼使神差地抬起她的下颌，侧头吻上她的唇。

薄荷余香在两个人的纠缠中久久不散，叶子被咬出汁水，一股清凉苦涩的味道在喉咙间弥漫开来。

简皎月手指攥着他腰间的衣服，轻轻地推了推他。虽然这栋楼没几个人在，但他未免也太不顾场合了。

裴书临稍稍退开，低着嗓音说："带你去玩。"

他狭长的眼睛微微眯起，盛满笑意的黑眸显得温柔多情。

简皎月极少看他笑得这么恣意，留了个心眼，往后一退，傻傻地问道："玩什么？"

裴书临复而挨近，亲了亲她的嘴角。温热的呼吸近在咫尺，他意有所指地问："天都没黑，你在担心什么？"

简皎月把手塞进他掌心，抿了抿嘴角不以为然地说："有你在，我还能担心什么。"

裴书临说带她去玩，原先简皎月也没想着能是什么好玩的地方。没想到司机把车开出弯弯绕绕的胡同后，直接朝新源街开去。

简皎月看着熟悉的道路，难以置信地问道："你要把我带去联合国大楼玩？"

"怎么会？"他诧异，没料到她会这么想，随即笑道，"那地方又不能玩。"

也是碰巧，司机开着开着已经停下车了，正好停在一家俗气浮夸的酒吧门口。酒吧的招牌和装潢都很豪气。走在闪着粼光的地板上时，简皎月突然觉得这里和裴书临的气质完全不搭边。

五月份的 B 城，白天的温度直逼三十七八摄氏度。

裴书临只穿了一身白衬衫、黑西裤，本该扣好的领口纽扣被简皎月刚刚在车上闹着玩拽松了两颗。

他走到亮光处，皮肤被冷色调的光衬得更为冷白，眉骨温润，眼眸干净，英俊清冷的皮相和这声色场合格格不入。

倒是简皎月的打扮和这儿相得益彰，一双天生上扬的笑眼深邃明亮，微微翘着的红润花瓣唇艳丽到极致，长睫在白净面皮上投下淡淡的阴影。

她穿的是一条吊带裙，外衫丢在了车里，肩胛细瘦，骨骼勾人，纤薄的手指捏着金粉色裙边。若是身边没有裴书临在，她必定会吸引不少蠢蠢欲动的搭讪者。

酒吧里人声嘈杂，音乐声震耳欲聋。

墙上挂着的显示荧屏正好翻页，酒水神龙套餐从晚上十一点三十分开始打八七折。

简皎月扫过一眼，随口说道："哇，如果我们待久一点儿再点这组套餐的话，可以省不少钱呢。"

其实这话在这儿明着说是有些掉价的，来这儿玩的人都不是会贪这点儿便宜的人，就怕消费不够多，让人看轻了。

因此简皎月这话一说出口，本来要领他们上楼的服务员多看了她一眼。

简皎月注意到对方打量她的眼神，不卑不亢地回视过去，甚至抬了抬下巴。

好在服务员也是个人精，扫了一眼简皎月身上的衣服首饰上，心里估了估数值，何况她旁边的这位年轻男人气度也不一般。

"先生小姐往这边请，当心台阶。"服务员在机器上扫了一下他们的贵宾卡，笑着问，"是给您二位安排哪种包间合适一点呢？"

裴书临来得少，侍应生换了一波之后，他在这个服务员眼里就是个新面孔。他看了一眼手机，问道："你们老板席总呢？"

"席总不就在这儿咯！"左侧一间包厢传出一声应答。

一块儿出门的是席翰和卫淅，大家都和简皎月在微信群里聊过天，但正儿八经地聚在一起还是头一回。

这间包厢够大，进门就能见到桌上一只亮色的黑银鳄鱼皮爱马仕包包立在那儿，旁边一排五六厘米高的乐高，搭成树屋、太阳花和云雀。

诗情画意又需要耐心，显而易见是个女孩子堆的。

旁边还有一张台球桌，桌边上坐着一个抽雪茄的男人，见他们来了就把手上那支抽了一半的雪茄摁进烟灰缸里。

裴书临向简皎月简单地介绍了一下，卫淅她是见过的。出来迎他们的是这家酒吧的老板，席翰。抽雪茄的人叫韩琛，都是裴书临在B城的好友。

阳台门没关上，溶溶月色照进来，几缕凉风吹来，却解不了室内的火热。

她还没落座，门口又有一个踩着高跟鞋的女人进屋。她气势汹汹，很合简皎月的眼缘，想来这就是江晚葭了。

江晚葭和她对上视线，两个漂亮女孩一个对视间都带着赏识和探究。

“来，来姐姐这儿玩。”

简皎月被她领到沙发那儿落座。

高脚杯里盛满各种颜色的鸡尾酒，几瓶香槟倒进杯中还冒着气泡。简皎月生来不用融入这气氛，毕竟从前就是热场子的一号种子选手。

几人围着一张台球桌，热络地闲聊起来。

卫淅下意识地想点烟，看了看屋里两位女士只好放弃。一杆入洞后，他扬了扬眉，说：“裴哥不就常跑M国那个赌城？大二那段时间是不是去得最勤快啊，当时他爸还和我家老头说怀疑养了个败家子，哈哈哈。”

简皎月正在尝江晚葭调配的果酒，听到这话，她扭头问他：“你常去啊？”

她喝得有点多了，嘴唇水润润的，脸颊上浮着一层红色，笑时嘴角上扬，一脸惬意甜美的样子。

“别听他们瞎说，没去过几次。”裴书临用手揩了揩她嘴边晶莹的酒渍。

他往江晚葭那儿不太和善地睨了一眼，一副告诫她“差不多得了”的模样。

江晚葭不甘示弱地瞅了回去，心想：得，帮他出口气还被人家瞪了一眼。

真是个值得等五六年的宝贝，碰都碰不得。

简皎月再转过头时，酒一杯一杯被撤掉了。

江晚葭说要和她谈谈心，舍不得再拿她做试验品把她灌醉了。

那边几个男人也转了话题，开着玩笑说要去澳门大学研究研究专业概率学知识，免得总输钱被赌场工作人员看笑话。

他们又聊到什么人在自家院子里种的生菜，带着轻蔑的语气笑着说哪个圈子的二代们太没品。

他们似乎看不上穷奢极欲的那一类朋友，或许是因为那一类人显摆的都是些日常必需品，意义不大。

几个人聊着聊着又玩起了牌，话头不知道被谁又转到简皎月这儿来。

说到她开的那个婚礼策划工作室，一个个促狭地问她“简老板有什么生财之道”。

今天晚上简皎月喝了不少酒，虽然后面酒都被撤下去了，但她喝的那几杯酒的后劲都挺大。

简皎月笑着回答：“也没什么，谨记着体力谋生是第一阶梯，智慧和钱生钱是第二阶梯，用资源换钱是第三阶梯。我就是跟在资本家身后捡漏的，你们肯定比我要懂得多。”

这话确实说得过于滴水不漏了，也不知道她跟谁学的。

等她说完，几个人都摆出一副若有所思的模样。他们还没来得及对裴书临吹上几句，就被隔壁包厢发出的几声女人的尖叫声打断。走廊上闹哄哄的，让人闹心。

江晚葭走过去，开门前说了一句：“谁啊？”

门一打开，迷离的音乐里，十几个穿着便衣的人朝他们亮出证件：“我们是缉毒支队的……”

席翰走上前，看向那个领头的警官，瞧着眼熟，喊道：“哟，乔警官啊。”

乔警官平视他：“席总，突然到访，对不住，配合一下。”

“应该的，良好市民配合检查。”

和这包厢里的人多少打过照面，乔警官朝裴书临看过来，打了声招呼：“裴先生。”

裴书临颔首，算给过回应。

席翰朝过道上缩在角落打寒战的那几个男人看了一眼，严肃了一点，问道：“怎么着啊？我这酒吧里还有客人嗑东西了？”

“他们承认说是吸了笑气，具体情况还要带回去一个个做尿检才能做出判断。”

刚说完，门口一个摇摇晃晃的男人抱着门框就喊：“简皎月？皎月啊，来，哥哥跟你谈谈心！”

简皎月疑惑地往前走了几步：“曹裕？”

曹裕整个人已经亢奋上头了，咧开嘴对她自以为笑得灿烂，实则面目狰狞。下一刻，他突然朝简皎月猛扑了过来。

裴书临伸手拉过她，简皎月还没反应过来，整个人就被拽进了他怀里。她猝不及防地朝他扑了个满怀，明明知道自己身上全是酒气，可在他的颈窝处靠着，鼻间只剩下清香。

身后传来一声被电棍击倒的惨叫声，乔警官戳了戳曹裕的衣领，语气饱含肯定地说：“你怕是不只吸了那点儿东西吧？”

简皎月酒醒了大半，咽了咽口水没敢抬头。

也因为这个姿势，她看不见裴书临脸上倨傲的神情。他微微皱眉，眼神森冷得如睨死物一般，却依旧在她耳边淡声说道：“乖，我们不看这些脏东西。”

# 第九章
## 我爱你

大半夜的，一行人配合去了一趟派出所，做完笔录出来也没耽误多长时间。

出来时，外面下了一场短暂的雨。朦胧的夜色里，满地都是狼藉的落叶和碎片般的倒影。

在路边等了一会儿，江晚葭早早地被人接走了。

韩琛让司机把他的车开过来接人，最后发现几个人落座后还少了一个位置，索性让司机打车回去，他自己开。

玩得好好的突然被这种事情打断，搁谁都不开心。

席翰作为酒吧老板，却也只是笑着说："完了，瞧那十几米的黄色警戒线一拉，好几辆警车都还在鸣着警笛，这几天肯定没生意做了。"

这话是冲着裴书临说的，瞧他做的好事。

裴书临偏了偏头，食指关节抵在唇边不作声。一车人顾左右而言他，只有简皎月还在状况外。

刚才曹裕的尿检呈阳性，很快，曹家派了私人律师过来，请求二次检验毛发。

这其实没什么用，只是在拖延时间。

简皎月想不明白，他的瘾有这么大吗？还是被哪个朋友拉进坑里去了？

她坐在最后排，听前面卫淅他们在聊这些事，好奇地凑上前，问了一句：“会判刑吗？”

卫淅转过头，问道：“嫂子，你担心啊，是朋友？”

见状，简皎月若有所思地喃喃道：“嗯，好担心这种烂人被判得太轻了。”

席翰和韩琛听得目瞪口呆，还以为这姑娘会动恻隐之心呢。

简皎月对上他们吃惊的目光，平淡地回视过去：“怎么了？”

还问怎么了，不愧是裴书临的老婆啊，连语气都跟裴书临这么像了。

卫淅不是说那是她的旧情人吗？

几个大男人互相对上眼神，跟打哑语一样。车内几个人最后一起往后转头，奇怪地朝她看了一眼。

哥几个都听过她甩了裴书临的风言风语，现在为了填上自家公司的亏空，又莫名其妙地和裴书临结了婚。

好手段啊，不是千年的狐狸，也是个百年的妖精。

他们这几个人，见过不少女孩，什么名媛千金、网红模特……乍看简皎月也算合眼缘，漂亮、会来事、玩得开。

因为带着偏见看她，他们自然就没去了解兄弟内眷的品性。但是现在看来，简皎月好像也没什么值得他们去探究的。说她没心没肺，偏偏她情感充沛得很，爱憎分明。

裴书临把简皎月捞回自己身边，手扶着她的腰，慢条斯理道：“继续聊。”

也没什么好聊的，出了这事后，简皎月倒是没有特意去关注后续了。

如席翰所说，他那个酒吧是真的停工休整了。只不过停了没几天，他直接来了一个大翻新，装修风格比之前的还要夸张。

暗银色的灯光加了几抹莫奈灰、克莱因蓝，不伦不类的艺术俗气混杂在一块儿，生意却比以前好。

受邀去玩的时候，简皎月还纳闷地说："他哪来的闲钱啊？前几天不是还说投资失败被他爸停了卡吗？"

裴书临听罢只是笑了笑，说了句她没听懂的话："补偿费。"

长居都市的人喜欢在喧嚣和烈酒下解压，简皎月也不例外。

新调的果酒通过她的嘴渡进来，馨香甜辣溢进五脏六腑。

嘈杂的人声里，裴书临对声色犬马一向腻烦，可他没法拒绝简皎月。

他们在各种彩色的灯柱照耀下接吻，裴书临喜欢看她慵懒迷人的眉眼。

他更喜欢这样的简皎月，永远不失鲜艳，永远天真快乐。

席翰他们几个人趁简皎月不在时，问裴书临："你们现在是什么情况？"

能言善辩如裴书临竟然也会沉默片刻，才淡淡地道："婚都结了，还能是什么情况？"

卫淅有点理想主义，他自诩不婚族，就是因为瞧不上这时代的速食爱情，豪门世家为了成百上千亿就能贡献婚姻作陪。另一部分工薪族结婚则是为了车房妥协，还有些人为了合群……

婚姻多神圣啊，糊里糊涂地结了婚，容易憋屈，后悔一生。

所以他没想过，骄傲的裴书临也会有一天，在一个平淡无奇的时刻决定结婚，做一对联姻夫妻。

卫淅喝大了，靠在一个陪酒的女孩的肩膀上问他：“裴哥，她爱你吗？”

“嗯。”

“我感觉你在撒谎。”

裴书临被他严肃的样子逗笑，挥挥手让人把卫淅送回楼上房间去休息。

说他撒谎也就算了，裴书临没反驳。他能感觉到简皎月在婚后对他越来越依赖，习惯他对她的好。

至于爱，当然有。

有多少呢？裴书临真没把握。毕竟简皎月太狡猾了，天生就是随心所欲的性格。她什么都有，什么都不缺，表面上看着娇柔，可是据他所知，她在读大一时就开始试着独立，自己赚生活费，能力比起很多富家小姐都要出色。

他们无法忽略这五年多的生疏，曾经各自都在彼此看不见的时候往前走。

简皎月在感情中让人极没安全感，在一段关系中有所求时，她会伪装出没你不行的样子；下一秒没了感觉，她还是会头也不回地丢弃你。

他吃过亏，也更谨慎。

但裴书临并不想矫情地去计较这些，他只愿过好当下，伸手就能牵上她，低头就能吻到她。

这样很好，已经能抵过先前漫长无望的岁岁年年。

五月底，裴书临答辩顺利通过，被颁发了研究生结业证。

拍毕业照那天，简皎月说有工作要忙，去不了学校陪他一块儿拍照了。

而简皎月所谓的工作就是新世纪赞助了一档婚恋综艺节目，综艺导演看过简皎月的照片，觉得她的形象十分适合出镜。

公关这方面一向是艾媛负责，她好说歹说才让简皎月同意去台里看看情况再说。

《先结婚再恋爱》是某平台自制的一档情感综艺，节目组会请一些先婚后爱的素人夫妻和几对正在热恋中的明星情侣作为对照组，通过每期节目嘉宾们的同居生活来展现不同情人间的生活方式和思维。

而这类情感综艺节目总会有主持人和飞行嘉宾在镜头外和观众以互动的形式参与节目流程，简皎月就是被总导演邀请的飞行嘉宾之一。

这些综艺百分之八十有台本走程序，导演大概也只是想卖婚礼赞助商一个面子。

而艾媛觉得自家老板不管是长相还是游说能力都很拿得出手，说不定还能提高工作室的知名度，就想让简皎月接下这个工作。

简皎月十来岁的时候也爱关注娱乐圈，把自己的零花钱攒下来给喜欢的明星打榜是常有的事。但是成年以后看过不少明星的人设崩塌，之后她对明星就没了兴趣。

接到导演邀请时，简皎月瞥了一眼其他几对情侣的名字。好家伙，一个也不认识。

导演说了，她可以先去现场看一期节目录制，感兴趣就来录几期节目。

话都说到这个份儿上，她再推三阻四就显得不近人情了。

等开车进了台里，副导演很快给她安排了一个靠前排的贵宾观众席。

各部门都在做准备工作，棚里一百个观众席位逐渐被坐满，只剩简皎月旁边还有一张空位子，一分钟后，一个女人在简皎月身旁落了座。

女人生得很漂亮，虽然脖子那儿的颈纹暴露了年龄。

娱乐圈靠皮相吃饭，就算是老前辈也要注重仪态和容貌管理，闲时做做保养都是家常便饭。

简皎月看了对方一眼，心想这应该是一个艺人，但是实在没什么印象。

“带口红了吗？借我补补。”旁边这位女士突然开口说道。

简皎月愣了一下，指腹碰了碰唇：“只带了一支，这个颜色可以吗？”

她唇上的这支口红很显气色，红艳艳的唇显得简皎月整个人明艳清丽。

女人看了一眼简皎月的脸，点了点头。她似乎没带助理，手边连个包也没有。

简皎月帮人帮到底，还给她举了举镜子。

“你是嘉宾吗？”女人随口问了一句。

简皎月摇头：“不是，我是赞助商之一。”

女人调侃道：“是哪一家？”

简皎月指了指礼宾桌上写着“新世纪婚礼策划工作室”的牌子，说：“这家。”

也许是了解过圈里人的婚礼定制，女人了然地点头：“看不出来啊，还有这么年轻漂亮的女总裁。”

“总裁”实在是有些夸大其词了，新世纪不过是一家规模中等的工作室。

简皎月还没来得及谦虚几句，就看见远处一个人拿着一块小牌子径直朝她们走过来。

来人应该是这个女人的助理，她一边把牌子扣在女人的胸前，一边说道：“孙老师，化妆师找您半天了。”

简皎月本能地往她胸前的名牌上扫了一眼，这一眼却彻底让她僵住，她下意识地喊了一句：“孙妤？”

孙妤转过头，笑了笑：“嗯，听过我的名字？”

简皎月缓缓对上她的视线，嘴角抿紧，渐渐成一条平直的线。下一秒，她也没回答，直接站起来准备离开。

孙妤喊住她：“小姑娘，你的口红。”

简皎月走到过道上，没回头，但嘴里吐出刻薄的话：“脏，我不要了。”

孙妤脸上的表情呈现出疑惑，侧首问小助理：“她认识我吗？”

小助理战战兢兢地接话：“您是不是又说了什么话，得罪人家了啊？”

“没有啊，她不就是个搞婚礼策划的吗？”孙妤面露不解，看着手上的口红，“叫什么名啊？长得挺顺眼的，我还以为是新起来的小明星呢。”

“好像姓简吧，江城人，说来和您还是老乡呢。”

孙妤迟疑了一会儿，随即不屑地道：“算什么老乡？我连江城话都不会讲，拿着B城户口多少年了。”

简皎月快步走到停车场，确定甩开嘈杂的演播厅几百米后才松了一口气。

她回想起刚刚那个女人的模样，原来孙妤长这样。

简皎月一时之间不知道该有什么情绪，气愤、恶心、酸楚……在这一刻变成了没出息的落荒而逃。

把车开出电视台，她顺手打了一个电话到工作室。

艾媛出外景跟拍去了，接电话的是大东。

简皎月长话短说："转告艾媛，那个综艺我不接了。"

"为什么啊？老板，反正你平时也不忙，为咱们工作室打打广告也好呀，你前几天不是还说要在全国各地开连锁店吗？"大东鼓励她，"加油！有了目标就要去努力奋斗呀！"

为什么她身边的老员工都这么有活力？

简皎月没有被三好员工的话激励到，随口扯了一句："不想接，有那闲工夫，我不如回家跟着我家里那位学学做饭。"

总让裴书临做饭还挺不好意思的，她正好也想学学。

被她这么一提，大东才想起来老板身后似乎是有一个默默无闻的男人在的。

大东思忖了片刻后，弱弱地开口，问道："老板，您是不是急着备孕啊？"

"你说什么呢！"转移话题后，简皎月的情绪好了一点，嘴上不饶人，"动不动就拿这种事来问职场女性，怎么？生孩子是我一个人生？少给我来性别歧视这一套啊。"

大东惊得一颤，回道："不敢不敢，那待会儿等艾媛回来我就转告她。"

"嗯——啊！"简皎月那边突然爆了一句粗口。

大东一脸茫然："我都说没有歧视了，你咋还骂人啊？"

"哎，不关你的事，忙去吧。"简皎月急匆匆地挂了电话，把车里的蓝牙关了，探出头往前面看了一眼。

上高速前的一个十字路口，刚刚前边一辆车转弯时貌似没有打转向灯，导致简皎月反应慢半拍，也没有减速，直接撞上对方的车尾了。

双方都自觉地把车开到路边上，对方车主看上去是个和她差不多年纪的女孩。

一看到简皎月的那辆保时捷，车主就吓到了。

撞的力度有点狠，车灯碎了半盏，更别说刮花什么的，光是维修都要五六位数。

对方的那辆玛莎拉蒂也好不到哪儿去，好在两人除了被惊吓到，人都没什么事。

简皎月下车时表情绷着，她长相明艳，又化了妆，糟糕的心情配上这副表情显得气场强大。

女孩显然吓得不轻，爬回车位上，朝简皎月大喊："我打电话给我男朋友，你等一下啊！"

简皎月本来想说直接交给保险公司，鬼使神差地看了一眼后座，也拨通了一个电话。

接到简皎月的电话时，裴书临刚拍完毕业照，有师妹师弟想单独找他合影。

"裴书临，我出车祸了。"

突如其来的一句话，裴书临听得呼吸一窒，连忙问道："人受伤了吗？"

"没有没有，你别担心，我没事，但是我的爱车受了一点伤。"

裴书临沉默了两秒，又道："那先打电话让保险公司……"

"已经打过了。"简皎月打断他的话，迅速补充了一句，"但是对面把她男朋友喊来了。"

裴书临明白了，不是她自己不能解决，只是想让他过去。

对于她这种举动，裴书临很受用，低声哄她："知道了，把地址发给我，我马上过来。"

他转头看了看排着队找他合影的师弟师妹，抱歉地说了一句：

“拍不了了，我太太那边出了点麻烦事。”

一群人带着八卦的好奇心问道：“什么麻烦啊？”

他蓦地低头笑了一声：“可爱的麻烦。”

一群人面面相觑，这都毕业了，也不忘再向大家“秀恩爱”？

对方一对情侣都在耐心地等裴书临过来，玛莎拉蒂的车主大概是将心比心，觉得简皎月一个女孩子难以解决这种事，还安慰她说不用害怕。

交警也来过拍了照，慢慢聚集了不少路人，毕竟是两辆豪车追尾，大家都爱看热闹。

裴书临的学校离这儿不远，他来得匆忙，高挺的鼻梁上还架着一副浅金色的眼镜，学士服被他塞进公文包里。

简皎月的下巴搁在车窗上，脸蛋被晒得有点红。悠闲地接过他买来的冰美式后，她咧开嘴笑道：“来啦？”

裴书临弯腰伸手摸了摸她的头，嗓音平静地说：“嗯，等我几分钟。”

事实证明确实不需要多久，两边的男士互相握了个手，互递了一张名片就开始商议赔偿事宜。

保险公司的人过来时，裴书临还在电话里交代4S店帮她改良一下车：“避震改改，刹车的脚感不太合适，这个半热熔胎也不要用了……”

车被拖走前，简皎月去后座把东西取出来，走到他身后。等他打完电话，她献宝似的拿出一束黄玫瑰：“锵锵！给！”

裴书临接过来，带着她往旁边的小公园走。他一边走，一边问她情况：“今天去电视台顺利吗？”

她眼神闪烁了一下，应道：“还行，但是我不想接综艺，怪麻烦的。”

“那就不接。”他垂眸看了一眼手里的花，扬眉，“庆祝毕业，送玫瑰？”

简皎月快速接话，说：“恋人之间送玫瑰。”

他目光重新垂下，敛着黑睫。

简皎月踮脚亲了一下他的左脸，搂着他的腰说：“裴书临，毕业快乐。”

裴书临总算笑了，嘴角弯起：“嗯，谢谢。”

那天简皎月不止在一两件事上倒霉，为了庆祝裴书临毕业，她本来订了一家法国餐厅，但是还没去餐厅，餐厅经理就打来电话道歉，说主厨吃坏了肚子进了医院。

她只好没什么自信地打开手机搜索食谱，也幸亏裴书临对她的厨艺没有抱太大的希望，主动将做饭的重任接了过来。

简皎月的兴致不高，她不是能藏得住事的人，心情都写在脸上。

简皎月看了一眼时间，才晚上八点多。她怕睡不着，在洗完澡后拿出了很久没吃的褪黑素。

刚出浴室的裴书临看见她嚼了三颗褪黑素还不够，止住她要再拿的手，躺过去把人抱进怀里，问她：“怎么了？”

简皎月蔫巴巴地说：“就这两天接了一个单子，耗脑力，客户要求太多，现在有点失眠。”

这两天裴书临在学校忙着毕业答辩，没听她说起过。他伸出长指按摩她的太阳穴，问道：“当初怎么会想到要做婚礼策划的？”

“阴差阳错吧，一开始是我们专业的老师把我推荐到一个策划公司实习……”简皎月目光有点飘，定在他的喉结那儿，缓缓地说，“后来觉得做这行很快乐，每天都在见证一个家庭的组成。”

她极少感受到一个平凡有爱的家该是什么样的。

某一次，看到一对新婚夫妻为十年的长跑爱情修成正果喜极而泣时，也就是在那一刻，简皎月决定做婚礼策划。后来偶尔想想，她的婚礼策划工作室不管是为求婚还是结婚的人做创意策划，都是在贩卖浪漫。

“那你呢？”简皎月问。

“什么？”

“外交官啊，是你从小的目标吗？”她说到这儿，咬了一口他的锁骨，“以前在高中时你都没提过你外公这么有名，我们那时候还以为你家里条件很一般，是靠成绩进来的。”

谁也想不到他家里居然是这个背景。

裴书临闷笑一声，没回答，反倒掐着她的下巴吻了几分钟。直吻得她眼角通红，眼里含着一池潋滟春色，趴在他胸膛细细喘气，羞恼地朝他手臂上捶了一拳。

裴书临握住她的手，翻身把她压在身下，附在她耳边循循善诱，说：“睡不着是因为不够累，别吃这些东西了。”

简皎月戳了戳裴书临的肩胛骨，尽量面无表情地说：“虽然我知道你想干什么，但是我得提醒你，爸爸交代了让你晚上给他回个电话。”

“不理他。”他用手勾开简皎月的睡袍领口，探进去，声音染上情欲，显得更为低沉。

简皎月刚把手搭上他的后颈，就听见一阵急促的铃声，一下便清醒过来，推了推他，说：“不行，你先去接电话！肯定是爸爸打来的，正事要紧。”

正事已经被打断了，他想。

裴书临埋在她颈窝，挫败地冷静了一会儿。

起身前他难得孩子气地把被子拉上来蒙住简皎月的头，说道：“我去书房接。”

他一走开，简皎月红着脸把睡袍穿好。她坐起来靠着床头，拿起手机准备刷刷微博，结果点进去后就发现消息栏那儿一片红。

她最新发的那条微博下面有很多网友评论。

“从热搜榜过来的，我爱美女！”

“可以蹲个外套链接吗？”

“小姐姐和姐夫的修养都好好的样子，郎才女貌！”

实际上是因为“玛莎拉蒂和保时捷今天下午在西城区相撞，玛莎拉蒂全责”的新闻上了本地热搜。

事情本来在这儿就该结束了，但不料这条视频被一位粉丝过百万的博主转发，还配文道：“豪车相撞，车主的颜值和人品都一级棒！”

视频只拍了十几秒，从双方握手言和开始。

拍摄角度很刁钻，而且拍摄者似乎偏爱裴书临，拍到他时好几个特写镜头。

裴书临的气度和长相摆在那儿，脸部棱角分明，站姿笔挺，窄腰长腿，又是一身正装。

他不笑时气质冷冽，犹如在拍画报的禁欲男模。只是他手边还牵着一个女孩，他低头和她讲话时神情不自觉地温柔下来，让人觉得这种反差魅力更绝。

这条新闻的热度已经上了前十，评论区一致好评。

“车头都撞烂成这样了，两位还这么淡定，这就是格局吧！”

“这就是豪门夫妻吗？颜值太高了吧！”

“知情人来爆料啦！女方好像是江城简氏集团的小女儿。以前和我一个高中的，江城攸同外国语中学的校友来捞我一把！”

“校友来了，这不是简大小姐嘛，依旧这么漂亮，看来是留洋回来了啊，前段时间在机场果然没有认错人。”

“她好像还在B城开了一个私人婚礼定制工作室，微博是‘新世纪婚礼策划’。”

网友各显神通，通过蛛丝马迹，很快就有人顺着工作室的官方微博的关注列表找到了简皎月的私人账号。

简皎月这个账号平时转发一条微博都可能被屏蔽，现在却能一分钟暴涨三千粉丝。

“等等！怎么女方的信息这么快就被找出来了？虽然美女也很不错，但是有没有人认识这个帅哥？”

“男方后援军来了！P是我们外交学院的‘高岭之花’，大帅哥一枚！小声说一句，男神已经结婚了哟！”

“真的真的！师哥人谦逊温和，也不高冷，又高又帅！”

“之前两位还到过我们学校啊！不多说了，没想到两人还这么有钱！真的太甜了！”

上了热搜的，还有另外一组图片。

简皎月看得云里雾里，匿名投稿的居然是裴书临的校友。但是这条投稿下的评论不像上一条热搜一样温和，照片是之前简皎月去另一个校区找他时被拍的。

当时她刚提车，在校门口，她把车钥匙抛给裴书临，笑着和他说话的场景被过度解读了。

虽然这几张照片上的脸都打上了马赛克，但大家都认出那辆红色911跟车祸现场那辆是同一辆车。

投稿人着重强调了简皎月一身穿搭非富即贵，还提到她手上的那只白玉镯子是古董，能抵几个四合院和一幢带泳池的别墅。

简皎月也是头一回知道裴书临外婆送的镯子这么贵重，她还没来得及考证是真是假，评论区里的一众网友已经炸开了锅。

被投稿人这样刻意一引导，网友的评论逐渐走向奇怪的方向。

“啊……只能说长得帅真好啊，姐姐还缺小白脸吗？”

“这么说男方是吃软饭的咯？这简直是外交学院的耻辱！英年早婚原来是因为傍上了富婆啊！”

“开保时捷的美人小姐姐谁不爱呢？”

简皎月看评论看得乐不可支，默默浏览下来，还看了一眼爆满的私信箱。有问衣服、包包购买链接的，有夸她长得好看的，也有看热闹的……

裴书临贴在外交学院荣誉校友榜上的寸照也被人传到了网上，照片应该是早几年前拍的了，他穿着制服，端正英俊，带着一点儿青涩，难怪大家说帅哥都献给了国家。

照片的下面还有他的留学经历、在校成绩和实习经历。

虽然这些东西都是公开透明的，但被人刻意放到网上又是另外一回事了。

好友群里的损友们很快就幸灾乐祸地发来消息。

安纯：“大小姐，在吗？这个新闻里的美女为什么这么像你？还有这辆撞烂的车，以及你边上的那个大帅哥，我可以确定这就是你了吗？”

安纯发了一条微博链接过来，不怎么关注八卦新闻的骆天哲点进去看了几分钟，然后发了几个嘲笑的表情图。

骆天哲：“简皎月，你厉害啊，以一己之力直接把你老公变成了小白脸！采访一下，你老公现在是什么感想？”

简皎月回了一串很长的省略号给这两个损友。

“这么认真，在看什么？”打完电话回来的裴书临悄无声息地推开门，从床沿那边挨过来，低头亲了亲简皎月的指尖。

猝不及防地碰上他温凉的唇，简皎月被撩得忘了东西南北，乖乖地把手机页面滑至微博那儿，递给他看。

本以为他至少会发表一下看法，谁知裴书临看完后只是低笑一声就关掉她的手机屏幕放在旁边的床头柜上。下一秒，没等简皎月开口说话，他就直接含住了她的下唇。

心动的感觉来势汹汹，他偶尔温柔，偶尔凶猛，似乎是要补足分居两周的相思之苦。

简皎月的心跳怦怦响，理智地没让自己坠入情潮。

她双手抱住裴书临的后颈，手指插入他的发间，克制地问道："那个……热搜怎么办？"

"不用管，公关部看见了会去处理。"裴书临不太在意地说道。

"公关部，你……你是指外交部还是家里公司的公关部？"

"都会。"裴书临声音沙哑，他按住她的腰，说，"你还要聊这些事多久？"

呼吸被吞没，简皎月努力伸长手去碰灯的开关。

裴书临把她的手掌桎梏住捞回来，放在嘴边轻轻咬了一口指尖。他用牙齿磨着她，压低嗓音问："关了灯，我看什么？"

简皎月被他厚颜无耻的问题问得语塞，看着他平日清俊的眉目此刻含着欲色，心想，有句话说得没错：越好看的男人越危险。

裴书临的手臂撑在她脸侧，耳鬓厮磨却是在说正事："宝宝，我要去东国驻外一段时间。"

简皎月涣散的意识被他唤醒，睁开迷蒙的眼睛："为什么……要去东国？"

她知道外交官刚上任都要到他国使馆驻扎很长一段时间，但是她没想过裴书临会去这个国家。

如果是东国……就算不爱看新闻，她也听过不少那边的消息，那里经常发生战乱。

裴书临有些意外她会关注这么多，看着她一脸担心的表情又觉得满足。

他亲了亲她的脸，解释道：“使馆有位前辈请假回来陪他老婆待产，那里暂时缺人，我本科时候学过那边的小语种。”

简皎月眉心微蹙：“那要去多久？我可以过去看你吗？”

“几个月。”考虑了不到几秒钟，他咬了咬下唇，说，“那边不太安定，等我转回本司的驻守国……”

他话还没说完，就看见简皎月的嘴角撇了下来，有些恼地掉眼泪：“你都说那里不安定了……”

裴书临用指腹擦掉她的眼泪，无奈地笑着说：“怎么还有力气哭啊。”

明明他是特意挑这个时间跟她说的。

简皎月骨头缝都是酸的，想到要分开几个月也就算了，偏偏还是去那种危险的国家。

她心里想着事，一脸羞恼的模样：“喂，你别乱摸了……”

她的手指被裴书临扣住，放在两人相贴的胸膛间，感受彼此的心跳声。

裴书临靠在她耳边哄着她，揉了揉她的脑袋说是“最后一次”。

她现在整个人都超级敏感，裴书临听着她哼哼唧唧的哭声，咬了咬她白藕似的手臂，哑声说：“喊老公。”

“老公。”简皎月嗓子软得能掐出水，控制不住地甜腻。但她心里又记挂着他要驻外的事，有点烦他说得这么晚。

似乎是因为这件事，她心里闷着气了。可是她不能怨这样安排他的单位，也不能怨要远赴国外履行职责的他，只能生闷气。

她咬着牙关发出的憋屈的声音，只会导致裴书临到最后更难克制住。

两人洗完澡出来，已经是深更半夜。

简皎月窝在小沙发上等裴书临收拾床上的一片狼藉，又去看了一眼热搜榜。

她和裴书临的那条视频已经被撤下，她微博的粉丝还在狂欢。她想了想，登录了很久没用过的QQ号，从空间相册里翻到了一张两个人在高三时穿着校服的合影。

之后简皎月编辑微博发了一条声明。大意是他们年少相识，并非网友嘴里的“包养与被包养”的关系。争议最大的古董手镯是丈夫外公那边送的，她希望谣言止于智者。

事实证明当代网友都是“夜猫子”，她凌晨两点多发出去的微博，底下一下子就挤满了评论。

“这澄清了个啥？意思是你俩从小就是人群中最好看的崽，还都是有钱人吗？”

“我就说师哥不是那样的人嘛！不过师哥家里居然这么有钱？在大学这几年也是真低调啊。”

“门当户对，天作之合！大半夜的被虐！我先酸为敬！”

“只想问问两位都是什么背景啊？热搜广场看不了，发有关你们的词汇居然还会被屏蔽？”

“高中校友来证明一下，我们攸同中学的入学门槛很高，学费也是真的贵，大可不必造谣男方穷！他可是我校的杰出校友！”

看了看舆论导向，感觉还不错，简皎月暂时放心了，又发了一条会退出微博的通知，说丈夫的工作代表国家，不希望受到外界更多的干扰。

解决完这些事，她被裴书临抱回床上。

简皎月侧过身看手机里找出来的那张照片，他从身后环过来亲她的耳垂，瞥见了那张图，问道："怎么还存着？"

她呛他："这个世界上多得是高科技，你一好学生什么时候会保存这些啊？"

说来好笑，这张照片是在高三运动会上拍的。

那时候简皎月借着拍大合照的理由凑到他身边，当时几十个同学在摄影师按下快门的那一刻都配合地蹲下身子，于是画面中只剩下她和裴书临两个人。

这算是他们的第一张双人合照，在学校光明正大拍的一张合照。哪怕之后他们拍过不少情侣合影，也抵不过这一张。

十七八岁的校园生活之所以很难忘，更多的是因为和同学们的宝贵回忆。

一起被老师点名时的起哄声，那些走廊上的刻意偶遇……

看出她的不开心，裴书临认栽一般叹了一口气："下周就要走了，你要一直这样跟我置气吗？"

虽然驻外令一下来，单位就有前辈说他是新婚，肯定很难和家里那位小妻子商量好，但他确实没想到简皎月会有这么大的反应。

简皎月背对着他不出声，手机滑落在地毯上。

他伸手去摸她的脸颊，摸到意料之中的泪水。她最近好像变得越来越爱哭，不知道有多少是他的原因。

哄人对裴书临来说是一项技术活，更别说哄的还是简皎月。他挨着她的脸，开玩笑说："要不我辞职算了？"

简皎月愤愤地咬上他的手背，带着哭腔说："是辞职的事吗？你这么晚才跟我说！"

裴书临见她终于肯跟他说话，松了口气，扳着她的身体转向自己，嘴里乖乖地道歉："嗯，是我不对。我以为你不会太在意。"

他早习惯了简皎月对他不闻不问。

因着多年来的经验，裴书临已经下意识地认为她不会对他付出同等的耐心和爱意。

简皎月有点委屈："可是你说的那里好危险啊。"

她白净的脸上还有泪水，长睫湿漉漉的，一如从前那般稚气。

裴书临忍不住笑了，在夜色中无声地和她对视，嘴唇微动说出两个字：亲我。

这一周新世纪工作室经常放出广播声，就连客户进门都会惊讶地表示：你们老板还是个关注国际问题的三好公民啊？

对此，艾媛等人只能尴尬地一笑。

艾媛推开简皎月办公室门时，广播里的主持人正字正腔圆地说道："中方与东国是战略合作伙伴关系……根据海关部统计：中国是东国第一大贸易合作伙伴和最大出口国，国有企业和私人贸易注入该国市场，投资额累计达到五十多亿美元……"

艾媛委婉地开口："您这是变相秀恩爱吗？"

这话说得简皎月不开心了，她拿着钢笔戳了戳桌上那盆仙人掌的花。

结婚快一年，她算是知道了裴书临的工作强度有多大。不仅日日加班，还要出差。

裴书临大概也没想到简皎月的反应会这么强烈，做准备工作的这几天，他一闲下来就能发现她给自己发了很多信息。

有的是关于难民的新闻，有的是关于那边的天气和民俗，交代他一些注意事项。

从茶水间回来，他桌上的手机显示的最新消息是："你说你的同事是因为老婆待产就请假回来了，那是不是我怀孕了，你也能回来啊？"

裴书临看得眉心一跳。

电话打过来的时候简皎月正打算提前下班，她给仙人球浇了点水，刚站起来就发现来电人是裴书临。

“你下班了吗？”他的声音有些回音，似乎在一个空旷的地方。

“没有。”简皎月坐回椅子上，跷着小腿，回道，“你在哪儿给我打电话呢？不怕被领导骂吗？”

沉默须臾，裴书临轻声说：“我在楼梯间。”

简皎月无趣地“哦”了一声，嘲笑他：“上班时间跑那儿去，你偷懒啊。”

裴书临斜靠着门，声音没什么起伏地说：“手上的事情暂时都做完了，而且是因为你刚刚问我……”

“我就是问问。”她声音小下来，脚尖有一下没一下地踢着办公桌，“你不会真的以为我怀孕了吧？”

“理论上不会。”他自己清楚每次都做了措施，所以也不是很慌张。

简皎月的手指不自觉地抠着桌上的钢笔，听着电话那边温润的嗓音，她脱口而出道：“裴书临，你想要孩子吗？”

对面的人无声地沉默了几秒钟。

简皎月羞愤地低下头，额头磕在桌子上，发出沉闷的一声响。天哪，她问了句什么玩意儿！生不生孩子这个话题是不是太早了？听起来她好像很想要一个孩子！

话说回来，他们结婚还不到一年。领证那天，两人谁都没想过有一天会聊到生孩子这种事吧。

“我……”

裴书临正要说话，简皎月急忙打断他：“我知道了！不生不生，我刚才是说着玩的。”

楼梯间似乎有其他人过来，他低声说了句“等会儿”。

通话没挂断，简皎月乖巧地将手机放在一边，听他那儿有些嘈杂的谈话声。和他聊天的似乎是个实习生，跑楼道里抽烟来了，没想到被抓个正着。

裴书临说了他两句，把人打发走。他把手机重新放到耳边，喊她的名字：“简皎月？”

她脸颊磨着桌角泛了红，耐心地等他，回道：“我还在。”

裴书临眉目柔和，垂眼聚焦到皮鞋尖上，淡声说：“我目前几年内没有要孩子的打算，你呢？”

当他说出这句话时，简皎月不知道心里是什么滋味。

没有想象中的那么放松，也没有什么遗憾的感觉。

原本联姻双方就是不能太早要孩子，免得双方家里的合作出问题后，遗留下来的麻烦太多。提前有了这个预知，她不太意外，舔了舔唇瓣，说：“哦，我也……也不想要。”

裴书临听不出她的情绪，薄唇开合几下，艰难地找到措辞：“我是觉得你年纪还小，自己都还是个小孩……”

听着这话，简皎月十分不满，扬声提醒他：“喂！我们是同一年的。”

“嗯。”他的声音低哑了几分，勾唇时驱散了点面部自带的清冷感，“生孩子很辛苦，不是说着玩的。何况我们都还年轻，不用着急……我想你再多陪我几年。”

他破天荒地解释了这么多话，听到最后一句，简皎月一怔，心里甜丝丝的，一股酥麻感重新泛起。

她极力把弯起的嘴角压下去，枕着胳膊闲闲地对他说：“可是生了孩子，我也还是在陪你啊。”

“那不一样。”

简皎月漫不经心地抠指甲，撇了撇嘴，道："哪儿不一样了？"

"你的精力会被分散。"他轻咳一声，停顿了一下，"原本留给我的就不多。"

简皎月手上使了力气戳那盆无辜的仙人球，反驳道："明明这段时间有很多，我还怕你嫌我发的消息太多，嫌我烦。"

裴书临抿了抿唇，声音温柔，回道："我都有看。"

她每天给裴书临发了不下十条链接，他都有一条条点开去浏览一遍。

简皎月自己有点没料到才听他说了这么几句话，先前郁积的不知名的闷气就一扫而空。话题被转移开，简皎月声音清脆地说："那我再发几条链接给你！"

"好。"站在楼梯间和她说了一会儿话，裴书临连抽烟的欲望都没有了。挂断电话前，他说，"今晚我要加班，你自己先吃。"

她抱怨道："你明天就要走了，怎么还有这么多事啊。"

他不知道怎么说，只好安静地听她发泄不满。

说了好几句，简皎月也懒得再说了："我今晚可能不在家，妈妈喊我陪她去一个茶会。"

裴书临有些疑惑："妈妈？"

"是啊，茶会被安排在城郊山上。你是明天上午的飞机吗？"

"嗯。"

她鼓了鼓腮帮子："希望我能赶得上去机场送你。"

裴书临听见她低落的语气，温声说："回不来也没关系，和妈玩得开心一点。"

简皎月想也没想地说："你都要走了，我怎么开心得起来？"

又是无言的沉默。

他明明在所有人眼里都是一副从容的模样，却总是在她面前发挥失常。

"哎，我不跟你说了。"说来说去也只是徒增他的无奈和自己的苦恼，简皎月又叮嘱了一声，"那你晚上也要记得吃饭，回去收拾行李时记得把我买的驱虫水放进箱子里。"

裴书临应了声"好"。

挂断电话后，简皎月靠在桌子上发了一会儿呆，执拗地把某位博主的旅游视频发了几条给他才算安心点。

她拿了包起身时，内线电话铃声响起，是前台打来的。

简皎月抬手接通，有气无力地问道："什么事啊？说。"

"老板，有位女士找您。"

她不解地问："我今天还有预约的客户没见？"

"没有了，这位女士说她没有预约。"前台的声音有些迟疑，"她说她是您父亲简邵先生的老朋友。"

爸爸的朋友？

简皎月把包又放了回去，说道："你让她进来吧。"

片刻后，一个戴着法式太阳帽的女人走了进来。她全身上下围得严严实实，口罩、墨镜一个不落。要不是手上的钻石手链和一身贵重的奢侈饰品太显眼，指不定被人当成什么可疑分子。

前台把茶倒完出去后，来人才肯摘下墨镜、口罩，露出一张陌生又熟悉的脸。

简皎月从她进门的那一刻起就知道来人是谁了，见到真容也没有太大的反应，喊了一句："孙女士。"

孙妤笑容殷切："皎月……"

"打住。"简皎月的肩膀微微塌陷，靠在椅子上睨着她，是个极不尊重人的姿态，"孙女士没必要这么亲昵地喊我的名字，毕竟我们只有一面之缘。"

孙妤被这么刻薄地对待，没有太大的反应，只是笑意收敛了一点，说："看你上回对我的态度，你爸应该已经跟你提过我了，你长大好多。"

废话连篇，不知道她在套什么近乎。

简皎月语气淡薄，直接拨通外线："喊楼下的保安上来一趟。"

"皎月！我想和你谈谈。"听出她想赶人的意思，孙妤不再磨蹭，站了起来，"我知道你怨我，但我那时候才十八岁，没钱又没前途……你现在事业有成，是简家千金，又嫁了个好婆家，证明我当时的做法也没错！"

简皎月对此嗤之以鼻。她养母金蓉都不曾说过她嫁给裴书临是她的功劳，这人现在倒是一口一句"幸亏她当年弃养"的意思。

不过能把孩子生完就丢弃的女人，能说出这种厚颜无耻的话也不意外了。

简皎月假意嫌她聒噪地掏了掏耳朵："行了，我和你没有叙旧的必要，也不会对你有半分同情心。你要是不愿意自己走出去，那我只好安排人把你丢出去了。"

孙妤站着没动，说道："你这孩子……性格真是随了我当年的脾气。"

"你是老年痴呆吗？少往自己脸上贴金！如果我没有记错的话，你除了生下我，对我的人生没再干预过任何事情。"简皎月还是没憋住怒气，手握紧椅子扶手，骂道，"你这种人突然找上门来肯定也不是为了向我道歉，不如直接说你的目的。"

孙妤犹豫着开了口："我想找你借笔钱。"像是怕被拒绝，她立刻补充道，"我会尽快还给你的，要不是实在没办法了，我也不可能来找你帮忙。"

简皎月压根不想听，她垂眼看了看手机，在微信上给艾媛发消息："保安怎么还没有上来？"

艾媛："电梯故障。怎么了，老板？"

简皎月："办公室这个女人是个乞丐，你让大东、阿鹤过来把人弄出去。"

"我丈夫前段时间被人骗去澳门赌钱，身家都输光了，还欠上了高利贷。"孙妤眸光微动，"我名下所有的房产都变卖了，所以你能不能……借我五亿，周转一下？"

简皎月打字的手微微顿住，反问道："五亿？你是真把我当提款机啊。"

"裴家少夫人怎么会拿不出这点钱？"

简皎月冷笑一声："就算今天你跪在地上求我给钱，我连五百元也不会给你。"

果然，说她是乞丐都是在侮辱乞丐。

话聊到这儿，实在没有再伪装礼貌的必要了。

敲门声霎时响起，孙妤慌张地拿出最后的砝码："你不想知道你的父亲是谁吗？"

"我爸叫简邵。"简皎月不欲和她多言，站起来准备把门打开。

孙妤急忙说道："裴家人知道你是个冒牌货吗？"见简皎月停住手，她淡定地笑了笑，继续说道，"你知道你是怎么来的吗？"

孙妤父母在她童年时病逝，她十五岁辍学离开了喝醉酒就爱打骂她的爷爷，一个人来到 B 城打拼。

因为容貌姣好，她倒也没吃太多苦头。二十年前的娱乐圈比外行人想象的要复杂得很多。

她年轻时候跟了一个澳籍华裔制片人，但她性格急躁，没认真讨他喜欢，制片人很快玩腻了她。

孙妤那时还小，没了靠山只好去求经纪人签了她。那年她才刚成年，她的坏脾气让她在圈内树敌无数。

某次被经纪人送去陪酒换一线角色，她被灌得酩酊大醉，不省人事。

“说实话，我也不知道你的生父是谁。一群爽完就不见踪影的男人，你爱是谁就是谁吧。”

简皎月脸色煞白，心下反胃。

孙妤当然知道她恶心，自嘲地道：“你怪我弃养，你想想我那时候正当青春貌美，难道我小小年纪就要养一个女儿？简邵是个好男人，我知道他对你不会太差，但没想到他能给你找一门这么好的亲事。”

她能顺利找到这儿来，还多亏了上回在热搜闹大的事。

孙妤不动声色地说：“裴家家大业大，大家族都看重出身。如果他们知道你是个滥交出来的野种，你丈夫会怎么看你？你又该怎么在这个圈子里待下去？”

人可以选择自己的出身吗？如果可以选择的话，简皎月大概希望她生下来就是个死胎，也好过此刻被生母这样羞辱。

孙妤丝毫不觉得可耻，她一直认为这样的孩子是提醒她脏污的存在。可简皎月现在是简家小姐，又搭上了裴家这条线，事业也如火如荼。她想，这个存在也并非一无是处。

打完一巴掌要给颗甜枣，她深谙此道。

孙妤温和着脸色说道：“皎月，我不是来打扰你的幸福生活的。你现在过得好，妈妈也开心。”

简皎月强忍着脾气：“你不配在我面前自称那两个字。”

“不配就不配吧。”孙妤倒是应得快，抬眸坦然自若道，“你瞧你，硬是让人把难听的话都说出来。我们虽然母女情分淡薄，但是也不用这么兵戎相见吧。”

“你在威胁我？”

“这算什么威胁？你抬抬手借点钱给我，能影响到你什么呢？你不说，我不说，谁也不会知道你裴家少夫人的身世真相。”

简皎月背倚着门，黑眸渐渐变冷：“你觉得我会害怕这个？”

“你不在乎这些东西，那你也该考虑考虑你那个刚上任的外交官丈夫吧？”孙妤胸有成竹，悠闲地说道，“前几天网络上的战斗力你也看见了吧，你们夫妻不过是上个热搜，他们都能把白的说成黑的。”

就算撤下词条又能怎么样？

全民娱乐的时代，永远堵不住悠悠众口。她生活在镁光灯和人们的口舌下多年，早就对该如何控制舆论了如指掌。

资本论在狗被逼急的时候也没用，孙妤位居一线多年，这会儿穷途末路了，什么都做得出来。

见这个和自己有着一层血缘关系的女儿久不出声，她当即就笑了。简皎月看似是雷厉风行的女商人，其实遇到事情，还是个小女孩。

这样才对嘛，姜还是老的辣。

接下来，简皎月的话却打断了她的遐想。简皎月嘴角微扯，说：“你真蠢，你以为能逼我给你钱，可我要是离婚呢？”

拿裴家压她，拿裴书临的名声压她，可她生来最讨厌受人胁迫，尤其对方还是一个存着恶劣心思来敲诈她的女人。

孙妤不赞同地看着她，厉声说道：“弄得鱼死网破就没意思了。你的心倒是硬，好歹我是你的生母，你居然眼睁睁地看着我破产流落街头！”

原来她还知道？

二十多年来对简皎月不闻不问，一句“无可奈何”就抛弃了她，还要用一个冠冕堂皇的借口说知道简父会对她很好。

简皎月深吸一口气，手指蜷缩起来："你有没有想过如果我爸妈不养我……"

孙妤不屑地打断她的话："行了，你这不是好端端地活着吗？你要是死了，我也不会来找你。托我生了你的福，你做着吃穿不愁的大小姐，现在又嫁进豪门，伸伸手就能有钱花。"

简皎月从来没有想过，这种话会出自她生母之口。

孙妤已经表露出不耐烦，语气完全没了之前的温和："找你借五个亿而已！和你说这么多，不会连这个忙都不愿意帮吧？"

毫无征兆地，简皎月沉默着，直接把门打开。

大东和阿鹤站在门口正要敲门的动作一滞，茫然地喊了一声："老板，还要我们帮忙吗？"

简皎月略带嘲讽地看向孙妤，说："要让他们请你出去吗？"

事情还没有谈完，她在外人眼里还是个风韵犹存的女明星。

当着这么多人的面也不好再撒泼，孙妤强装镇定地把墨镜、帽子戴好，指了指手机，别有意味地说："我会再联系你的。"

孙妤来时不敢声张，怕被人发现。但办公室的人此时见到了她的真容，等她走进电梯后，一行人开始小声讨论起来。

裴母的车到楼下时，简皎月已经整理好情绪，补好了妆。

车开了两个小时才到山下，主办方请的都是B城叫得上名字的贵太太。

看得出主办方有用心组织这场茶会，山腰有几间四面由屏风环绕而成的茶室，绿树成荫作为天然景致，小巧的亭阁屹立在旁。

天还没黑，路边已经亮起了暖黄色的引路灯，干冰带来朦胧的水雾气，服务人员在茶室里忙碌着。

裴书临的母亲苏润是一名调香师，也是诸多奢侈品牌的长期合作用户。她是场上唯一一个带着儿媳妇来的太太，简皎月自然不免被人轮流搭讪。

只是简皎月的心情不佳，也没刻意迎合这些奉承。几个回合下来，只有苏润在时，她才勉强说几句话。

她被服务员带领着试了几盘自助蛋糕水果，而后接受一对一的美容护肤。

套房内，服务人员正用小气泡仪器在给她做最新款的花蜜系列美容。

突然，给她按摩的那只手覆上来时温暖不少，简皎月下意识地睁开眼睛，看到来人惊讶地出声："妈？"

苏润笑了笑，解释道："嗯，别担心，我的手艺也不错。"

苏润年轻的时候学过奢侈品管理专业，做护肤是必学课程。按摩脸部是最能验证骨相的方法之一。

苏润扬起眉梢："我们皎月生得真美，起初书临他爸把你的照片给我看时，我还有些慌张，以为是什么女明星呢。"

简皎月倒是头一次听苏润讲起这些事情。她疑惑地问道："女明星……怎么了吗？"

"也没什么，只是怕是非多。"苏润平静地阐述事实，"书临和他外公从事的职业比较特殊。他们这些岗位要求高，家世清白是最基本的，政治背景也得可靠。单位用人会审查直系亲属，有的甚至会审查旁系亲属……"

简皎月听得发怔，手心不知不觉渗出冷汗。半晌后，她喉咙艰涩地滑动一下，应道："这样啊。"

苏润轻声问道："书临明天就要走了，你会不会不开心？"

"嗯？"

"我爸当年驻外，我妈妈哭了好几天。"苏润一边给简皎月用湿巾擦去脸上的乳液，一边说，"你们结婚不到一年就要分开，你当然会心有不悦，看你今天确实心情不佳。”

简皎月坦诚地开口：“是有点舍不得。”

苏润开解道：“没办法，既然选择做外交官夫人就要承受这些离别。服从单位安排是天职，他们要为国家和人民服务的。”

简皎月点了点头：“我明白的。”

茶会结束之后，服务员把她们领到度假酒店安排好的套间休息。

简皎月的房间和苏润不在同一层，和她一块儿搭乘电梯的女人是温家的妯娌之一。

女人追进来递给她一个小礼盒，笑盈盈道：“小裴夫人，你的伴手礼忘记拿了。”

简皎月接过来。

那女人盯着她看了好几秒，脱口而出道：“小裴夫人生得像那个女明星孙妤，不过她年轻时候没有你这么好看。”

简皎月表情乏味地应道：“我做错了什么，你要这样骂我？”

“啊？”女人慌乱地眨了好几下眼睛，拼命回忆刚刚自己说了什么得罪的话。

好在简皎月没有故意为难人，她察觉到自己有些失态后就笑了笑，以玩笑的语气一笔带过了。

回到房间后，她给手机充上电，看见有裴书临发来的几条短信，刚看完他就拨来了视频电话。

她不是爱把负面情绪传递给别人的性格，等铃声响了几下自动挂断后，她给裴书临发了一条短信，说今天很累，自己要睡觉了。

简皎月坐在波浪镜面前端详自己的这张脸，看着这眉眼倏地感到恶心。

脑子里重复着孙妤的话，她压抑着烦躁紧咬着下唇。

金蓉他们可以为了公司把她的婚约当成筹码，孙妤以生下她的名义向她讨债。每个人都诉说着自己的无奈，她却总是被放弃、被推出去的那一个。

也许因为她一直是垃圾桶里腐烂的苦樱桃，是即将过期的牛奶，是排在次要位置的最后一名，是能随意丢弃的玫瑰。

第二天，简皎月不出意料地没赶去机场送人。

一行人穿着制服走进绿色专属通道。飞机起航，从天空中划过一道白色的痕迹，再落地已经是彼岸他乡。

天微微透着白光，东国的朝阳从海岸线的云端露头。

被外派到中欧国家驻外，大到大使，小到翻译，个个都开始忙碌起来。

裴书临的身边还有一个跟着他过来的本科毕业生，许徉。

许是小他两岁的缘故，许徉一直跟在他身后喊裴哥，对他平时的话就差拿本子记好。

工作在黎明大亮时收尾，许徉捧着一杯当地的骆驼奶来找裴书临，发觉他坐在厅外的阶梯角落里抽烟。

青雾笼着男人大半张脸，五官清冷，脸廓干净。

同样是加班熬夜整理文件，裴书临的眼睑下方有淡淡的乌青，眼里有浓重的疲倦，表情却莫名地沉凝。

“裴哥，吃早饭去啊。”许徉打着哈欠把热奶递给他，低低地骂了一句，“算了，出去吃还不如回宿舍楼自己做。”

这附近只有三家中餐厅，两家都在老城区，离他们上班的地方都比较远。

裴书临似乎在专注地发呆，烟蒂快烧到指尖时才反应过来。

他的黑色西服放在膝盖上，沾了几抹烟灰，衬衣袖口上卷至小臂，小臂线条流畅。

可能是连续熬夜的缘故，他的皮肤白皙到接近病态。

上大学之后，他极少在人前还露出私下那副冷脸少语的样子，毕竟寡言冷漠不适合这个职业。

许徉只当他是累了，拍了拍他的手臂，说：“你要不先去宿舍休息，我给你买了早点送过去。”

裴书临摇头，声音有些嘶哑：“你先去，我在这儿休息一会儿就好。”

东国的时间比国内晚三个小时，时差倒也差得不大。

当地网络很差，使馆内总是经常断网。最近简皎月极少主动联系他，和他出国前几天的样子判若两人。

裴书临突然想到那次在江城的酒店碰到曹裕，心下渐渐担忧起来。那时候曹裕提过一句，说他在简皎月的电脑里曾看过一张亲子鉴定报告，显示的是她和金蓉并无血缘关系。

当时曹裕说什么来着？他说简皎月或许是简邵在外和情人生的私生女，所以她才去做了一份和她妈的亲子鉴定。

只是他自己是私生子的事实在这个圈子里早就传遍了，如果简皎月是私生女，那他也是半斤八两，就没有继续说这个话题。

而裴书临对此事并不在意，一是他并不在意她的出身，也极少在意她这个人之外的事物；二是他对这种捕风捉影的事情并不留心。

直到这些天里，他和简皎月的联系越来越少，他才开始起疑，往前翻任何不容错过的细节。是上次把她送的玫瑰养死了，还是出国前那一周让她太累……

都不对。

她虽然骄纵，在大事上却很明事理，不至于因为这点小事，连他好几次打的电话都不接。

仔细想想，简皎月的母亲似乎对她的确不太上心。他们交往时，她没少抱怨过母亲总是不太喜欢和她待在一块儿。

如果真是因为这些乱七八糟的事呢？

简皎月显然不会跟他透露半个字，她那样要面子要尊严的人，怎么会愿意在他面前透露半分？

裴书临叹了一口气，有些累了。

他人不在国内，要查起上一辈的事情来可能要惊动不少人，他不喜欢在她不知情的情况下去查她。虽然不知道是不是因为这件事情，但简皎月对他冷淡多日，让他有了不好的预感。

即使知道隔着屏幕不能谈正事，裴书临还是打算和她聊一聊。

下午近三点，午觉还没结束的简皎月接到了他的电话。

“喂，裴书临。”

好几天没听见她带着困意的声音，此刻终于听到，裴书临悬了一天的心沉了下来。

馆里的同事有一大半都去食堂吃午饭了，他坐在石凳上，声音低沉地应了一声。

简皎月人还有点犯困，在办公室的吊床上睡了太久，昏昏沉沉地做了一场绵长可怕的梦。

这些天的担心在梦里都慢慢变成现实，她成了所有人唾弃恶心的对象。她眼尾还残留着眼泪，嗓音里也带了哭腔：“裴书临……我有点害怕。”

她胆子其实不大，是看完鬼片都会做噩梦的姑娘，每回惊醒就是这种语气。

裴书临强忍着安抚她的话，话头一转：“我上次在家收拾行李时，看见了一份离婚协议书。”

简皎月的注意力被吸引，有点不敢相信，下意识就想反驳：“我什么时候……”

记忆回笼，确实是有一张离婚协议书存在。还是他们刚结婚没半个月的时候，安纯给她的“新婚礼物”。

裴书临问道：“怎么不说话？”

她是该否认解释的，但又想到了孙妤。

裴书临无疑有更多套话的技巧，发言时能与国外记者唇枪舌剑、针锋相对，在工作中运筹帷幄的男人在这一刻却没了其他话术。

他有些心烦地去摸烟盒，却听见简皎月主动说了一句：“你要和我离婚吗？”

他眉间愁云更深，毫不犹豫地否认：“不要。”

简皎月低着脑袋戳桌上那盆仙人球，柔软的指腹被刺破了皮。她放在嘴里吸吮，咬着手指头把犹豫了好久的话说出口：“我一直没有告诉你，其实我是被我爸妈收养的。”

这句话说完，两个人的反应截然不同。

简皎月紧张得提心吊胆，裴书临反倒松了一口气。他问道：“所以你是因为这件事，这几天才一直不开心吗？”

她的眼泪瞬间掉落：“这不是小事啊。”

裴书临是个共情能力很低的人，哪怕对面是简皎月。他不解地低声问道：“你在担心什么？”

“我的生母是一个很糟糕的人……”

“没人介意，她和你没关系。”

“外公还有爸妈也不会介意吗？你做的什么工作，妻子的身份是什么样的，难道真的不重要吗？”

他神色平和，坚定地回道：“不重要。”

下一秒，简皎月直接挂断了电话。缓了须臾，她抹干净眼泪，给他发了一条微信：“你说了不算。”

裴书临再次拨了电话过来，简皎月狠狠心挂断了。

那边过了很久终于有回音，他发了一条短信过来：“我爱你。”

简皎月愣住了，抿成直线的嘴角一点点耷拉下去。眼泪又冒了出来，吧嗒吧嗒掉在手臂上，透着可怜和委屈。

她不明白双方在剑拔弩张的吵架状况中，他为什么突然要说这句话。

印象中，这应该是裴书临第一次说这样的话吧。

墙上电视机里的实时新闻播报把她的思绪拉了回来，主持人机械般地说道："东国于今日上午十一点五十六分，发生六级地震。"

时间正好是两分钟前。

# 第十章

## 月光笼罩在他身上

大使馆内的工作人员在电路设备运转之后，就向国内汇报了地震破坏程度、灾难规模和受灾情况。

还不知道六级地震造成了多大面积的人员伤亡，领事馆就接到了另一则紧急通知。当地治安机构表示当前的安全形势较为严峻。

沿着乌哈尔河流而上的难民逐渐流入东国的首都和周边其他城市，天灾之后，本就不太安定的社会底层人群最容易发生动摇。

还有一些公民，多次试图在政府和各国驻东大使馆门口自焚和游行示威。

中国大使馆内灯火通明，后勤人员正在处理室内因余震带来的坍塌的石块，另一部分工作人员坐在长桌前正在开会。

暂时顶上副司长职位的裴书临站在桌前给大家安排工作任务。

事情发生突然，馆里已经向国内申请撤侨，并请求推迟所有外交工作人员来东国的访问行程。

地区领事馆的几位总领事姗姗来迟，说是中途被没有组织的难民挡住了车。

“网络通信会在明天上午八点左右全面恢复，当地警方在使馆地区提升了警戒级别。”裴书临低眸看向桌上的文件，修长如玉的长指撑在桌面上，“大家保持好平稳冷静的心态，养精蓄锐，提高安全防范意识。不要与当地的外交使者讨论他国政治形势，不要传播未经证实的新闻……通信恢复后开始工作。各位，任重道远。”

十几个人都不约而同地屏着气。

大使馆内像裴书临这类初次驻外的外交官不少，第一次就遇到这么大的阵仗。

地震还未完，昨天夜里，他们又听见城外传来炮弹声。

这会儿大家手上虽然没有要紧的事要做，但馆里的人都没有回宿舍。

从办公室出来，许徉心有余悸地说：“裴哥，你怕不怕啊？”

“怕什么？”裴书临神情很淡，破天荒地开着玩笑，“出国挂国旗，死了披国旗，多风光。”

许徉一听更着急了：“呸呸呸！裴哥，你别说什么死不死的，太不吉利了！”

虽然来时就知道这个国家容易发生动乱，但当灾难、战争就在眼前时，没经验的他们也不免恐慌。

比起这些初来乍到的后辈同僚，另一批前辈领事大使则要淡定得多。

“年轻人就是心浮气躁啊，我记得2010年去非洲北部某国驻外那才叫难啊，疟疾、传染病……好几个同事后来回国都落下了病根儿。”

“是啊，当时的治疗药物可比现在紧缺。你们现在虽然好不到哪儿去……但肯定比北非那块好多了。”

几位老前辈说起从父辈那儿听来的事情，又聊到以前的各种艰辛，最后还调侃起裴书临：“这么说起来，徐老也是从‘小鲜肉’

熬成‘老腊肉’了，哈哈哈，小裴，你也注意点。”

裴书临勾了勾嘴角，淡然地跟着他们笑了笑。

他眉眼英气，下颌线流畅锋利，在这一群人里显得十分出众。

许徉听着大家侃大山却听不下去，他现实得很，不想装面子说不害怕。

趁人没注意，他就拉着心不在焉的裴书临一块儿回了宿舍。

“唉，现在没通网，外线信息也不能发。”许徉还有些后怕，紧张地说道，“昨天警报响起的时候，我差点以为我一个大好青年就要被埋在这儿了！吓得我这辈子打字都没这么快过，从浴室套了一条短裤就飞奔出来，把各种银行卡密码全发给我妈了！”

裴书临顿时语塞。

“我现在只想平安回国，好好享受那二十天的任期假。”说到这儿，他好奇地侧首问裴书临，“话说裴哥你发什么了吗？你当时正好在和你老婆打电话吧？”

地震的警报声响起时，裴书临是时间最充裕的一个。他正好拿着手机，也没有什么要交代的话。但总怕意外砸自己身上，他缓缓地给简皎月发了一句“我爱你”。

裴书临扯了扯嘴角，说：“嗯。我和她说了一句很生疏的话，应该是我第一次说。”

虽然生疏，但他幸好说了。

简皎月平时看着大大咧咧的，私下其实敏感又缺爱。

听到她昨天带着哭腔说她的身世，裴书临更庆幸他说了那句话。

她那个性格，在国外那几年过得肯定不容易。

先是到国外孤身求学再到半工半读，然后又碰到了曹裕那样的人，再到回国被简父简母推出来联姻，前段时间还要因为生母的事怕他会跟她离婚……

既然简皎月把精力都用在掩饰自己的软弱上，没空再毫无保留地去爱人，那就让他来。

一百步里面，他帮她先走完九十九步也好。

许徉拿着没信号的手机看了一眼合家欢照片，随口说道：“你还是新婚呢，嫂子估计在家急死了。”

裴书临垂着眼，情不自禁地低念道：“不知道她会不会怕……”

“我还是头一回听你这么直接地说起嫂子。”许徉挠挠脸，用肩膀碰一碰他，“明天早上，等我们的通信都恢复了，你就给她回通电话嘛。”

“算了，家里人会看新闻的。”裴书临说。

他怕联系上又会听到她哭，她指不定还想过来找他，那他估计连正事也会耽误。简皎月在外面明明挺坚强的一个人，这一年里娇气全让他养回来了。

事实证明裴书临想的没错，次日网络通信一恢复，使馆内的工作显得更为繁忙。

四天时间里，大使馆的人在三班倒机制中加班加点，通宵达旦。

别说趁空闲时间打电话给家里报平安了，几十个人在工作岗位上马不停蹄，忙得连吃饭的时间也没有。

大家都形成了一个共同的默契：反正家里人能看见国内的最新消息，这边也有记者在发送实时新闻稿件。

两个领事拉了一个群做沟通和准备工作，要求返华者上传各种证件。

有句话说“中国护照的含金量不在于能为你免签多少个国家，而在于危急时刻能让你回家”。

只有在这种时候，你才能深刻地感受到。

上面下了通知，船会在凌晨时分到达。

领事和大使跟着运送同胞的车去港口，之后又返回，前线记者全程跟拍。

前半批国人顺利在东国地震后的第四天，从港口被运回来，直播画面里的舰船广播嘹亮：中国海军，奉命为你舰护航！

简皎月在家里等了几天，把能看的直播、重播和前线视频全看了一遍。发现实在没消息之后，她才想着去外交部大楼那儿看看有没有新情况。

她刚要出门，才发现安纯来了B城找她。

这几天的头条新闻和热搜都是中国在东国撤侨，不管是裴家还是江城那边都有安抚简皎月。

安纯也是为了这事而来，正巧赶上和她一块儿去。

见到简皎月时，安纯捏着她的手腕惊讶地出声："我上回来B城见你也才过去半个月吧，你怎么瘦了这么多啊？"

简皎月揉了揉眼睛："我最近睡不好，失眠。"

"担心吗？"

知道她在说什么，简皎月摇了摇头。

没有坏消息传来，她不想自己吓自己。

安纯说："我来的时候恰好碰见骆天哲和你姐，他们都让我带消息，让你安心点。说真的，以前觉得这些事离我们好远……"

她后面没说完的话，简皎月都懂。

只是眼皮直跳，让她的心更慌，她无暇去和安纯聊心事。

等她们赶到外交部大楼时，前厅已经站了好几排人。

简皎月问过前台，才知道那些人全是在东国暂时失联的务工人员的家属。

安纯小声地问了一句："为什么会失联啊？新闻上没说啊。"

前台把她们请到候客厅去，端来两杯水，解释道："这次东国地震，郊外小城市的受伤失踪情况还没有完全被统计出来，何况有些人早就放弃了中国国籍。”

有些是移民过去几十年的人，不是中国公民的身份，使馆也无权干涉，还有一些趁乱发东国的国难财，统计人数时也有不配合的。

前台不方便说太多，她们也不好问得过于详细。

过了片刻，前厅那帮人也被前台和和气气也请进了候客厅。

听他们聊天，十几位务工人员的家属似乎在要求外交部安排飞机赴东国寻找亲人。

好在没过多久，楼上下来了一位秘书长给了众人一个交代。

秘书长倒也没说场面话，一句“没有遇难、遇袭人员”就让当场所有人都松了一口气。

至于给家属安排飞机去他国寻亲，先前确实有过这样的例子，只是那次是为了让家属去告慰空难遇难者才准备的航班。

这次不说大家都安全，就说东国如今的局势，政府恐怕也不会允许他们这么自由进出。

秘书长好话说尽，道理也温和地给他们解释完，那批人总算愿意离开。

简皎月也打算拉着安纯出去时，那位秘书长突然喊住了她，确认了她的身份：“裴书临副司长的夫人是吗？”

简皎月不解地转过头：“是。”

秘书长的脸色变得沉重，喉咙有些艰涩地说道：“三个小时前，东国一队激进分子冲进各国大使馆纵火烧国旗。裴副司领导使馆人员跟着我国维和士兵撤退，他自己……为收国旗中了枪。”

简皎月听着慌了神，眼前有点恍惚。她脱了力撑着墙，靠一旁的安纯勉强扶住她。

秘书长顶着莫大的压力慢慢地把话说完：“裴副司的使团和后

一批公民的最新行踪是滞留在了艾塞机场预备转机，目前处于联络不到的状态。”

为了有助于面前这位年轻的外交官夫人能更好地理解他的意思，秘书长耐心地解释了很久。

其实他后边的话简皎月已经听不清了，她只知道外交部这边持乐观想法。

据说那颗子弹没有打到裴书临的要害，他们安全地撤离了被炮火包围的东国首都。

回家的车上，简皎月慌张得失去了主意，只顾着碎碎念：“安纯，我前几天跟裴书临打最后一通电话的时候还在跟他吵架，怎么办……他会不会有事……”

眼圈是酸的，但是她拼命地忍住眼泪。没听到确切消息前，她不想自找晦气。

安纯心下也有点慌张，刚刚那番话听着实在是可怕。可她这会儿也只能拍一拍简皎月的肩膀，安慰道：“不要想太多，人家都说不会有生命危险……中枪嘛，在东国那个地带很常见的。”

简皎月眼里噙着泪，问道：“可是裴书临的骨头好薄啊，够不够子弹打一枪？”

安纯有些哭笑不得，叹了一口气：“谁的骨头不薄啊，你别慌了，先通知你们家里人吧。”

简皎月摇头：“肯定轮不到我说，外公估计比我先知道。”

接下来两天依旧没有其他消息，她的噩梦做了一场又一场。

搬去裴家父母那儿住的前一个晚上，简皎月发了一场低烧，迷迷糊糊地感受到床边陷下去一块。

睁开眼时，她闻到裴书临身上那种熟悉的味道。

黑色的西服挂在衣帽架上，他身上淋了细雨，额前的黑发湿漉漉的。他面容清俊，眼皮白而薄，坐在床沿边蹙眉看她："怎么生病了？"

他的声音在寂静的夜里有种无端的磁性，听得人耳郭发烫。

简皎月的眼泪再也忍不住，一边哭一边控诉："我生病怎么了，你还挨枪了呢！没事说什么'我爱你'，本来平时都没说过，就像是临终前的话……"

"裴书临，你疼不疼啊？"烧得半梦半醒间，她只记得自己一直在哭。

裴书临却只是无能为力地看着她，眼神安静而悲伤，连一个拥抱都没有给她。

早上简皎月醒来的时候，才知道是苏润过来了。

"妈？"

苏润坐在沙发上，点了点头："嗯，烧退了点吗？"

"啊。"简皎月后知后觉地摸了摸额头，"好多了，麻烦您昨晚照顾我。"

"不麻烦，做噩梦了吧，怎么哭了这么久？"儿子出了事，苏润的精神状态也不好，交代简皎月，"收拾收拾东西，去我们那儿住几天。"

她既怕简皎月年轻扛不住事，一个人在家容易胡思乱想，又想着把儿子唯一挂念的媳妇儿给照顾好。

回到裴家也只是等通知，裴父一天往外几次打听东国那边的情况。上午徐老爷子来过一趟，简皎月听他们在客厅讨论，说再不行就乘坐私人飞机去埃塞接人。

活要见人死要见尸，话说得没有余地。

裴母在边上咬着丝巾哭，说着："几千个人怎么就只有我家书临受伤？这孩子平时不笨啊，遇到子弹怎么都不知道躲开。”

老爷子移开目光，淡声说道：“不是说过他是为了收国旗吗？不是他也会是其他人，他过去负责使馆大小事宜，责任更重。”

到第三天傍晚，外交部终于来了消息。

使团后一批人包括一千余名中国公民在埃塞机场转机后，坐上了国内从D国派过去的航班返程，现在正在飞机上。

一家人顿时松了一口气。

简皎月吃完晚饭在家待了两个小时，看了看手机上和孙妤约定好的地点，咬咬牙挎了包准备出去。

“皎月，我陪你一块儿去。”她在玄关那儿换好鞋，裴父突然走了过来。

简皎月下意识地往后退去，结结巴巴地问道：“爸，去……去哪儿啊？”

裴继穿了一身正装，手上拿着公文包，声音很淡：“书临他妈妈那天晚上照顾你时，接了你的电话。”

简皎月的脸色顿时变得煞白，听见裴父继续把真相剖开，说：“你婆婆担心你碰上勒索犯了，就让我跟着去，留个心眼。”

那几天，孙妤确实一直有在换手机号码打电话来催促她给钱，而简皎月怕裴书临会打电话给她，就一直没有换号码。

裴继没说关于她身世的事，只看了看她带的手提包，问她打算怎么解决。

简皎月也没了再掩饰的意思，直截了当地说：“我手里有几张支票，加起来差不多凑了七千万，再多我也没有了。”

裴继拍了拍这位晚辈的肩：“傻孩子，不能给一分钱助长这种人的气焰。”

他们过去时，孙妤已经在包厢里等着了。

听到简皎月说会先拿一笔钱来，她的表情愉悦不少，出门也有认真打扮。

哪怕是大夏天，她也不嫌热地戴了不少贵重的首饰，化着精致的妆，衬得那张美丽的脸庞越发优雅。

见简皎月身后还跟了一个人，她扬起的嘴角慢慢放平，问道："怎么？这是带了帮手来了？"

"这是我公公。"简皎月拉开两把椅子入座，说完这句话就再没出声。

来之前裴继就交代过她，接下来的一切都由他来解决。

孙妤看他们神情寡淡，倒也没想太多，一双漂亮的眼在灯光的照映下泛着橙色："亲家好，初次见面。"

裴继久经商场，见过形形色色的人，对她这种人的嘴脸摸得一清二楚："不要套近乎了，浪费时间。直接说吧，要钱没有。"

"那你们来这儿干什么？"孙妤立马皱眉，双手抱胸。

裴继声音冰冷地说："五个亿没有，五年牢倒是可以给你介绍介绍。"

听到这话，孙妤愤慨地提高音量："你什么意思？"

"阴阳合同，偷税漏税，灰色生意。"裴继每说出一个字，孙妤的脸色就更差一分。

裴继笑了一声，极尽讽刺地说："我想你不会怀疑裴家没有这个能力把你做的这些事情揪出来，还有你那个嗜赌成性的丈夫，真的只是在澳门赌钱吗？"

这几句话像是抓住了她的命脉，孙妤彻底没了之前高高在上的姿态，强撑着问出口："你想怎么样？"

"三天内出国去，并且永不回国。"裴继从公文包里拿出两份合同，"给你一天的考虑时间签字。"

孙妤被震住了，完全说不出话。

“对了，之后的事宜直接联系我公司的律师。我想我和孙女士彼此都不是乐于相见的态度。”

裴继说完就起身出去了，把剩下的时间交给简皎月。

“好啊，白眼狼！”孙妤猛地拍了一下桌子，翡翠镯子被桌面震得当啷响，隐约出现了裂痕，“小杂种，搭上裴家这座靠山就出息了，连你妈也赶尽杀绝！”

简皎月对她这些污言秽语早就麻木了，她从包里把打印出来的通话记录和一系列她的催债信息都放在桌面上，说：“孙女士，我咨询过我的律师了，这些证据足够判你勒索罪。”

孙妤仿佛被反咬一口，气得几度语塞：“你……你！”

“很惊讶？”

起初，简皎月被自己恶心的出身吓到，以至于无措地觉得她不该存在在这个世界上，但这些天发生的事情给了她一个冷静的缓冲期。除了她自己，谁也没资格否认她活着的意义。

“你尽管在网上大肆宣扬，我没办法告你造谣，但我绝对不会去跟你做亲子鉴定，不会承认你是我妈。”简皎月冷声说，“不过如果你要求我支付赡养费，我一定会给，希望你能活得久一点。”

孙妤咬牙切齿地说：“你还知道我是你妈？你简直是个畜生。”

简皎月怎么敢这样和她说话！从头到尾都是她不要这个杂种，什么时候变成了简皎月不要她？

从裴继给出那份合同，到她打算玉石俱焚，简皎月此刻已经有了足够的底气。

“一个畸形的童年不是我爸妈给的，是你。在你的衬托下，这世上再没有比你更糟糕的母亲了。”

简皎月想，或许她只是比较倒霉，注定不能有个爱她的母亲。

出门时，简皎月侧脸冷艳，语气强硬：“也不要再去蛊惑我爸爸为你付出，简家从来不欠你什么。我养父母十分恩爱，我想你的人品也不至于低贱到上赶着去当小三。”

从会所出来后，裴继还在门口等她。

简皎月抿了抿唇，小跑着上去对着他鞠了一躬，道谢：“爸，谢谢您。”

“之后不要再单独跟你生母联系了，金律师会接手这件事。”

“好。”去停车场的路上，简皎月把忍了大半天的话问出口，“爸，你和妈妈不生气吗？”

“生什么气？”

她有点难堪地说：“因为我不是简家的亲女儿，我骗了你们。”

裴继沉重地叹了一口气：“你知道吗？书临从小就不黏人。他妈妈总说要是生个女孩就好了，肯定没他这么冷漠自持，连小情绪都没有。”

小时候不玩玩具，没有童心。大了也不沾烂习，根正苗红。

裴书临无疑是个让身边所有人都满意的孩子。

在家长眼里，他懂事成熟，从不做出格叛逆的事；在老师眼里，他成绩优异，青出于蓝胜于蓝；在上级领导和同僚眼里，他同样是个值得培养和景仰的人才。

“但是简小姐，你似乎一直对他不满意。”裴继缓声说道，“高考后，这孩子难得一见地闹了脾气，他把自己锁在房间，两天没有出门。”

路上有车鸣笛，是司机把车从停车场开了过来。

简皎月手指绞着包链，想解释却又不知道从哪儿说起。年少时的劣根性不能更改，她也没办法回到从前。

“我们裴家极少受制于人，也从来没有联姻这个说法。”裴继从公文包里拿出另一份合同，是他们要求裴书临在婚前单方面签下的离婚协议书。

“我和书临都是同一个看法，既然选择了和一个不情愿联姻的女孩子结婚，那就提前给好让你离开的机会。”

简皎月愣住，呆呆地伸手去拿那份离婚协议书。

所以一开始，裴书临就做好了她会不爱他、会在公司渡过难关之后提出离婚的准备吗？

“你尽管放心，裴润地产和简氏中止合作只是因为公司事务上没有必要再联结，继续合作对双方也没有多少益处。”裴继往后退了一步，拉开距离道，“简小姐，我们裴家不耽误你，你可以提出离婚。”

裴书临是在次日凌晨三点多转入B城医院的，入院时阵仗很大，护士医生们全聚集在病室外等候。

院长正在和老爷子一家人商讨手术情况，因之前裴书临在国外没有得到及时治疗，风险也比平时高了不少。

急诊室的门开了又关，护士推着医疗车疾走。近两个小时里，楼道安安静静，没有半点声响。

苏润在手术中途看见大量带血的纱布被送出来时晕了一次，起来就靠在床头无声地流泪，令见者不忍。

裴继倒是一直在劝老爷子先去睡一会儿，但老爷子照样揪心，摆摆手去了几次抽烟区。

听同在使馆的许徉说在国外转机时，有极端恐怖主义分子无区别杀人，试图挑起国际争端。

这层楼下面，同样在急救的还有三名维和军人。

简皎月站在离裴书临病房门最近的一侧，脑袋是空白的，手指蜷在后腰那儿抵着瓷墙，一下一下百无聊赖地磨着墙。

他们来时，裴书临就已经进去了，谁也没看见他的脸如何。

消毒水的味道浓得刺鼻，走廊上的白炽灯让人头晕目眩。

主刀医生推门出来时神色凝重："患者目前大面积脑梗。之前极度缺血、缺氧影响到了他的意识状态。"医生轻轻咳了一声，看着身后的病床被推出来，接着说，"接下来四天内他会经历水肿，等水肿高峰过去后预计会引起脑疝，这在医学上叫意识障碍，即我们说的昏迷不醒。"

几十双眼睛目不转睛，跟着往前推的病床移动。

主刀医生加快语速："总而言之他已经脱离了生命危险，但最坏的结果是可能多并发症。死亡率和残疾率较高，家属还是要做好心理准备。"

最后一句话让所有人的心都吊了起来，这听着就好像是短时期内，病床上那位会是植物人状态。

会不会醒，醒来能不能健康都是不定数。

转进特殊病房，围着的人骤减，只余下家属和配药的医护人员。

简皎月不知不觉被挤到最角落，远远地看着病床上躺着的人。

裴书临的脸色苍白洁净，没有半点血色，戴着氧气面罩，呼吸轻微。

一直以来他在她的眼里都是无所不能的，从来没有虚弱成这样的时刻。

简皎月预想过很多再见到他的场景，她会哭会闹，会道歉会生气，会紧紧地抱住他要他再也不去做这样的工作。但当裴书临安安静静地躺在那儿的时候，她只感觉到心定下来了。像是在狂风巨浪里艰难支撑的一艘船，终于停靠在岸。

突兀的手机铃声响起，站在她边上的许徉如梦初醒般拿出兜里的手机，解释道："哦，是裴哥的手机。两天前就有一个日历闹钟一直响。他没醒，我也不知道是什么要紧事……"

徐老爷子拄着拐杖，问："是使馆里还有事没办完？"

许徉挠了挠头，说："后续收尾我全程跟着的，应该没有落下的啊。"

坐在病床边的苏润转过头，满脸泪痕，问道："他平时没和你说过这个日子吗？"

"没有。"许徉托着那部手机，递给了离他最近的简皎月，"嫂子，你保管吧。"

简皎月低头看了一眼那个日期，愣了一下。再出声时，她的声音彻底哑了："前天是七月五日，是我们一周年结婚纪念日。"

这话说完，医护人员向她看过来的目光饱含同情。小夫妻才结婚一年啊，妻子怎么会想到丈夫会发生这种不幸呢。

探视在凌晨结束，简皎月在病房里陪床。

早上六点，护士进来给裴书临量过一次体温，已经退烧了。见到简皎月从卫生间里出来，护士看了一眼她的脸。

简皎月眼睑下方有淡淡的乌青，像是一直没合眼。

护士忙说了一句："是患者的太太吧？要注意休息啊，这可是个长期战。"

简皎月听着有些呆滞地点了点头，道了声谢。

破晓时分，这座医院反倒难得消停了下来。

查完最后一班房的护士已经离开，走廊的感应灯也暗了下去。

简皎月坐到病床边上看着裴书临，他本就是周身红尘烟火气极为浅淡的人。

这张脸在沉默时最出尘，明明是寡言寡欲的人，骨子里良好的教养却又掩饰了那份生来的凉薄。

她脸贴在裴书临冰凉的手腕上，感受到脉搏的微动，轻声说："快点醒啊，我想带你回家。"

这几天裴书临的病房无疑最热闹，各种平时在电视里才能见到的领导来探视。

简皎月漠然地看着人来人往，没有特地迎客，只是按时把送来的花插进花瓶里养着。

她几乎把病房当成家，没有请护工，凡事亲力亲为。

安纯和骆天哲来过几次，虽然看她疲惫，但又不知道以什么理由来劝慰她。

近半个月过去，裴书临依旧没醒。而简皎月离开去领感冒药都能听见楼道口有小护士把她当八卦聊。

"最里面那间躺着的是个外交官吧？听说前段时间好多记者联系想过来采访来着。"

"他老婆好可怜，不知道能不能醒过来……长得帅有什么用，天天闭着眼睛睡，她这跟守活寡有什么区别？"

"是啊，趁现在年轻漂亮，说不定二婚还能再嫁个好人家。"

"也别说这么早啊，之前我接手过一个脑梗病人，昏迷两个月都醒了，现在就跟没事人一样……只要有钱在重症病房里耗着，谁说不会有奇迹呢。"

"确实，医院待久了什么都见得多。"

"对了，你们知道 608 号床家里的事吗……"

话题转到其他人身上，听完别人聊自己的闲话，简皎月倒也没有其他感受。

这些天来，她的情绪已经极少有变化。

这天下午，简邵和简皑雪倒是来了一趟医院。

恰好裴书临的父母也都在病房，两家人打了个照面。

简皎月把他们送过来的礼品收好，突然听见简邵在说些不太中听的话。

原本他们只是来看望的，但简邵字里行间在暗示如果裴书临醒不来，那他们的婚约或许可以放弃。

简皎月站起来就把简邵拉到门外去，临走前还示意简皑雪帮她在裴父裴母面前解释。

虽说这过河拆桥的做法有些不地道，但简邵对这件事的态度非常强硬："爸爸是为了你好，这也是你妈妈的意思。你要是担心裴家不同意……"

简皎月打断他的话："他们会同意。"

"你是说他们同意你离婚？"简邵错愕了片刻，继续说，"皎月，你一直是爸爸的好女儿，联姻这件事是爸妈做得不好……你妈妈知道裴家那孩子的事情，也托我说了，只要你想离婚，我们一定会支持你。"

因为是在为她考虑的基础上说这些话，简皎月不能去责怪他们。她垂下眼睫，说："我不想离婚，我很爱他。"

"你当时不是不乐意吗？"简邵着急道，"闺女，现在不是说爱不爱的时候，他人都昏迷大半个月了，你还这么年轻，难道要干等着？"

"我愿意等啊。"眼眶有泪掉落，简皎月抬起头，笑着道，"爸爸，我好傻的。我不知道他在我看不到的时候等了我好多年。"

现在的简皎月，已经不会像小时候那样纠结妈妈不够喜欢自己了。年幼时喜欢吃的棉花糖，长大后吃只会觉得过于甜腻。

人可以抱怨自己的原生家庭不好、不完美，但绝不能以此为借口，连让自己获得幸福的权利都被剥夺。

简邵像是被她说服，默默地回了病房向裴家人道歉。

简皎月站在消防通道那儿缓和了一会儿情绪，正要出去时看见转角处一个小护士正盯着她看。

小护士见简皎月看了过来，吓得一哆嗦，装模作样地拿起手机放在耳边，嘴里说道："喂？是啊，妈妈……我上次就说那个静善寺很灵。"

"等一下。"简皎月在她抬脚转身时喊住了她。

小护士战战兢兢地转过身，未打先招："对不起，对不起，小裴夫人，我不是故意在这儿偷听的……是不小心听见你们说话。"她身后还有吃到一半的外卖，应该是没有说谎。

简皎月笑得温和，一双美眸潋滟生姿，问道："我是想问问……你刚才和你妈妈说的静善寺是不是真的很灵啊？"

简皎月挑了一个不太好的日子去拜佛，天气预报明明说不会下雨，但苏润硬是往她包里塞了一把伞。也幸亏有这把伞，她走到山腰阶梯那儿时才没有被淋成落汤鸡。

青山巍峨，秋雨淅沥。

廊柱分立支起庙宇，佛塔高耸入云，经幡随风飘荡。

雨天来拜佛的人不多，就连门前撑着伞的扫地僧人也惊讶地多看了简皎月几眼。

简皎月挂上香囊时，飞檐上的雨水从她雪白的后颈滑下，她已经漠然到没有什么反应。

殿内几座金身佛像盘坐着，香火缭绕。烛光照亮两边的幔帐，着黛青色衣袍的僧人正在敲钵念经。

地藏菩萨常说众人在世，皆在种因得果。他入佛道，只为普度众生：愿求者得愿，愿苦者得乐。

简皎月这一生太恣意自由，回首过去种种：离经叛道，百无禁忌，鲜少有过信仰二字。但若是菩萨真有灵，可否低眉看她一眼？

潭水悠悠，山寺日晚。

佛殿后堂隐约放着《大悲咒》，僧人的念经声伴随着钟声暮鼓。

清风刮乱她面前的香灰和红纸，世人宏愿也皆被刮散。

熙熙攘攘的香客来了又往，不知道菩萨今日还愿意再听几个人的愿望。

跪在蒲团上的女孩虔诚叩首，不求红尘姻缘，不求名利富贵，只求她所爱之人，喜乐平安。

七月底，原先留学时购买的公寓中介给简皎月发来邮件，让她处理房子紧急出售等事宜。

飞机降落，正是暑假旅游旺季，陌生又熟悉的航站楼里有不少中国旅客的面孔。

简皎月打上一辆车去之前买的公寓那儿，路上恰巧接到了安纯打过来的电话。

她靠着车窗，一缕碎发从鬓角掉落贴在嘴角：“恭喜啊，新娘子，回去就把礼金给你补上。”

“不用补什么礼金啦！这场婚礼都是你的工作室免费做的，我觉得这个场面实在太棒了，宝贝儿！”安纯看着满室星光，兴奋地说道。

“应该的，没想到你会突然结婚啊，早知道我就不挑今天出来了。”简皎月淡声道，“安纯……恭喜你和我一样，步入人生第二阶段。”

“你说得这么严肃干什么，我和老季都没怎么认真，和你的情况不一样啦！”

安纯的心情似乎不错，订婚好几年总算和那位“塑料”未婚夫走进婚姻殿堂。

简皎月叹了一口气：“虽然这话不中听，但我还是想说，建立在利益上的婚约真的不应该存在，所以我安排人在你的床底放了一双跑鞋。”

半晌后，安纯哑然失笑：“还真有！你还会给我多少惊喜啊？”

简皎月也跟着笑。

“可惜啊，今天保安这么多，跑是跑不掉了。何况季其野还新买了一辆跑车，我怕我连酒店大门还没跑出去就被他丢进副驾驶座上了。”安纯跷着二郎腿，把话题一转，“对啦，你没忘记要给我带什么吧？”

简皎月撩开头发，总算正经了一点：“记得，你偶像的签名合影嘛，小意思啦，我现在就去公寓里把这些旧物件收拾出来。”

电话那边传来长辈喊安纯过去的声音，她也不好再耽搁：“好，那先这样了，晚上闲下来就给你发照片。”

简皎月点头：“嗯，新婚快乐。”

安纯却突然莫名地叹了口气：“皎月啊……”

“别说那些掉眼泪的话！”简皎月赶紧给她提个醒，“赶紧去照照镜子，眼妆防水不防泪。”

她挂断电话，把车窗降到最低。

夏末的凉风吹拂到她脸上，在这里随处可见乡村牛仔文化。两边街道房屋并不高，经过几家烤肉店时，空气中都带着几分烧烤的香味。

司机等红灯的时候往后视镜看了一眼这个漂亮的女孩。

睫毛密长漆黑，顺滑的一头黑发披在肩后，鹅蛋脸弧度流畅，净白手掌张开半覆着额角，一双微微扬起的笑眼盛满细碎阳光，那分明是个自由浪漫的姑娘。

但他细心地看见了简皎月无名指上的钻戒，闲聊般开口，十分热情地说着天气很好。

简皎月目光眷恋地看着熟悉的街区，轻轻地点头。

是啊，恰逢夏阳灿烂，而她在风华正茂的年华里，正享受着这好天气。

签完转售公寓的合同后，简皎月把行李和答应带给安纯的东西一起先邮寄回B城，又回了一趟曾就读了四年的大学。

最器重简皎月的那位设计专业的玛琳教授刚过五十大寿，教授知道简皎月来了十分高兴，特意在附近的商业大厦顶楼订了一桌烛光晚餐。

简皎月是第一次来这座网红大厦吃饭，读大学那几年太穷，她在校内兼职做好几份工作。后来毕业那一年又极少回学校，跟着带她入门的前辈到处出差。

侍应为她们倒上朗姆酒，玛琳教授晃着高脚杯和她提起往事："简，回国这一年里，看来你过得很开心。"

简皎月偏了偏头，很是俏皮地问："何以见得？"

玛琳教授努努下巴，示意她手上的婚戒很耀眼："你当初和我说要回国结婚，我还以为你是在开玩笑。"

毕竟很多被她带出来的学生最后都坚持不下去，都宁愿回国继承家业。

简皎月抿唇一笑，把手机照片打开递给她看，介绍道："这是我丈夫。"

"很帅，和你很般配。"玛琳教授对眼前这张爱徒的婚纱照一点也不吝啬夸赞，又说道，"我记得刚见到你的时候，你的眼神很空洞，对很多事都提不起兴趣，像个被世界丢弃的委屈小女孩。”

简皎月问：“现在呢？”

玛琳教授挑眉：“也许是位幸福的婚后太太。”

夜幕降临，大学城附近已经是灯火一片。

这块地没有高楼林立，一条环绕着城市的河流像是蓝绿色绸带。

她们用完晚餐后，玛琳教授将简皎月带到顶楼的玻璃墙一角，说：“站在这处，可以俯瞰校园，尤其是我们系的教学楼。”

简皎月顺着她的手指方向看过去，院校楼层低平，唯有草坪上那根国旗杆子和主楼顶上的长柱形石碑最为瞩目。

她是第一次以这样的角度平视那块长柱形石碑，盯久了反倒越觉得熟悉。

简皎月鬼使神差地找到裴书临的微信，点开她第一次见就觉得有些眼熟的头像。

那座建筑，正是她大学主教学楼的石碑一角。

察觉到身边的人低下头久未抬起，玛琳教授问她：“简，你怎么了？”

简皎月脸颊微绯红，带着晚霞倒映的粉色。

她看向那座石碑，眼神平静，回道：“没什么，我只是确定了一件值得高兴的事。”

原来在她颠沛流离的那几年，他一直默默地在她身后看着她。

裴书临是在他昏迷后的第五十天苏醒的。

那天下午，艾媛给简皎月传来一份中式婚礼策划案。

简皎月起初还以为是艾媛接的私活，毕竟这是一份和新世纪风格完全相悖的婚礼策划案。

没有奢华夸张的宝石吊灯，没有极尽奢华的装潢摆设，而是简约大气的三书六礼、十里红妆。

彼时，她正在病房外的阳台上，抱着笔记本回复艾媛说创意不错，希望她第一次自己想的策划案能够做得更立体一点。

回复完消息，她又把其他几份需要确认的工作处理完，而后走回病房里，自言自语地说着话。

“过几天不是就入秋了吗？怎么还这么热啊。”

“这箱车厘子是谁寄来的？不会是晚葭姐那边寄来的吧……不过也可能是温三……”

“啊，又忘记给花浇水了！”简皎月碎碎念地往回走，拿过花洒喷着阳台上养了近一个月的十几盆玫瑰盆栽。

这一排盆栽已经成了重症病房里唯一一道旖旎风景，红色卡罗兰、粉色黛安娜、白色坦尼克、香槟、小雪山……

就连医生也说每每走进这间病房都会有眼前一亮的感觉。

其实言外之意就是说简皎月是少见的乐观家属之一，在这类病症里，对待久病在床的病人，家属再深的感情都会被消磨殆尽。

而简皎月已经渐渐习惯了病房里只有她自己的声音，反正说上百句也不会得到回答。

可她总是不长记性，偶尔要问上一句“裴书临你觉得呢”，空无回应会让她无端地愣怔好一会儿。

她把更多的时间花在了陪护上，裴父裴母怕她辛苦，请了好几位专业人士做烦琐的清洁护理工序。

于是简皎月照常工作与生活，也照常忙着保养和社交。

一直到晚饭后两个小时，艾媛给她打来一个电话。

“老板，晚上好！”

“嗯，怎么了？”简皎月拿着湿润的棉签放在裴书临干涩的唇上擦了擦，拿起手机去阳台那儿的椅子上接听。

艾媛支支吾吾地说道："就是关于我发给你的那份策划案……不是我写的。"

简皎月猜测道："那是大东写的还是那个新来的总监？"

"都不是，是……是裴先生。"

简皎月呆滞地微微张开嘴："啊，谁啊？"

"是裴书临先生。"

裴书临出国前不知道从哪儿加到了艾媛的联系方式，和她约定好趁简皎月不在工作室时通知他一下。

这位年轻英俊的外交官在某个和风熹微的下午走进了工作室，那是他们第一次接触到老板身后的男人。

那位裴先生身着黑色外套，一副清清冷冷的气质，气场很强。好在他有一双温柔的眼，让人情不自禁就心生好感。

艾媛记得当时他还谦逊地说他没有什么浪漫细胞，比较无趣。他找了不少他们工作室的视频看，实则全是简皎月担任主策划的婚礼视频。

就像是一个"直男"有些愚笨地在讨女友欢心，尽他所能地去了解她的喜好一样。

艾媛纠结地说："策划案是裴先生自己提的，我和大东几个人只是帮忙完善……因为这位客户比较特别，虽然客户要求保密，但现在也只能把完整的方案发给您了。"

"谢谢，我知道了。"

简皎月把手机放到桌上，坐回床沿。

裴书临依旧沉睡着。

简皎月摸了摸他柔软的头发，凑到他耳边小声说："喂，这么说我还欠你一场婚礼呀。你都交钱了，不能毁单噢。"

说完她又觉得有些幼稚，不满意地撇了撇嘴。她心想：裴书临真是个不负责任的大骗子，怎么连布置婚礼场地这种任务都甩到了她手上……

夜间查房的护士刚走，病房里没有开灯。

起初只是放在他掌心的手指被拨动，简皎月以为是她的错觉。她这些天经常被自己的幻想弄昏头脑，可当手背也被那只宽大的手掌轻轻包裹住时，她猛然抬眼。

裴书临抬起眼皮，望向她的目光温和而安静，声音因为太嘶哑干涩、久未开口而出不了声。

他只能望着她，眨了眨漆黑的眼睛。

“你醒了吗？”简皎月难以置信地反握住他的手，力道不敢握得太紧，她的唇开合几下，嗓音都有些抖，“裴书临，我好想你啊。”

她没有彻底惊慌过头，连忙按了床边的紧急铃。随后，她俯身抱住他精瘦的腰，脸和他的脸相贴。

简皎月吸了吸鼻子，明明每天都存着一腔话想和他讲，可这一刻她只顾着低声哭泣。

眼泪滑落到他的唇边，裴书临尝到味道，是咸的。

手指尽可能地活动，他挠一挠她纤细的手腕，似安抚一般。

温存不到半分钟，鱼贯而入的医护人员迅速把她挤到一旁。

开了房间里的灯，一群专家从仪器显示的数值开始分析，医生又拿起听诊器贴近他的心脏。

简皎月在百叶窗那儿有些拘谨地站着，脸上的担忧和胆怯毫不掩饰，猝不及防地对上裴书临侧头看过来的视线。

他这些天不能进食，全靠输营养液维持生命，以至于本就瘦削的脸又小了一圈，肤色苍白，有一种单薄的脆弱感。

明明她是想笑给他看的，却笑得比哭还要难看。

一直以来，简皎月在别人眼里有令人着迷的高光，年轻妖艳的皮囊。可他只见到她的笨拙善良，也偏爱她庸碌平常时的凡人模样。

隐没在云端的星星发出微小的光，无声的夜色中，裴书临静静地看向窗沿边那片皎洁的月光，此刻它终于笼罩在他的身上。

# 第十一章

## 义无反顾地奔向你

裴书临结婚前一天，卫浙他们这群好友在会所为他搞了一个告别单身的派对。

美酒美人，纸醉金迷，这哥们儿愣是没看一眼。

其实一开始没人知道他要娶的是哪家女儿，B 城的朋友对他在江城待的那三年并不了解。而大学四年到他上研二，他的朋友也没见他身边有哪个适龄的女孩。

后来看他结了婚，大家默契地想着可能是联姻吧，虽然他们这些人的父母都比较开明，早就不流行这套婚姻绑定生意的招数。

但裴书临都没有反对，他们也不好插手。

比他年龄稍长两岁的江晚葭被一群人派去打听情况，她端着一杯香槟过来：“恭喜啊，新郎官。”

“叫什么新郎官？”裴书临指间夹着一支烟，他把烟摁灭在青玉烟灰缸里，表情淡淡地补充道，“又不会办婚礼。”

江晚葭晃着高脚杯里的酒，有些吃惊地看着他：“还有让你裴书临上赶着求一场婚礼的姑娘？看来是旧相识啊？”

他没有承认，也没有否认。

裴书临在这群老友眼里从小就是会弁如星的翩翩贵公子，成年后也没什么变化，依旧是皎如玉树的谦恭君子。

他遇事淡然沉着，极少有不稳定的情绪出现。因此，大家也看不出他此刻的心情如何。

江晚葭换了个问法，斟酌道：“是旧情人？”

裴书临端起酒杯和她碰了碰，示意她镇定一点。

江晚葭实在没法正视这位弟弟了，明明是一块儿长大的，真是看不出来啊。

江晚葭原本还没有多大的兴趣，听到裴书临这么一说，顿觉有故事。她把酒杯放在一旁，一脸认真地问：“那姑娘人什么样？能勾搭上你，了不得啊。”

裴书临皱眉，纠正她的措辞：“不是勾搭，是我自愿。”他抿了一口酒，目光有些涣散地看向杯中的液体，“她是个很招人喜欢的女孩，我记得以前，他们班不管男生女生，都很喜欢她。”

“有点本事啊。”江晚葭挑挑眉，“是不是长得漂亮，还特会玩儿？”

裴书临微微点头：“算是吧。”

江晚葭“啧”了一声：“是特漂亮，还是特会玩儿？”

“两者都有。”他垂眼想了想，说，“但这不算什么优点，很常见。”

江晚葭不赞同地说：“我的乖乖，一个漂亮女孩子被男生喜欢很正常，能被女生喜欢才叫厉害啊。”

“何出此言？”

江晚葭缓缓地开口：“你想啊，她漂亮，还会玩儿，在男生眼里就是个香饽饽。根据我的经验，一般异性缘太好的女孩子在女生群里会被排斥，如果女生也喜欢她，这就说明这是个很会处理人际关系的宝贝啊。”

裴书临若有所思，不知道想到什么，突然笑了，说：“那时候年纪小，不会想这么多。我只觉得她爱和别人出去玩，没把我放在眼里。”

“哟，你占有欲还挺强的。”

“我也没想过自己会那样。”裴书临抿着唇，似乎想起过往，连心情都好了一点。

江晚葭笑了笑，又道：“那你们后来怎么样啊？”

“她出国读书去了……”裴书临脸色清冷，笑意收敛了一点，“没再回来过。”

江晚葭接过话，猜测道：“然后这次她家里的公司出事，又来求你帮忙？”

裴书临摇头：“她没找过我。”

十几岁时的感情对恣意的女孩来说可能就像过家家，不问家世背景，只顾着眼前的欢喜，哪里会涉及利益？

江晚葭听了直咋舌，没想到他们这堆人里还有情种。她不由得问道：“她就这么好，让你记挂了这么多年？

裴书临身子往后仰了仰，靠在沙发上，坐姿闲散，说道：“也没多好。在我面前很娇气，性格任性又霸道，一个劲……要面子，还经常欺负人。”

江晚葭听着裴书临的形容，明明是缺点，在他嘴里却跟优点似的：“所以你是不甘心，现在想把人娶回来弥补遗憾？”

这话说完，江晚葭就看见眼前的男人沉默下来。她发麻的舌尖顶了顶腮帮子，觉得这话说得太快，没过脑子。毕竟像裴书临这种修养的人，就算是为了解一口气，也不会容许被人这么直白地指出来。

裴书临沉默的时间有点久，久到江晚葭觉得他可能不会回答这个问题。她正要起身离开时，他却突然开口了：“不是。”他沉声回道，认真地重复了一遍，“不是为了弥补遗憾。”

总有人觉得留恋过去的人只是因为留恋过去那段回不去的青涩岁月。就像一次同学聚会，能让你对很多人都有所改观。而见到前女友，也是同一个道理。

她出国后的一年多里，那些充满乱七八糟的回忆的夜里，裴书临也不是没拿过这段话安慰自己。

简皎月天性不羁，个性洒脱，也许只是把他当成了一个可以攻略的对象。玩够了，腻了，转身就离开了。对这样伤害他感情的女生，有什么好怀念的？

怀着这样强迫自己对她放弃、不屑的念头，他却在某一天买了一张飞往M国的机票，下飞机后便打车去了简皎月就读的那所大学。

意料之中，她过得挺好的。

裴书临看到她和她的同学吵吵闹闹，说着要去吃哪家墨西哥快餐厅的塔克。

从见到她的那刻起，裴书临才知道自欺欺人的谎言是如何不攻自破的。

年少时不能一厢情愿地把心全都交付出去，因为那时太年轻，很多事情都会刻骨铭心。

他是走在风中丢失半缕灵魂的人，而简皎月是那座长明灯塔。找到她，自己才终得完整。

哪里是那段青涩的时光可贵？分明只有她最可贵。

大一到大二这两年，他频繁地在两地奔波来往。他偶尔能在图书馆遇到她，偶尔看到她和朋友外出约会……可大多时候，他运气没这么好。

裴书临只能在远处眺望她的学校，无聊无趣，又不肯放手。

后来，裴父以为他沉溺于拉斯维加斯的赌场，三番五次找机会劝他把心思放在正事上。

他一身傲骨，却被她无情地丢弃。

在不知道多少次只能远远地看着她笑的时候，裴书临终于决定回归自己的生活。按部就班地，在见不到她的日子里又过了几年。

不知道她是否顺利毕业工作、是否婚恋……

但他还是一如既往，生活平淡无味。别人眼中前程似锦的未来，于他而言不过是得过且过。

直到他听见父亲和下属谈论工作时，聊起了江城那位富商大贾。

像是冥冥之中自有安排，他抓住了这次机会。带着不确定等各种心理，他领着她一起跨进了婚姻的大门。

撤侨时有外交官受伤一事起初并未在网上放出消息，直到裴书临进入康复期，这一消息才在世人面前曝光。

裴书临出院前几天，病房里来来回回全是记者和相关领导。做采访的记者离开后，裴书临听许徉说起简皎月在大使馆的壮举。

“听小筠说，嫂子站在会议室里舌战群雄，把一群闹事的家属说得无地自容！”

“她那天也把咱们部的秘书长吓了一跳，说头一回见外交官夫人这么厉害的……”

裴书临一边听一边笑，扯得伤口隐隐作痛，忍不住咳嗽起来。

许徉见他咳嗽，赶紧劝道：“裴哥，你别太激动啊，这好不容易快出院了，要是笑出点什么毛病，我可担待不起！”

说完，许徉给裴书临掖了掖被子，又给他倒了杯茶。

许徉环顾了一下四周，才问：“嫂子呢？这两回过来，我怎么都没见到人？”

裴书临脸上的笑意慢慢收敛，他抿了一口茶，答道：“不知道。”

他醒来的一周里，做基本的康复治疗时，简皎月都在身边陪着。等他身体渐好，能交谈和自理了，她反倒把照顾他的事情全扔给了护工。

他这几天听到的关于她的消息，不是在亲友嘴里，就是在同事嘴里。

裴父说她在见到离婚协议书时不卑不亢，条理清晰地拒绝了这份协议书。裴母说她为了照顾他寸步不离，凡事都亲力亲为。现在他又听见许徉说她在外交部如何冷静地劝导侨民的家属们……

这些人嘴里的简皎月，坚韧稳重、大气玲珑，于裴书临而言无一不是陌生的。

许徉见他反应不太对劲，暗暗地咂了几下嘴，打着马虎眼儿：“没事没事，总不能跑了的。你昏迷的这一个多月里，嫂子有多难过又有多坚强，大家都是有目共睹的！”

“嗯。”裴书临淡声应了一句。

晚上医生查完床，护工也离开了病房。来来往往的摄像机撤去，各种礼盒都堆在墙角，热闹了一天的病房总算彻底安静了下来。

裴书临躺在床上假寐，直到外面的走廊上再无脚步声响起。

他缓缓地睁开眼，目光投向白茫茫的天花板。而后他拔掉手背上的针管，单手把皮带扣上，披了一件外套准备出去。

他的手刚放在门把手上转动了一下，就感觉到好像有人从外面推门。等到两个人之间隔着的那扇门被推开，裴书临才知道不是他的错觉。

门外的简皎月刚好奇地探出头，后颈就被他温凉的掌心握住。

带着夜里冷空气的冰冷温度，一点点地汇聚在她的皮肤上。

简皎月呼吸一顿，听见耳边传来男人沉哑的声音："夜袭病房？嗯？"

她手上还拿着一份皮蛋瘦肉粥，下巴被他长指抬起，被迫与他对视。

病房里光线昏暗，只有从门缝里渗进来的几束走廊上的灯光。

男人站在光影分割处，身形修长，侧脸轮廓分明。他喉结微动，给了简皎月一个结结实实的拥抱。

简皎月把手上的那份粥举高了点，在他怀里闷声道："裴书临，你再不松开手，就要失去一个美丽智慧的老婆了！"

裴书临的手松开了一点，只是仍未放开她。他把人带进屋里，病房门关上时发出"砰"的一声。

她似乎又瘦了不少，细腰盈盈一握。

黑暗中，两个人额头抵着额头，鼻尖相触。

这仿佛是一次全新的见面。彼此瞒着的事情都阴差阳错地被揭开，两人毫无秘密地坦诚相见。

简皎月虽然看不清他的眼睛，但总觉得男人的视线一直停留在她的脸上。她清了清嗓子，手握成拳推了推他的肩："干什么？"

"你怎么才来？"裴书临低头，表情恹恹地把下巴搁在她的肩上，"我正想回家找你。"话语里不乏疲惫。

简皎月愣了一下，垂下眼："谁告诉你我在家？"

"那你去哪儿了？"

简皎月泄了气，在阒寂的夜里开口道："我去反思了，反思我们这段婚姻。"

裴书临缓慢地眨了眨眼睛，然后站直身体，问道："然后呢？"

简皎月背靠着门，仰起脸盯紧他，说："然后我觉得自己很失败……结婚是你要求的，离婚协议书你也准备好了。你从来都是一个人就决定了所有的事情，我在你眼里是不是很像个傻瓜？”

她会说这话，在他的意料之中，又在他的意料之外。

裴书临的头低垂着，他伸手摸了摸她的脑袋，回答：“不是。”他垂眸望着她说，“我很心疼我们皎月。”

从裴父那儿了解到孙妤的事情后，裴书临便理解了她为何会选择不告而别。

受一点委屈就会哭的女孩儿，出国后却要强迫自己长大。刚满十八岁，就要被迫接受自力更生的现实。

对裴书临，她不是放弃了，她只是自顾不暇。

她已经做得很好了，没有人是那时候的简皎月，所以没有人能责怪她。

从来没有人对简皎月说过这句“很心疼我们皎月”。

知道自己的身世后，她尽可能让自己变得独立、完美，几年后也并未落魄潦倒。但只有裴书临会想到她那几年过得有多艰难，也只有他才会心疼她。

一个人被雨淋湿，只能继续往前跑。她也不是无坚不摧，只能本能地为自己竖起一面抵挡刀枪的屏障。但当有人前来给她撑伞并给了她一个安慰的拥抱时，屏障便瞬间破碎，眼泪也即将决堤。

简皎月的眼眶发酸，她抬手抱住他的腰：“你不要因为生我的人很糟糕，就不喜欢我。”

因为有不堪的出生，她在最喜欢的人面前还是会自卑。

裴书临低头，唇蹭到她耳郭上，低哑的嗓音轻微震动着她的耳膜：“我的皎月很棒，和那种人从来就不一样。”

简皎月撇了撇嘴，觉得他这话像是哄小孩的。她才哽咽了一下，覆在她脑后的手就往上抬，指尖插入她的发丝。下一秒，他温凉的唇寻了过来。

在黑暗的环境中，呼吸也变得更为敏感。

简皎月配合着抬起下巴，顺从地张开嘴。握着她后脑勺的手掌逐渐往下，停在她雪白的后颈上，不轻不重地揉捏着。

只是这个绵长深入的吻在身后那道门突然被推了一下时不得不中止。

是护士长来换药瓶，她推了一下门没推开，又推了一下，嘴里嘀咕道："怎么回事，门怎么推不开？"

反应过来的简皎月吓了一跳，舌尖直接磕到裴书临的牙齿，疼得她眼里都泛起泪光。

两人仓促地分开，裴书临伸手开了灯，正要看她时反被瞪了一眼。简皎月指了指门口，示意先让人进来。

门推不开本是因为裴书临手掌撑在那儿挡住了，护士长在门口急得快要打电话喊保安过来撬门了。

这会儿从窗户那儿见到里面开了灯，护士长才喊了一句："裴先生？这门好像坏了，您试试能从里面给我打开吗？"

房间一亮，简皎月那张绯红的脸看得更清楚。她走过去把裴书临的手扯下来，打开门，不好意思地笑着说道："抱歉，刚刚我在换衣服，就把门锁住了。"

"哟，是小裴夫人来了啊，今晚在这儿陪床吗？"护士长拎着药瓶进来，和善地笑了一下，没有对她的说辞起疑。

简皎月看了一眼已经躺回到床上的裴书临，她抿了抿唇，点头道："嗯。"

"你们夫妻俩感情真好，前段时间累坏了吧，好在马上就可以出院了。"

护士长一边闲聊，一边拿出药品，正要换药时却发现之前那瓶葡萄糖还剩一大半没挂完。她奇怪道：“这怎么回事啊？您把针管拔了？”

裴书临对上她凌厉的视线，用商量的语气问道：“营养液能停了吗？”

“这得问医生，不能说停就停了啊。”护士长碎碎念道，说着苦口婆心地说，“像您这种昏迷了一段时间的患者，最缺的就是营养了。除了饮食上的补充，输液也不能停……”

一边的简皎月听着觉得有道理，点头附和道：“对，不能停。你躺在那儿睡了这么久，身体是该好好补一补。”

“输液是没什么大问题，只是把手背弄得青一块紫一块的，实在是不太好看。”裴书临说着，把手背朝简皎月伸了过去。

刚才房间昏暗，简皎月没注意到他的手。此刻她凑近了才发现，原先裴书临骨节如玉、修长干净的一双手，因为长期输液，手背惨不忍睹。

她眼里的不忍太明显，简皎月握住他的手反复看了好久，指腹在上面轻轻按摩着。之前裴书临昏迷的时候，她就有注意护理他的手，她没来的这几天，显然护工没注意到。

这才几天，原本好端端的一双手怎么就变成了这样，一大片青青紫紫的，看着就疼。

简皎月立马把之前说的话抛到了九霄云外，倒戈向着病床上看上去神情恹恹的男人：“护士长阿姨，今晚就不输液了，行不行啊？”

护士长心想：瞧瞧，一个大男人在清醒时连拆线都没吭声，却为了手背上的瘀青在媳妇儿面前撒娇。

偏偏这小媳妇儿还挺上套，才看几眼就开始心疼了。

眼见这小两口统一战线，护士长在心里闷笑不已。她吃饱了这对年轻夫妇的“狗粮”，才离开这间满是酸臭味的病房。

简皎月完全没察觉到裴书临是在装可怜，她握着他的手揉了又揉："不行，明天我就跟医生说一下不输液了……再打下去手都该废了！"

裴书临反手握住她的手，问道："那你呢？"

"我什么？"

"给我看看。"裴书临说着，两指轻抬起简皎月的下巴，捏开她的嘴。他突然俯身亲下来，舌尖慢慢地舔舐了一下她磕着牙的那块地方，"还疼吗？"

简皎月没料到他会有这样的举动，呆滞了好几秒才闭上嘴巴，推开他，结结巴巴道："不……不疼了。"她咂了下嘴，起身把刚带来的那碗粥拿过来，"你吃晚饭没有？"

"没有。"

简皎月有些懊恼："啊？可是我只做了一份粥，本来只是想带过来让你尝尝味道的。"

裴书临怀疑道："你做的？"

这话说得实在欠扁，简皎月瞪眼，佯装生气："你什么意思？担心我做不来？"

裴书临察觉失言，立马求生欲满满地道："怎么会？你多才多艺，不用我担心。"

简皎月轻哼一声，傲娇地把食盒打开，又将床上的小桌板放下来，故意为难他："那你说说我怎么多才多艺了？"

她只是随口一问，但裴书临答得非常认真，背靠着枕头看着她说："高中的时候你就古灵精怪，聪慧过人，老师同学都很喜欢你。大学还拿了奖学金，这说明你学习很认真，门门功课都努力。你办的婚礼策划工作室在业内也很出名，这说明你很有商业头脑。你还能为外交官辩驳，看得出有好好了解丈夫的职业……还会为我熬粥……”

他话没说完，就被简皎月拿手捂住了嘴：“别说了别说了。”

她很久没听过这种正儿八经的表扬了，脸微微一红，把勺子递给他：“快点吧，时间不早了，吃完早点睡。”

“我说的还只是千分之一。”裴书临一点也不觉得他形容得有多夸张，他摸一摸她的脑袋，“你在我心里很好，很厉害。”

简皎月撑着下巴催促他喝粥，心率都不齐。她清楚自己是不禁夸的人，特别容易翘尾巴。偶尔能听见裴书临这样的称赞，她的心情确实好了不少。

喝完粥，简皎月把东西收拾了一下，便让他先去洗漱。

也许比起其他人漫长的等待，裴书临昏迷的那点时间根本不算什么。但只有她能清楚地记得每一天是怎么过的，每一天有多虔诚地期盼他能平安醒来。

裴书临醒了后，她陪着他慢慢做康复训练，在他不能说话的那段时间里避免和他交流。就算是说话，她也只是和他分享一些无关紧要的事情：安纯结婚了，知知新交了一个小男朋友，晚葭姐上回和卫淅打了一架，爸妈出去旅游了……

没人教过简皎月该如何打理婚姻和家庭，她在生她的孙妤那儿只看到了自私自利。

在简家这二十几年里，感受到的亲情也很少。但她没有长成小时候不喜欢的样子，也没有成为一个糟糕的大人。

“裴书临，我突然想起以前的事情……”简皎月站在浴室门口，靠着墙忐忑地问他，“那个时候，你为什么会答应我啊？”

简皎月觉得那时候的自己其实挺刁蛮任性的，就像骆天哲说的那样，她除了脸能看，也没其他优秀的地方。

而裴书临从来就不是一个看脸的人。

裴书临洗过脸，用毛巾擦了擦眼角眉梢的水珠。他抬眼看向镜子，恰好能看见门口的简皎月探出半张脸望着他。

他低眉思忖片刻，嗓音淡淡的，站定在那里说："其实一开始注意到你，是因为觉得你很可怜。"

简皎月猛地跺了跺脚，难以置信地指着自己反问："我吗？你觉得我可怜？"

其他时候她不敢说，可在简家的那十几年，她要风得风，要雨得雨。

全校乃至半个江城，谁不知道她是简邵的心肝宝贝小女儿？

就连她自己后来在国外留学那几年也常怀念那时候的风光，可裴书临居然会觉得当年的她很可怜？

裴书临看着她惊讶的表情，转过身来看着她，轻笑出声："这个理由有那么难以接受？"

简皎月一字一顿，表情难看："你觉得呢？"

别人对对象说的心动理由不是夸对象外貌姣好就是称赞其品行高洁，他倒好，用同情的语气来了一句"觉得你很可怜"。

简皎月瞪着他，控诉道："你当你是慈善家啊？就因为我可怜所以才多关注我？"

他眯了眯眼，把人从浴室门口拉走，轻描淡写地问："那我怎么不觉得别人可怜？"

裴书临记不清第一次注意到简皎月是在什么时候了，可能比他认识她更早吧。

似乎是在高一某次月考后的家长会上，那天同时也是校园开放日。家长们来来往往，校领导忙得不可开交。

在各路和和美美的家庭里，裴书临不经意间瞥见了侧门墙角那儿的女生。

她似乎在和家里人抱怨没来参加她的家长会，但对面的人没什么耐心，半分钟不到就挂了电话。

女生气得掉眼泪，可下一刻看见有朋友过来找她，她立刻擦干眼泪，扬着笑脸蹦蹦跳跳地挽着朋友的胳膊出去了。

在那之前，简皎月在裴书临眼里只是"那群爱玩的同学之一"，但很稀奇的是，看见她有不为人知的脆弱一面后，裴书临居然觉得笑起来这么美好的女孩子，是不是不应该为一些没必要的事情哭？

她漂亮勇敢，鬼马天真，这样的小公主就应该每天都开开心心的才对。

听他这么一解释，简皎月勉强好受了一点儿，但还是不满意："我还以为你是被我的个人魅力迷住了呢！"

"比如？"

"比如我骑马和击剑课每次都是前几名啊，赢了之后一大堆朋友把我抛上天！还比如我带着骆天哲他们一帮男生到隔壁一中去英雄救美，一脚踹倒他们学校那个欺负学生的大壮哥！"

简皎月讲起自己以前的"英雄事迹"可得意了，一脸骄傲，口若悬河。

裴书临听她讲完，沉思了片刻，认真地问："这些事……要我说真话吗？"

简皎月从他的表情上已经看出"真的很幼稚、无聊，还傻"这几个形容词。

往他的床上滚了一圈，她做了一个"闭嘴"的动作，示意他：你最好还是别说话。

他笑得宠溺而不自知，若有所思地点了点头："早知道我就把这些事记进备忘录里，时时刻刻提醒自己了。"

病房的病床很大，足够容纳两个人。

简皎月爬到他起先睡的那个位置，拿起他床头上的手机一边打开浏览器，一边说："是不是后天就能出院了？我查查你该吃点什么补……"

话音戛然而止，因为浏览器上好几条历史搜索记录映入眼帘——

求婚餐厅选什么样的比较好？

女朋友突然被求婚会给出什么反应？

求婚戒指是不是该比结婚戒指小一点？

这都是些……什么奇奇怪怪的问题？简皎月犹豫了会儿，抬眸看向他。

裴书临本来听着她说话，见她停了嘴反应过来，快步上前拿走她手上的手机。

果然，被发现了。

简皎月有点尴尬地问："你要求婚啊？"

"不是。"他把手机扔开，坐在床沿上否认道，"是一个朋友。"

她迟疑地歪了歪头，问道："你哪个朋友？"

他信口胡诌："江辙。"

这个名字好像有点印象，简皎月想起来。她觉得奇怪，问："可是上回听晚葭姐说，他还在国外没回来啊。而且他不是被分手很久了吗？"

裴书临面不改色地说："嗯，他可能准备先求婚再复合。"

"哦，这样啊。"简皎月眨了一下眼睛，有些艰难地接受了他乱七八糟的说辞。

她也不是没想过他会准备向她求婚，但他住院前已经在新世纪这儿下过单，如果真的有其他后续，没理由她会不知情啊。

大概是他自己也发现这个借口有些离谱，裴书临直接转移话题，问道："门关好了吗？"

简皎月点了点头，把床头柜上的夜灯打开，又把被子往胸口上拉了拉，仰起头问他："你要干什么？"

"我能干什么？"

裴书临欺身而上，在封住她的唇前反问了一句。他的下文迟迟没来，似乎只是要补全刚才被中断的吻。

简皎月倏地被他亲得喘不过气，眼睛被逼出湿漉漉的生理性泪水，还要分神攥住他在自己胸前游移的手。

过了好一会儿，她终于听见他压低嗓音，有些囫囵地补上未说完的话："我不就是想跟你在没人打扰的情况下，接个吻吗……"

裴书临出院没几天就回单位上班了，说是要回去补之前落下的工作。

而简皎月重新闲了下来。现在算得上是婚礼淡季——夏季太炎热，新娘子的妆容易花，宾客也大多在避暑度假。

她在工作室装模作样地视察了一会儿，好久不见的安纯给她打来电话。

安纯结婚之后自由时间也变少了。据说她那位丈夫把海外市场的生意转移到了内地，待在家的时间也变多了，她每天都很累。

简皎月正拿着两份新设计的邀请函比较，随意地问道："你累什么？"

安纯说话很不含蓄："怎么？你好歹比我早结婚一年，还要问我累什么吗？"

简皎月嫌弃地说："喂，这种闺房之乐就别和我说得这么清楚了，好吧！"

安纯不在意地"嘁"了一声，一连发出致命三问："干什么？

欲求不满？没夫妻生活？”

见简皎月沉默了下来，安纯惊奇地“哎哟”一声：“真的假的啊！裴书临不是都出院一个星期了吗？你们夫妻俩晚上住一间房，在家盖着棉被纯聊天？”

简皎月听着这话脸臊得慌：“不是你想的那样……”

“那是哪样？你可别想隔着屏幕就瞒着我，我还是不是你的好姐妹啦！当心我直接去 B 城找你讨论！”

“喂，打住！我可不想你家那位跑我这儿来要人。”简皎月搓了搓脸颊，沉思了须臾，“我就是觉得我和裴书临现在的状态好像回到了很多年前……”

“说明白点！”

简皎月也不知道怎么形容这种感觉，裴书临跟她像在黏黏糊糊的热恋期，克制又隐忍。

“这不是多此一举吗！该不会是裴书临伤还没好，所以不太行了吧？”安纯拍了拍桌子，语气严肃，“皎月，要不你熬点中药试试……鹿茸、紫河车、巴戟天、仙茅？”

简皎月听得云里雾里，问道：“这些是什么？”

“壮肾补阳的！”

“吧嗒！”

简皎月直接挂断电话，她在这事上没这么开放，隔着屏幕都觉得不好意思。

挂完电话没多久，安纯也知道她脸皮薄，直接给她发微信：“你别害羞啊！你男人受伤才落下的病，这又不丢人！不过刚刚那些中药别煮多了！”

简皎月想起某人每次吻得她动情时身上的温度，似乎和安纯说的“身体不行”一点也不符合。

安纯纳闷："如果不是身体不行，难道是'一年之痒'？"

简皎月："别人都是七年之痒，为什么到了我这儿，年限就缩短了？"

安纯："男人没兴致还需要固定时间？如果真的是腻了的话，那我给你寄的快递可真是及时雨啊！"

简皎月有一种不祥的预感："你给我寄了什么？"

安纯发了一个表情图过来："新看中一家内衣店，叫"初恋"。我特地给你下单了一套，包你喜欢！他们家发货很快的，估计已经到了。"

简皎月对安纯随手送的惊喜已经见怪不怪了，毕竟安纯是在她二十岁生日时送她避孕套的朋友。

不过这种衣服她从来没有买过，她打开这个名叫"初恋"的网店链接，一眼就看见主页上那套吸睛的内衣。

如果安纯的眼光和她一致的话，她想应该就是这套了。

她把链接转发给安纯，发了两个字过去："这个？"

——咚咚。

门外的大东敲了敲门："老板，今晚我能不能提前下班？女朋友过生日。"

简皎月下意识地把手机反扣在办公桌上，清了清嗓子，应道："啊，行！没什么事的话，大家下班吧，提前回去吃饭也好。"

"好嘞！"

门刚关上，外面就传来一阵收拾东西准备下班的动静。

这群人啊，是有多急不可耐？

笑了还没两秒钟，简皎月突然反应过来：刚才转发链接的时候好像没有认真看，直接发给消息列表第一位好友了。

按照往常来说，第一位一定是刚聊完天的安纯，但是她似乎在很多天前就已经把某个男人的对话框置顶了！

另一边的裴书临正在写报告，脱离工作岗位太久，很多文书都需要他重新誊写。

手机原本是放在桌上的，在一旁誊报告的老冯正巧瞥见了。

“小裴，手机亮了。”他瞥了一眼锁屏上显示的备注，笑着说，“这一看就是你老婆来查岗了吧？”

裴书临拿起手机，也没说话。

那个备注是简皎月自己改的，在这种场合被同事看见总显得有些难为情。

起初，屏幕上只显示她发了一条链接过来。

必须秒回的皎月小宝贝：“这个？”

裴书临也没多想，顺手点进那条链接。图片刚加载出来，他眼皮一跳，立刻将手机捂住。

弯着腰在看他电脑的老冯见他表情不对劲，问道：“怎么了？”

“没事。”裴书临慢慢收起一脸复杂的神情，不动声色地关闭屏幕，“你先看，我去一趟洗手间。”

倒也没直接往厕所走，裴书临去了常去的楼道那儿。见四下没人，他才皱着眉重新点开那条链接。

他轻咬了一下食指关节，手握拳抵了抵唇，不太理解地看着这套薄如蝉翼的蜜桃粉蕾丝内衣套装。

模特穿着十分魅惑，脑袋上还戴着一双兔耳。

裴书临语塞。

看完后面几行小字，从网页切换回微信时，他发现这两条消息都被撤回了。

那头的简皎月被自己的蠢钝吓傻了，连骂了好几句才反应过来赶紧撤回。

好在消息都在两分钟之内，没见他回复，她祈祷着他应该没有看手机。

简皎月想了想，欲盖弥彰地给他发了一大段话："哈哈哈，裴书临，你现在是不是还在上班？晚上回家吃饭吗？我下厨！闲下来再回我也没关系哟！工作最重要，为人民服务！冲呀！"

大抵是心虚，她还连发了好几个表情图。

小半分钟过去，简皎月握着手机依旧保持着紧张状态，一动不动地盯着对话框。下一秒，手掌心的屏幕振动了一下，对面的消息发了过来。

裴书临："都行。"

还好还好，应该是没有看到。

可她一口气还没松完，就差点儿被他下一句话送走："衣服不错，今晚穿上？"

简皎月看着这句话简直想一头撞死。

她很好奇，裴书临是怎么在正经严肃的工作场合，平淡地发出让她羞耻到想钻进地缝里的信息的。

半分钟后，她终于抬起脸，艰难地打出三个字："想得美。"

还没按下发送键，裴书临直接给她打了一通电话过来。

斟酌再三，简皎月不太情愿地接通手机："喂。"

他的声音显得低而沉："在工作室？"

简皎月清咳一声，端起桌上的水杯抿了一口水，开始睁眼说瞎话："是啊，我可忙了。哪像你，上班时间还在玩手机。"

裴书临低笑一声，嗓音清越，说的话却很让人脸红："因为被我看见了，所以恼羞成怒？"

简皎月咬了咬下唇，表情瞬间窘迫，又不知道用什么话来反驳。她像一只奓毛的小动物，闷声说道："你要是再说那个，我就挂电话了。”

裴书临倚着墙，眉梢带笑：“那个是哪个？”

简皎月最近对裴书临的忍耐度越来越高，明知道他是故意逗弄自己，但就是对他发不起脾气来。

简皎月难得有这种有话说不出，害羞到光听裴书临声音就抬不起头的时刻。

哼唧半天，她软软细细的声音通过电磁波传到裴书临耳朵里，带着点委屈和不耐烦。

他听着喉结微动，才发觉过来逗的不是她，是他自己。

那天通话之后，裴书临继续在单位加班。

于是这个小插曲很快就被简皎月遗忘。

她拿到安纯送的那套内衣时，内心毫无波澜，像对待寻常衣服一样洗干净丢在衣柜里。

周末在家，简皎月闲着无聊想做个便当，偷偷跑去裴书临单位送温暖。

巧合的是，她做便当是为了给他惊喜，而裴书临也没有把休假的事情告诉她。

裴书临从单位出来后还处理了一些私事，当他回家时，就看见了这样一幕：客厅里的电视机放着新闻，却没人看。

而简皎月穿着一件围裙，乌黑的长发在脑后用了个鲨鱼夹子绾起。厨房朝阳，日光倾泻一室。

她的侧脸温柔而恬静，鬓间几缕发丝垂下，和平时咋咋呼呼的样子相差很大。

简皎月背朝着厨房门口，油锅翻炒的声音太大，起初她并没听见密码锁被打开的声音。

有些事要靠天分的，就算她私下背着裴书临偷偷学做饭，厨艺也依旧一言难尽。

裴书临怕吓着她，走上前就出了声。见她在煎鱼，他赶紧接过她手里的锅铲，说了一句：“我来。”

“你怎么突然回来了？”简皎月放开手，有点惊讶地盯着他看。

裴书临垂眼看她，语气随意地说：“休假，回来陪你做饭。”

他身上那件西装外套还没脱，只松了身前几颗纽扣，不复在外的正气凛然，神情较为放松。他单手挽了挽衣袖，小臂线条紧绷，青筋隐约显现，顺手把简皎月身上那件围裙解开挂在了自己脖子上。

简皎月还以为他这几天在单位会把自己弄得很憔悴，现在看来也还好，脸色没那么差劲，比之前在医院时还要好许多。

她头靠在他背上，帮他系带子，没个正形儿地压着他：“我本来还想做完送到你那儿去，谁知道你居然回家了。”

把油烟机调到最高挡，裴书临低声一笑：“回家不好吗？”

“当然好啦！”简皎月踮起脚来亲了他脸一口，“省得我再跑一趟。”

把锅里的鱼盛到翠玉盘子里端出去，简皎月把他推出去：“可以了可以了，接下来我收尾，你回来到现在都没喝口水。”

“电视怎么没关？”他瞥了一眼电视机，伸手从冰箱里拿了瓶纯净水出来喝。

简皎月把洗好的碗筷端到饭桌上，擦干净手后抓起遥控器关掉电视：“我一个人在家，想房子里有点声音啊。”

裴书临了然地点了点头，眼睛瞥到冰箱上层有一排棉花糖。他拿了一根出来，问道：“怎么买这么多棉花糖？”

“昨天下午我们小区里有个业主会，在天台办的。”简皎月趿拉着拖鞋小跑到冰箱那儿，就着他拿棉花糖糖棍的手咬了一口，让他也试试，“这些棉花糖都是我自己在机器那儿烤的，可甜了，而且那个糖不腻，什么味的都有。”

一排棉花糖根根颜色不一样，形状也各异。

简皎月嘴里吃的是个青色独角兽，苹果味。吃完她把棍子扔进垃圾桶里，挑了一根另一个味道的棉花糖给他。

裴书临没吃，抓住她的手把棉花糖全塞进她嘴里，自己则慢条斯理地拧紧瓶盖把水放回去：“你有必要解释解释这些东西是用来干什么的。”

他手掌握住简皎月颈脖，让她看向冰箱柜里的鹿茸、紫河车等中药材。

这当然是安纯的杰作。

简皎月慌乱地眨了眨眼睛，不好直说用途，只好打哈哈：“那个……听说煲汤很好喝，补身体的。”

“是吗？那套衣服加上这里的药材……”裴书临话突然停住，用手钳住她的下巴，闭眼亲上去。

口腔里还有淡淡的苹果香，棉花糖的甜味在彼此嘴里融化，甜腻的气息环绕。

简皎月本来还在听他想说什么，下巴突然被他捏住，他的亲吻让人无心分神。

几日未见的思念没法用语言表达，那就用行动。

冰箱门还未关，简皎月脑后的夹子硌着那儿，感受到冷气浸进她的后颈里。

身前是火热的，后背却被吹得发凉。

裴书临也注意到了，紧贴的唇舌终于稍稍停下，他把人带到身前来，关上了冰箱门。

他有些看不懂，额头抵着她：“你到底在想什么？”

真的不怪她多想啊……

简皎月懒得嚷嚷，抱住他的腰，把手从他紧实的腰腹肌肉那儿往下移了几寸，不解地抬头：“因为你在家那段时间总是亲着亲着……就自己跑浴室去了……你是不是待会儿也要去浴室？”

纵容地任由简皎月把手放在那儿，裴书临俯身亲了亲她湿润的眼眸：“我怕你会不适应。”

另一个原因，是他觉得两个人之间都没有正儿八经地谈过一次恋爱。

高中那段时间大家更多是以学习为主，后来再见面，婚后的隐瞒和隔阂接踵而至，他又忙着学业和实习。结婚之后他便被派去驻外，在孙妤为难她的时候不在她身边。后来他还受了伤回来，让她白白难过这么久。

他很想和简皎月慢慢来。

那些该弥补的岁月、其他女孩在一段循序渐进的恋爱关系里享受到的过程，他希望他们也都有。

简皎月被他抱起来换了个位置，被压在卧室里的小沙发上。她手撑在他胸膛上，问：“那你现在怎么不慢慢来了？”

“你这么担心，我哪里还忍得住？”

他低哑的嗓音落在简皎月的耳朵里，气流在空气中微微震动，让她有些痒，不由得缩了缩脖子。

裴书临俯视着她素颜时看起来也略显妩媚风情的五官，目光停在她脸蛋上很久。

他稍稍粗糙的指腹从她泛红的眼角轻轻地抚摸至脸颊。简皎月的脸颊很小，虽然很瘦，但脸上的肉摸上去软乎乎的。身上多余的累赘被一层层卸下，裴书临含着她的耳垂，说：“裴太太，那套衣服真的不穿给我看看吗？”他脱掉衬衣，露出精瘦的腰，目光凝视着她，解开皮带丢在一旁，“买都买了，别浪费。”

迷蒙的情欲里，人总是会自我突破做一些平时没有做过的事。

裴书临拦腰把她抱上床，反手把腕表解下放在桌上，又拉开了抽屉柜准备拿东西。

“不要拿……”她的话语因他的动作提高了音量，半天喘不过气。她用手抱住他的后腰，指尖轻轻地挠了他几下，让他先停。

裴书临额角有汗，和她肌肤相贴，似乎是听明白了她的意思，问道：“要顺其自然？”

简皎月咬住他肩膀，嘤咛声响从齿间迸出：“嗯。”

他自然不再碰那个抽屉，又有些不满：“可是我们皎月自己还是个宝宝啊。”

他这话无疑又刺激到了简皎月，她抬手捂住他的嘴。她凑近他耳朵，像是讨好一样撒娇：“裴书临……你不想跟我生小孩吗？我想啊。”

裴书临笑得性感得要人命：“我也想。”

房间里的窗帘密不透光，一条藕臂从被子里伸出来四处摸索，总算把灯打开。

暖黄色的夜灯灯光充满整间房，简皎月艰难地往上爬了一点，露出一张绯红的脸。

灼热的呼吸喷在她后颈上，裴书临伸手摸到她的中指，把一个冰凉的指环套了上去。

简皎月迷迷糊糊地睁眼，嘟囔着问道：“什么啊？”

“戒指。”他沉默了一会儿，罕见地紧张，“我想过弄得声势浩大一点。找了很多，想做一个不俗气的方案，但是一直没有看到让我满意的婚庆工作室。”

简皎月稍愣，感受到他的手臂更用力地环住自己。他小心翼翼地问："第一次求婚，答不答应？"

手指上的求婚戒指和寻常钻戒不一样，是私人定制的图形：一朵银制玫瑰。

说实话，简皎月没料到他会特意再求一次婚，毕竟两个人领证都一年多了。

她毫不犹豫地点头。

裴书临将她的身体翻过来，两人面对面："你都不想一下，就直接答应了？"

"那我刚才都说想和你生小孩了，要是装模作样地拒绝你的求婚的话，得多假啊。"简皎月鼓了鼓脸，唇贴着那枚银戒指说，"而且谁稀罕什么声势浩大的求婚仪式了？我最烦一堆人盯着看了，我就喜欢你这样的！"

客厅的时钟到整点时响了一下，中断了她的絮絮叨叨。简皎月爬起来端着床边的水抿了几口，又躺回去。

裴书临没穿上衣，稍坐起来背靠床头，任由她把脑袋枕在他的腿上叽叽喳喳地继续说话。

"我跟你说过没有？我把之前那份离婚协议书撕掉了。"简皎月仰起脸，用手指描绘着他的喉结。

"嗯，爸跟我说了。"他想起裴父传话时的生动表情依旧觉得搞笑。

简皎月在家长面前很会讨乖卖巧，平时一副软软糯糯的样子。所以当她利落地撕毁离婚协议书时，着实把裴父吓了一跳。

"你才把我吓了一跳。"台灯的光被他高大的身影遮了一大半，简皎月得意地说，"你明明这么离不开我，怎么舍得签字的啊？"

裴书临抬了抬手，抚过她的脸颊，看着她开口道："因为太喜欢你了。"

所以比起不舍得签字，他更不舍得让她不开心。

简皎月听了都觉得有点鼻酸，她清楚她对裴书临其实并不好，当年她一走了之，完全没考虑过他的感受。

回过头来想想，他在原地真的等了她好久。

“呀！我的鱼！”简皎月后知后觉地想起餐桌上那些做好的菜还一口都没吃呢，她懊恼地咬了一口裴书临的手臂，“都怪你……现在肯定都凉了。”

裴书临很想表示这不怪他，只能怪小妻子太热情。但这话当然不能说出来，不然就是讨打，所以他只好安抚她道：“那待会儿我叫人送餐过来。”

“不行，凉了你也得吃！”简皎月愤愤不已，十分霸道，“我做得不好吃你也得吃，未来你还得吃很多年！”

他笑了笑，吻着她说“好”。

八月下旬，B 城的盛夏。

简皎月自认为经她设计的婚礼没一百场也有七八十场，但轮到自己结婚时，她反倒落了一身轻。

从喜糖、请帖、餐食、摄影……这些都是裴书临一手安排的。

他这几天频繁往工作室跑，像工作室以往的每一位客户一样，和大东他们商讨着婚礼细节。

知道的晓得他是亲力亲为，不知道的还以为简皎月要把工作室交给她丈夫打理了。

正式婚礼是中式风格，但他们还是穿着寻常的白色婚纱和西服拍了一组婚纱照。

两个人之前没商量过去哪儿拍婚纱照，却在订票时不约而同地选择了回攸同私立高中。

摄影团队和他们过去时，校园正放暑假，空荡荡的。

骆天哲他们也过来凑热闹了。

拍摄的照片都带着满满的青春回忆：熟悉的公交车站、学校的篮球场、教室后排的座位和走廊尽头……

婚礼日期定在了九月一日，场地安排在裴书临外公的紫玉公馆。

与此同时，外交学院的大一新生已经军训完。开学典礼上，裴书临受邀返校，为新生做演讲。

男人一身西装，不说话时面无表情，给人一种冷漠疏离感。但他一开口，嗓音低沉有力，只剩儒雅随和的绅士风度。

听完台上这位优秀师兄的演讲后，有人喊了一句："师哥！我和您一个高中考上来的，能问您一个问题吗？"

裴书临抬手，示意他问。

男生兴高采烈地站了起来，清了清嗓子，说道："攸同现在还流传着您的传说，当然了，我们对您和E班那位漂亮学姐的结局也很好奇！"

到底是大一新生，初生牛犊不怕虎。

裴书临挑了挑眉，望向几位校领导，他们却都在看他的笑话，一副不打算出手救场的样子。

顿了一下，他俯身靠近话筒，微微勾唇一笑，表情愉悦："我一直认为人这一生中有一次爱情就够了，她现在是我的太太。"

全场安静了十几秒，而后又沸腾起来。随后又有人问他能不能下台跟大家拍几张合影。

裴书临委婉地拒绝："我赶着去参加我的婚礼。喜糖已经放在系主任那儿了，待会儿大家可以去领。"

台下的人哄堂大笑："哈哈哈，怎么想的，你今天结婚，居然还跑一趟学校，不怕新娘子生气吗？"

裴书临却说：“正是我太太让我过来的。她不会生气的。”

他临走前，虽然知道这已经和专业无关，但依旧把话缓缓地说完：“没有人是为了结婚生子、体验人生而来到这个世上的。希望各位学弟学妹也能找到志同道合的伴侣，一同看日升月沉。毕竟那才是结婚的意义。”

中式婚服莫过于凤冠霞帔、褂黄在身。

原以为简皎月这种明艳的五官与这身打扮不搭，但她今天淡妆宜人，粉黛红颜，长发绾起，居然别有一番高贵华丽的气质。

因为结婚前一天夫妻双方不能见面，裴书临也是头一次见她这种扮相。

幸得识卿桃花面，从此阡陌多暖春。新娘太耀眼，以至于他移不开眼。

“巍巍华夏，天下炎黄，中华民族，礼仪之邦。论人伦之初，原始于夫妇。以婚姻定其礼，自礼行时连理成比翼。具纵万难千险而誓与共患，见富贵华容而誓与不弃，仰若高山浩若苍穹，及情万代其爱之永。”

台上的司仪正念着千篇一律的开场词，话语其实有些拗口，好在台下也没多少人注意听，全在看大屏幕上投放的婚纱照拍摄花絮。

烦琐的首饰虽然已经一减再减，但厚实的金钗、银项链还是把简皎月压得喘不过气。

裴书临和她一起敬酒，闲下来时就揉一揉她的腰，有些怪自己思虑不周。

两个孩子太实诚，礼数周到，敬酒都是满饮。最后还是裴母和金蓉过来，教他们偷个懒，去楼上休息一下。

楼下的宾客还在庆贺，只是两位新人都不见踪影。

简皎月敲门进来时，裴书临正倚着书桌在整理宾客名单。

菱形纸板上的宾客名字都是他用楷体书写而成，字形恣肆，极为拿得出手。

裴书临抬眼看见简皎月把那身复杂的龙凤褂换成了裙子。

裴书临瞧着那衣服眼熟，手上的钢笔挑起她的裙摆，眸色渐深，问道："怎么是这套衣服？"

这是她高中时的校裙，校牌还没摘掉。她比那个时候长高了两三厘米，身材也更加丰满，胸前那两颗扣子有些吃力地绷着。

简皎月瞪了他一眼："问你啊，这是妈妈从房间里找出来给我的。收藏人家的校服这么久……居心何在？"

裴书临笑了一下，握住她的腰往她身前一靠："可能就为了这一刻？"

当初他从江城回B城，确实很多东西都放在这边的公馆里。这件裙子有被好好保存，显然要归功于简皎月当年的坏习惯——什么东西都往他包里塞。

他身上还穿着婚服，左侧胸花下写着"新郎官裴书临"几个字，和她校牌上的"E班简皎月"对应上。

简皎月看着看着，鼻间蓦地泛酸，好像圆了那时常挂在嘴边的白日梦：她嫁给了裴书临。

裴书临低下身亲了亲简皎月的脸，唇边碰到泪："好咸，怎么又在哭？"

简皎月气恼地咬上他的指尖，她这段时间明明已经很久很久没有哭过了。

今天因为太开心，她莫名其妙地眼眶就湿润了。

虽然她的性格从小就张扬，但她确实是一个娇气包，受点委屈就要哭唧唧地寻安慰。

可照顾昏迷的裴书临时，她不敢掉一滴眼泪，总觉得像是哭丧，不吉利。

她心里只想着他一定会醒的，他那么好的一个人，命运不会对他这么不公平。

裴书临把手指从她齿间取出来，顺势抬起她的下巴。细细密密的吻慢慢落在她唇边，他一边吻一边轻声哄着让她别哭了。

这场婚礼办完，裴书临的休假也要结束了。他还剩三年半的驻外期，本来应该独自去的，但简皎月被上次的事吓出了心理阴影，说什么也不让他一个人过去。

她查了一下，外交官夫人是可以随任的，还会有补贴工资。只是外交官夫人想申请一起驻外随任的话，需要通过一次考试才能获得这个资格。

简皎月叹了一口气，抱着他的腰小声打了个哭嗝："我刚刚看了往年考试的题目，好难哟……我最近可能要多看点新闻了，做一个根正苗红的接班人。"

裴书临亲了亲她的发顶，低声说："不难。不是还有我在吗？"

说得也是，反正有他在呢。

只不过大学毕业都三年多了，还要像高中时候一样让他给自己补习，她听着总觉得哪里不对劲。

或许是今天的日子太特殊，简皎月一点也没去在意这些事。她往他的胸口上蹭了蹭眼泪，说："裴书临，我们要一直在一起。"

"嗯。"他低头，有一下没一下地吻她。

这时，窗外正好放起了烟花。

简皎月吸一吸鼻子，微微张开嘴，说："不要分开了，约定到九十九岁！"

他温声回道："好。"

她一遍遍询问，他一遍遍确认。

她喃喃着他的名字：裴书临，裴书临……

以后，换我义无反顾地奔向你。

乏味平静的十七岁，裴书临收过一捧灿烂的玫瑰。送他花的女孩鲜活恣意，漂亮天真。

她站在那儿，万众睢睢，一笑百媚。

从此他夙夜梦寐，跋山涉水。

## 番外
## 守护

简皎月怀孕那段时间，裴书临还没有办好工作交接手续。以至于知道这则消息时，他人还在驻外大使馆，短时间内回不来。但除了他，不管是两边的亲戚还是两边的朋友，都忙活得不行。

怀孕五个月后，简皎月被长辈们强烈要求穿平跟鞋，以及放弃雷打不动去工作室上班打卡。

待产的时间里，大家甚至定好了，一周七天每天由谁来陪这位“新晋准妈妈”打发时间。

周六刚送走江晚葭，周日简皎月就迎来了姐姐简皑雪。

简皎月穿着宽松的毛线衫躺在沙发上，雪肤乌发，白皙的脸蛋有了点肉。她摸着圆滚滚的肚子伸手向姐姐打招呼。

简皑雪将身上的披肩取下来递给边上的阿姨。她手上拎了一份食盒，问道：“皎月，吃过饭没有？”

保姆阿姨接过话：“小裴夫人这两天都没什么胃口，今天早上喝了半碗粥还吐了。”

“怎么会这样？害喜时间不是早过了吗？”简皑雪把食盒放在茶几上边打开边说，“爸妈让我把青米果带过来给你尝尝，你小时候不是爱吃吗？”

简皎月表情恹恹的，她捧着手机看了一眼，问道：“有糖吗？没糖我不爱吃的。”

她本来就挑剔，怀孕以后更是被宠得无法无天。

简皑雪对妹妹的这点小要求也总是纵容，她拿起一个青米果，说：“有，我和妈妈亲手放的。”

“那我吃一口。”简皎月笑着坐起来，就着她的手咬了一口甜甜糯糯的青米果。

虽说从江城到B城搭飞机都得一个半小时，但青米果放在保温食盒里这么久还是烫的。

姐妹俩坐在沙发上聊了一中午，简皑雪发现她老是看手机，皱着眉说：“准妈妈也不怕辐射？”

“那我得和我的‘网恋对象001号’联系啊。”

“什么网恋对象？”简皑雪总是跟不上她的脑回路，怔了一下，“你别忘了你丈夫可是外交官，不能因为你们现在分居两地就随便找乐子啊。”

简皎月也不解释，靠在她的肩上笑：“姐，你好呆哟。”

说曹操曹操到，刚刚还安静的手机这会儿已经响了，被备注为“网恋对象001号”的人打来视频电话。

简皎月在简皑雪震惊的眼神中接起电话，还把手机屏幕凑到她眼前：“姐姐，来见见你的新妹夫！”

“不行的，皎月，你这样让我以后怎么见裴——咦，裴妹夫？”简皑雪才发现屏幕里的人是一张熟悉的面孔。

男人西装革履，面目清俊英气，对着屏幕这边的简皑雪笑了一下。裴书临先是给她问了一声好，而后了然于胸地说道：“皎月还没把备注改回来？”

简皑雪总算反应过来，有点无奈地说：“她啊她。”

一边的简皎月俏皮地吐了吐舌头：“为什么要改回来？你本来就是我的网恋对象！”

知道她对自己暂时回不了国这事颇有微词，裴书临也只能哄着她：“是，网恋对象来问你早上有没有好好吃饭？”

“有啊……”怕他担心，简皎月从来都是报喜不报忧。

夫妻俩的时差不一样，而裴书临所在地区的信号也不稳定。好不容易夫妻俩能有一次视频通话，简皑雪也不好在旁边打扰，忙去厨房帮阿姨的忙。

简皎月原本要作为外交官夫人和他一块儿随任的，但裴家上下和简家都不同意她留在那儿待产。

导致小夫妻俩这大半年只能每天靠着手机交流，以慰情思。

前两个月最难熬，简皎月害喜严重，情绪一上头就要跟裴书临打电话，完全把五六个小时的时差抛之脑后。

那段时间，两个人都睡得不好，他俩没有体会过异国恋，现在倒是体验了一把异国夫妻的艰难。

听着厨房里乒乒乓乓的碗盆声，简皎月神秘兮兮地拿着手机到阳台上说话：“裴书临，我跟你讲，我知道了一个天大的秘密！”

他的视线未移开：“嗯？”

“记不记得我跟你说过骆天哲小时候有个暗恋对象？”

他其实对别人的事情都没什么印象，但在斟酌几秒后还是配合地点了点头。

简皎月还没说就捂着嘴笑了起来：“我告诉你是谁，他的暗恋对象是我姐，哈哈哈！”

裴书临被她自作聪明的机灵样逗笑，薄唇轻抿，说：“皎月，你前天就跟我说过了。”

“啊？”简皎月一脸震惊，双唇微微张开，疑惑地反问，“我说过吗？”

“嗯，这记性可怎么办？”裴书临的手放在屏幕上，指腹碰了碰视频里她的眼睛，一脸戏谑地开口，“真是‘一孕傻三年’啊。”

就你聪明！简皎月气不过，恼羞成怒地鼓着腮帮子喊他：“哎呀，裴书临！”

裴书临笑得温柔，应声：“在。”

待产期还剩一个半月时，裴书临总算请到假，赶回了国。他风尘仆仆地走进家门时，简皎月正在沙发上睡觉。

未施粉黛的一张脸比上次见的时候小了一圈，眼睑下淡淡的乌青让她看上去憔悴不少，腰腹间盖着一块薄毯。

这几个月来，两人都是隔着手机屏幕视频通话，这会儿看见真人，裴书临还有点恍惚。

阿姨看见裴书临，正打算打招呼，裴书临对阿姨做了个“嘘”的动作，他把公文包轻轻地搁在茶几上，弯腰将人抱起来。

简皎月睡得跟小孩一样沉，只是在被放在卧室床上时掀起眼皮看了他一眼。大概以为自己还在梦里，她在他怀里蹭了蹭又安稳地睡了过去。

醒来时已经到了晚上，简皎月鼻间闻到久违的清冽香味，有点不敢相信地打开了床头的灯。

裴书临浅眠，补完几个小时的觉就已经没了困意。睁眼和她对视上，他的声音缱绻沙哑：“晚上好。”

简皎月盯着他不眨眼，眼眶慢慢红了，说话时带着一点哭腔：“你怎么突然回来了呀？”

“要回来陪你啊。”裴书临伸出长指摸了摸她通红的眼尾，看她快哭了，又亲一亲她的唇，“饿不饿？想不想吃东西？”

“有点想。”她微微嘟着唇，表情一滞，连忙牵过裴书临的手放在自己的肚子上，“啊，宝宝也醒了。”

胎动在他们眼里很是新奇，是那个还没出生的小生命急于向他们和这个世界打招呼。

裴书临感受到手掌下的动静，心情复杂。

他的心情从开心、惊讶、心头软了一下到担心会不会踢痛简皎月，以致不自觉地蹙着眉。

“这个月动作越来越大了。”简皎月习以为常地摸了摸肚子，说，“一开始只是像一条小鱼一样在吐泡泡，咕噜咕噜。但前几天晚上他简直是在我肚子里练天马流星拳！”

她说得轻描淡写，但裴书临这会儿只剩心疼：“生完这个就不生了。”

简皎月想了想：“那万一是个男孩呢？”

她一直想要个女孩，连婴儿房里的东西也买的都是女婴用品。

裴书临哪里管得了这么多，这些天光是看妇产科的纪录片就已经够心惊胆战的了。他想着等简皎月生完，他自己去做个结扎手术好了。

回国后，裴书临带她一块儿去了江城待产，还是住的外公外婆那个老院子。

徐老爷子自然是愿意把房子让给他们住，一秋的落叶也让给这对小夫妻扫。

江城依山傍水，地段不喧嚣的地儿也清净。简家和那些老朋友也都在这儿，简皎月难得每天都开心了。

她在胃口不好的日子里，被裴书临养得胖了近十斤。

一个厨艺见长，另一个体重狂飙，好在简皎月本来就是偏瘦的体质。

秋阳灿烂，朝霞火红。

门口的梧桐树叶逐渐转黄，一片片顺着秋风打着旋落在脚边，透过园子栅栏能看见远处有小孩在放风筝。

简皎月躺在摇椅上，掐着她胳膊上新增的软肉，说道："裴书临，我们退休后也回江城养老好不好？"

"好。"

"真的呀？那你会不会想回B城？"

裴书临刮了刮她的鼻尖，说："有你在哪儿都好。"

生产前两天，简皎月进了医院待产房里做准备。

直到顺产那日，夫妻俩感觉还跟做梦似的。

裴书临在产房外等了将近十二个小时，眼睛都熬出了红血丝。

护士把孩子抱出来的那一刻，全家人都围了上去。

裴书临在病床前看着简皎月苍白的脸，一言不发，只握着她的手在唇边摩挲了一会儿。

简皎月身体养得不错，但生孩子再顺利，难免要从鬼门关历转一圈。

她出了一身汗，声音也有些哑。她抬手擦掉裴书临眼尾的一滴热泪，问道："怎么办，真的是个男孩，我买了好多裙子。"

裴书临亲一亲她的脸，淡定地回道："男孩也能穿裙子。"

"噗。"她被逗笑了。

"峻岳储灵，长庚应梦，还庆佳辰到。"徐老爷子念完这句诗，当即拍板，"就叫裴峻灵！"

简父老泪纵横："小名让皎月来取。"

众人的视线全集中到病床上，简皎月靠在裴书临的怀里，随口道："八月份的最后一天出生，叫小八咯。"

她倒是随意得很。

一群人下意识地看向裴书临，想知道他对这个名字的反应。只见他轻轻环住简皎月的肩膀，转头看向小小的婴儿，笑着和这个新生命打招呼：“小八，以后换我们一起守护妈妈吧。”